U0141355

執拗迷愛

拗愛迷

Try Me 1

MAME／著 胡矇／譯 HT／繪

目錄

繁體中文版獨家作者序

出自MAME的內心，獻給在此處相聚，世界上的所有粉絲。

哈囉！我想這應該是我第一次向世界各地的粉絲自我介紹。我真的很激動，心跳都快停止了，甚至止不住臉上的笑意。我有很多事想和大家分享。當我第一次知道自己的小說有機會被翻成中文時，我無法解釋心裡的感受，不敢相信像我這種名不見經傳的作者，居然能得到如此寶貴的機會，感覺世界都變得更廣闊了。直到最近，我得知自己的小說將會被翻譯成更多的語言。實際上，能和各位像現在這樣透過文字來交流，依舊讓我很興奮，一切都多虧了大家。

Try Me [Pakin&Graph] 是在講一個冷酷的傢伙與一名淘氣男孩的故事，其中一個想逃得遠遠的，另一個卻緊追在後。這是個關於黑道的世界以及緊張刺激的賽車故事，是我想分享給大家的其中一個篇章。希望各位能對我筆下的孩子敞開一些心房，我也期待這篇故事能讓你們看得開心。

我一直很想告訴各位的最後一件事情是——謝謝。如果沒有各位，我今天就不會出現在這裡了。期盼未來的某一天能有機會和大家見面。

MAME
西元二〇二四年一月十五號

From the bottom of MAME's heart, to all of the fans that the earth has brought us together.

Hello. I believe this is the first time that I've introduced myself to all of my international fans. I'm really excited, my heart's skipping a beat and I can't stop smiling. And I have so many things I want to share with you all. For the first time that I was given the opportunity to translate my novel into Chinese language, I couldn't explain how I felt that a small author like me would have such a big opportunity like this. It felt like the world was bigger than before. Even today, I've heard that my novel will be translated into more languages. The fact that we can communicate through letters still excites me. Thank you, I've always wanted to say this to all of you.

Try Me [Pakin&Graph] is a story of a cruel guy and a mischievous boy. One wants to run away, while the other wants to run after. It's a story about the world of the mafia and intense, competitive car racing. This is one of the stories I want to share with all of you. I hope that each of you will open up just a little bit of your heart to my kids. I hope their story makes you happy and enjoyable.

The last thing that I've always wanted to tell you is, thank you. If it weren't for all of my readers, I wouldn't be here today. I hope we can have a chance to meet each other someday.

內心話

　　所有手裡拿著這本書的朋友好，無論是曾在書裡碰過面的舊雨，或是首次認識的新知，我是MAME，一位喜歡且熱愛看男男戀，並努力把腦中場景化為文字的女性。

　　關於《TRY ME…執拗迷愛篇》，欸？為什麼還加上了篇名？實際上，這個故事其實有三對情侶，各自有其主題，分別為「執拗迷愛」、「撩撥迷愛」與「深沉迷愛」，而這一次，就讓我把Graph的〈執拗迷愛篇〉帶進大家的心坎裡吧。啊！想說說故事的來龍去脈，怎麼就賣起東西來了？^^關於這個故事，或簡稱為#Pakin哥好大，是講述一位名叫Pakin男人的故事。這個角色先前也在我的其他部作品裡出現過，我曾承諾過要寫下他的故事，如今可總算把他抓出來，在文字的世界裡亮相了。

　　Pakin哥對別人來說，或許是一個極具魅力的男人，但對Graph弟弟而言，卻是一個壞男人，這個男孩痴守了他十年，不過他所有的行為都有不得已的理由，所以MAME希望大家能試著對這個壞男人敞開心房，這男人一旦愛上了……就真的只會對一個人一心一意。此外，我也想讓大家一起來看看，這中間到底是怎麼從「迷上壞男人」變成「觸碰愛」。

　　關於這個故事，老實說，寫起來既困難又充滿挑戰性，因為其中包含了關於超級跑車、超級摩托車與機械等知識，以及許多分支出來的細項，為此還得向一位晚輩借些專業資料來讀一讀，由於想把這個故事營造得像是賽車比賽般，呈現出威猛、快速、危險的調調，結果後來挑戰到連自己也跟著緊張了起來。因此若各位能有一點點相同的感覺，那就表示我真的成功了。

照慣例還是得說，這部小說假如沒有大家的幫助，以及時時給予的鼓勵，MAME就沒有辦法完成了。

一開始，要先感謝三位親愛的朋友。第一位是幫忙精心把書裝訂成冊的Sai，這人甚至還說宋甘節期間不准出去玩，得一直守在電腦前面待命；第二位是接下文字校正工作的Chon，雖然他催促的分貝有些高就是了；第三位要感謝的是提出想法，並一直陪著我討論出整個故事情節的Kwang。

感謝Min妹妹，包辦了小說封面設計，製作OPV（原創宣傳影片），以及協尋角色的圖像。Min從我最初撰文的第一秒鐘開始，直到我寫完最後一個句子為止，都提供了不少協助。

感謝總會督促我的盟友們。

感謝爸媽和弟弟的支持，讓我可以專心致志地持續寫作。

另外不可或缺的，就是每一位讀者。無論是一同前行的人，或是在路上相遇的人，你們是我最大的動力。每一次的鼓勵，每一句談論的內容，每一個建言，都使得這部小說愈發完整，真的很謝謝大家給這個想要寫作的女子機會。

再來要感謝的，是不可或缺的Super Junior，偶像中的偶像。這些歐爸是我撰寫小說的濫觴，謝謝。

最後，是MAME每次都會講的致謝詞，感謝所有的鼓勵、每一則評論以及每一票支持的力量，愛Super Junior，也很愛每一位讀者喔。

期待下次再見面。^^

MAME

二〇一六年四月十八日

備註：可以到我的Twitter：@MAME12938以及臉書粉專fiction_mame12938一起聊聊。

 序章

凌晨兩點。

正是住家陸續熄燈與人們休憩、就寢的時間，可在曼谷市中心的一條道路上，卻醞釀著一起騷動。

嗖——

幾輛深黑色大型汽車以法規限制的車速行駛過來，有秩序地並排而行，接著其中兩輛車停在了某個街角，但並沒有沿著人行道停靠在路邊，反而停擋在馬路上，僅在路中央留了一輛車能通行的寬度，讓其他車輛繼續行駛，直至道路的盡頭。

在那之後，就照著慣例行事。

當車輛都停妥之後，約莫有十來名彪形大漢走了下來，徑直走向自己的位置，隨後打了個信號，表示今晚已經替來賓準備好**「場地」**了。

凌晨兩點十五分。

嗖——

「啊～Pakin哥來了！」

才剛打信號示意場地可以使用，便有一道車輛高速行駛的呼嘯聲劃破了空氣，像是在昭告這一群小老弟——老大，即將登場了。

不消片刻，一輛美國進口的Hennessey Venom GT超級跑車就這麼出現在眾人眼前，展現它極具現代感的時髦造型，以及猶如高價寶石反射了暗夜燈輝的金屬灰光澤，它可是有著世界最快紀錄的高級超跑，亦是**「*Pakin*」**才剛收藏在個人陳列室中，最

新、最熱門的寶貝孩子。

他帶著寶貝孩子來展示，是為了讓所有人都知道，「**誰**」才是這裡最具權威的人。

這一亮相，使得守在入口的那群人紛紛將車子移開來，讓那輛超跑直接衝進了會場中央，在那之後⋯⋯。

吱——

高級超跑發出令人驚心動魄的刺耳急煞聲，來了個幾乎是九十度的急轉彎。最後就這麼不偏不倚，優雅地停在了路中央。

車主接著推開車門下車，男人一踏進會場，就讓整個會場的氣氛變了樣。

原本寂靜的幽暗角落空氣瞬間被點燃，令嚮往疾速的人們歡欣不已。

市中心賽場上的惡魔已然抵達。

惡魔，是個身形超過一八五公分的男人，長相又俊又壞，濃眉，鼻梁高挺，還有雙炯炯有神的迷人美眸，僅僅只是眼尾乜斜，就能讓人臣服在他的腳下。一頭俐落短髮更襯得他加倍好看，再加上高大的體格，即便只穿了知名品牌的牛仔褲與短袖襯衫，吸引力也未減分毫。相反地，反而更能讓人注意到他的魅力。

無論他做什麼打扮，換了什麼髮型，或許都無法掩蓋這男人骨子裡的野性。

那充滿邪惡魅力的野性。

「怎麼樣？」男人回頭對著已事先抵達的熟人問道。

「剩車子，正在過來的路上。」高大男人的一名手下——Panachai這麼答道。

Pakin聞言點了點頭，他放眼掃視了一遍四周，接著勾起了

唇角，目光灼灼，像是為即將開始的飆速競賽感到很滿意。

在正式賽場上的這場競賽，頗引人注意，不過這場賽事其實違反了許多法規，可法律卻拿他們沒轍，這真的很⋯⋯振奮人心啊。

凌晨兩點三十分。

嘟、嘟、嘟⋯⋯。

一輛大型貨櫃車正倒車駛入會場的前方，不遠處，有一名Pakin信任的優秀技師正雙手抱胸，緊盯著指揮倒車的工人，因為在大貨車的貨櫃裡，裝著六輛價值數百萬的超級摩托車。

超級摩托車，並非普通重機或袖珍型機車這些一般人認為大同小異的大型車。

它們的不同之處⋯⋯玩車的人應該很清楚它們之間的差異。

「這次有什麼要報告的嗎？」就在這時，活動主辦人直直地走上前來，對著站在那抱胸的人拍了兩下肩膀，使得Phayu這名大牌的修車技師轉身回望，嘴角也跟著揚起。

「那這次大哥帶了什麼過來給我玩？」

「DUCATI 1099 Panigale，今年款，進口車，上禮拜才剛弄到手。」Pakin一邊語帶笑意地開口，一邊想著最近剛和他成為家人的超級摩托車。

一百萬的價格，連他的小腿毛都沒被驚動。

「大哥給我的時間已經夠少了，竟然還要求換成黑色。」

「我不喜歡紅色，不適合我。」Pakin面上帶著笑意答道，不過眼神卻明顯是在質問：連這點事都辦不到？

這問題讓Phayu跟著勾起了嘴角。

「換個顏色倒是不難，不過關於試車這件事，大哥也知道我

只負責改車，不上場比賽，所以讓 Saifa 那傢伙去試了一輪。我換掉了離合器泵浦，舊的那顆太硬了，還換了煞車，稍微改了一下前照燈……今天一併帶過來，真的上場試過之後，才能知道還要改哪邊。大哥也知道，今年款我都還沒碰過呢。」Phayu 提及了那位比自己還喜歡上場比賽的雙胞胎弟弟，不過他的技術還比不上自己另一名好友。

他們的好友，亦是 Pakin 哥最屬意的賽車手。

既然是最屬意的人選，Pakin 肯定會讓他來試新車。

「能跟 1299 比嗎？」

「這部分不能只看性能，還得看駕駛。」Phayu 笑著答道，因為這一回很明顯可以看得出來，活動主辦人想讓自己中意的人選騎乘這輛新車上場，明明往年選用的都是 DUCATI 1299 Panigale。

「呵呵，那就等著看吧。說到這個，那小子來了沒？」

「來了，剛看他還在貨櫃後面跟他馬子親熱。」Pakin 點頭表示理解，隨後朝著賽場上望去，這時仍有絡繹不絕的高級跑車駛進會場。

誰看不起路上的那些飆車族都無所謂，但絕不能看不起他賽場上的成員。

這場活動，若非真材實料，哪能輕易取得入場券。

對賽場上熱鬧的氣氛感到頗為滿意的那人，勾起嘴角這麼想。隨後他走向了被打開來的貨櫃，六輛他親自挑選的參賽車隨即出現在眼前。

這裡是他的場地，規矩他說了算，車也是他的，沒人能違背他的意思，除非是個別協議好的特殊狀況。

「告訴他們，第一場比賽再過十分鐘就要開始了。」年輕的

男人轉頭對著熟人下達命令，接著便走了出去，手抱胸倚在車旁，等待今晚的好戲。

然而，令眾人沒料到的是，這場活動竟意外地因某人之故，讓所有準備一夜之間全都付諸流水。

凌晨兩點四十五分。

眾人期盼的時刻終於來臨，所有的與會人士全站到了賽場的旁邊——其實應該說是市中心的道路上——他們注視著騎乘酷炫的超級摩托車，準備出發的諸位選手。當然，這場活動必然也牽扯上了博弈。

大量的資金中，有一部分是用來封住公務員的嘴。

「喂，你是打算找我麻煩嗎！！！」

不過，在放出摩托車、參賽者開始馳騁之前，一句叱罵忽地從賽場旁響起，雙手抱胸站在一旁的Pakin聞言立刻扭頭望去，那對原本帶笑的銳利眼眸，隨即盈滿怒氣，一雙長腿筆直地朝事發地點走去。

賽場上的其他人，此刻視線也饒有興趣地跟著移動。

「我沒有找你麻煩，先找麻煩的人明明是你！！！」

男人還沒來得及確認到底發生了什麼事，就聽見一道任性的怒吼聲，他的腿不由得一頓，神情也從原本的從容轉為嚴肅，緊接著便大步流星地走了過去，然後就看到——

一個身穿制服的少年，正膽大包天地挽起袖子與另外兩名男子爭執。

一看清少年的臉，Pakin不禁咬牙切齒。

啪。

「喂！哪個畜生……Pakin哥！」

高個子男人伸手揪住了正在叫囂的少年領子，少年隨即一臉挑釁地回過頭來，可當他看清楚到底是誰在瞪著自己時，卻不由得渾身一震，臉色慘白地出聲呼喚。

　　想當然耳，任誰對上了那雙勃然大怒的眼眸，都會感到害怕。

　　「你是怎麼進來的？」

　　平日裡不慌不忙的低沉嗓音，此時卻有一種山雨欲來的感覺。不過少年只花了短短幾秒鐘，臉上表情就從怯懦轉為狂妄，並抬起下巴，語氣輕鬆地回應道。

　　「走進來的，我有腳啊。」

　　「別在這裡惹我生氣。」

　　「我才沒有──」

　　「Graphic ！」

　　話都還沒講完，Pakin便語氣強硬地大聲咆哮，把正打算回嘴的那個人嚇了一跳。被人這麼清楚地喊出了綽號，少年馬上閉了嘴。

　　不等少年再開口多言，Pakin的目光往賽場外圍的眾人一掃，而後語氣嚴厲地質問。

　　「是誰允許這個臭小子跑進來的！！！」

　　「……」

　　這問題讓整個會場瞬間安靜了下來，就連與Graph發生爭執的事主以及Graphic本人，也都瑟縮地退了幾步。而那位收了三千元封口費的守門人，哪敢站出來承認，這時他急忙著把錢收進口袋，然後心驚膽顫地低頭注視著地面。

　　「我再問一次，是誰把這小子放進來的！」Pakin再一次開口，那對犀利的眼眸氣勢洶洶地瞪著眾人。

「怎樣？知道是誰放我進來又能怎樣？我都已經進來了。」被揪住領口的那名少年連忙回嘴，深怕自己下次就不能像這次一樣混進來。

Pakin聞言便轉過頭來，對上他的視線。

「確定要這麼回答？」

這個問題讓少年愣了一下。

「我⋯⋯我那個⋯⋯。」

「是我放他進來的，Pakin先生。」

少年支支吾吾，深知自己偷溜進來的懲罰會相當嚴重。可就在那一刻，後方傳來了一道聲音，讓活動主辦人立即回頭望向了⋯⋯他的好友。

「是你把這小鬼放進來的嗎？王八Chai！」

這個問題加上盛氣凌人的眼神，使得Panachai扭頭對上Graph的眼睛，接著又轉回來注視著自己的老闆。

「是的，是我讓Graph先生進來的。」

「Chai哥⋯⋯Chai哥沒有放我──」

「是我讓Graph先生進來的，Pakin先生。」Panachai搶在少年否認之前連忙加重了語氣，眼神認真地注視著老闆的臉。

Pakin因此瞇起了眼睛，而後⋯⋯。

磅！

「噢！」

少年的身軀被往外一拋，重摔在道路中央，他因此大叫了一聲，然後不甘示弱地抬起頭，故意槓上那雙可怕的眼睛，以及對方帶著狠勁對眾人宣告的低沉嗓音。

「統統散了，今天的活動結束。」

「欸，Pakin哥，怎麼能這樣啊！」

「對啊，哥，不過就一個小鬼，把他丟出去就好了。」

Pakin的話一說完，立刻引起一片譁然，畢竟今天的活動各方面都已備妥，隨時可以開賽，就只等開跑的訊號聲落下。

男人一聽，冷眼掃視一遍整個會場，然後只問了一句話。

「這裡⋯⋯誰最大？」

「⋯⋯！」眾人一陣錯愕。

「⋯⋯」

單憑一個問題就平息了所有的紛擾，在場者一個個瞠目結舌，不敢回嘴，因為若是有人敢違抗，就別指望下次還能來。

見無人吭聲，Pakin冷冷地開口。

「以後只要這小子出現在會場，我就會馬上取消活動。還有，如果再有人敢把他放進來⋯⋯」男人嘴角微微一揚。

「我會弄死他！」

這不只是在恐嚇⋯⋯因為Pakin是認真的。

話一講完，他就轉向了自己的得力助手。

「到屋子裡談，把那傢伙也一起抓回來。」

他說的那傢伙，指的就是跌坐在地上，發出慘叫聲的那個人。

之後，全場最有權威的那個男人，轉身走向他新來的寶貝孩子，接著長腿一跨，不聽任何人的勸阻，嗖的一聲呼嘯而出。徒留下失望、不滿與憤怒的眾人，可是沒人敢輕舉妄動，因為這裡的每個人都心知肚明——

知道在這個賽場上，名叫Pakin的男人⋯⋯最大。

第一章

煩人的小鬼

啪！！！

「！！！」

一棟占地一萬六千平方公尺的豪宅裡，最具影響力且最年長的繼承人，以手背朝著親信的臉部搧去，聲音傳遍了整個會客大廳。被一起拖來的少年只能睜大雙眼，無能為力地看著高䠷男子那張蓄著鬍子的臉被拍向了另一邊，這之後不過短短的幾秒鐘，那人的鼻血就這麼流了出來，嚇得少年慘叫出聲。

「嚇——Pakin哥你怎麼可以這麼做！」

名叫**Graph**或**Kritithi**的少年立刻站了起來，大步走來準備發作，可被搧耳光的那個人卻抬起手制止，而後禮貌地開口。

「我沒事，Graph先生。」

「哪裡沒事了？Chai哥，鼻血都流出來了耶！」少年仍不停地大聲嚷嚷，而且還暴跳如雷地想秋後算帳，畢竟是因為他，才讓不相干的人受到牽連。

放我進會場的人哪是Chai哥啊？才不是，我是自己想辦法混進去的。

Graph咬牙切齒，猛然回頭怒瞪Pakin，接著一陣錯愕。

眼前高大的男人注視著他的眼神，僅能用一個詞來形容——厭煩。

從小到大，對方一直都用這種眼神在看他。

「你應該很清楚才對？我不允許像你這種小鬼進入會場。」

外型俊俏的男人語氣不悅地說道，聽的人因此咬住自己的嘴唇，直到隱隱作痛。

Graph試圖壓抑住自己的怒氣，可只要站在Pakin面前，他向來都難以克制情緒。

「像我這樣的小鬼？哥你就直說吧，說你不想讓這個該死的Kritithi來擾亂你的生活！！！」

「啊，你倒是挺有自知之明的。」

！

殘酷的話語使得少年緊握住拳頭，咬牙切齒，他隨即抬起頭，注視著長得比自己高大的男人，內心感到既憤怒又……委屈。

少年把臉這麼一抬，讓人清楚地看見他的臉蛋。

Graph是個長相十分好看的男孩子，細皮嫩肉的模樣，像是個沒吃過什麼苦的王子，儘管沒有圓滾滾的大眼睛，五官也不算特別迷人，但就是賞心悅目。他高挺的鼻梁線條優雅，薄薄的唇瓣，若不是此刻被抿到發白，否則應該會是紅潤的色澤。要不是還穿著學生制服，不然憑那高瘦的身形，或許會讓他看上去更加成熟些。

學生制服。沒錯，Graph還是個高中二年級的學生。

這名高中生，目前正氣急敗壞地怒視著眼前好像不曾在乎過自己感受的男人。

「既然你有自知之明，以後就別再到會場上搗亂。」

「搗亂？是那王八蛋先找我麻煩的欸！！！」一被指控，少年就忍不住朝著男人的臉大吼。

Pakin聞言，僅僅皺了皺眉，然後勾起唇角，露出了一抹……嘲諷的笑容。

那抹嘲諷的笑容，還藏著幾許不悅。

「呵，要我猜猜看嗎？」Pakin語氣從容地問道，接著身子一傾，往那張擺明想吵架的臉又靠近了一些，接著瞥了一眼對方像是路邊混混那般挽起的袖子。

「如果不是你走過去撞到那些傢伙，那麼就是他們走過來撞到你，可是像你這種小鬼，死也不肯開口道歉……砰！盡犯些蠢事。」

喀。

聽到這話，少年把牙咬得越發用力，甚至連牙根都隱隱犯疼，因為面前這個高大的男人此時比出了一個爆炸的手勢，看起來十分欠揍，又充滿了藐視的意味。去他媽的，Pakin所講的事情，全部都是真的。

他不過是稍微擦撞到那些人，就被抓住了肩膀，對方要求他道歉，他當然不樂意，直嚷著幹嘛要為這種微不足道的小事說對不起。幾番來去之後，就演變成大家在會場上所看到的那樣……鐵錚錚的事實，令他啞口無言，雖然自己懊惱得要命。

少年的臉色和眼神在在說明Pakin猜對了，男人因而嘆了口氣，倏地轉回身。

「別再來會場了。」

「為什麼？是因為我還在讀高中嗎？可在哥的活動上，也不是所有人都滿十八歲啊！」一被下了禁令，Graph就不高興地反問。他偷溜進會場已不下數次，還塞錢給看門的人好幾回，從來沒出過什麼岔子，畢竟他一直躲著不讓對方發現，也就這一次被逮個正著。

因此，少年很確定會場裡各個年齡層的人都有，其中自然也有高中生。

這話使得Pakin再次回過頭來。

「跟你比，他們成熟得多……我指的不是年紀，而是……。」

咻。

Pakin抬起手指向了自己的太陽穴，此舉，讓眼前的少年倏地漲紅了臉。Graph氣到想出手揍對方，讓那張俊俏的面容笑不出來，可他卻只能咬牙切齒地回嘴反擊。

「我早就不是孩子了，我十七歲了。」

「屁孩都一樣，都會說自己不是屁孩。」高大的男人依然故我，甚至還語氣冷漠地多補了幾句。

「如果你不是屁孩，就該意識到自己是誰的兒子，萬一你在會場上出了什麼事……我也會跟著遭殃。」

「我爸媽才不在乎我會不會出事！」Pakin才剛說完，Graph就立即反駁。而這一回，少年的聲音抖到連男人都能發現到不對勁，只不過……他沒半點同情的意思。

「你爸媽在不在乎你，跟我無關……等下我找人送你回去。」男人這麼說道，然後對著站在一旁擦鼻血的人點了點頭，示意對方快點把這個煩人的小鬼帶走。

可是，Graph不肯配合，因為他一屁股坐在沙發上，然後目光發亮地看了過來。

「不回去，回去也沒人在家。」

「別在這裡表現得像是缺乏家庭溫暖的小屁孩。」

呲。

那道低沉的嗓音聽起來有些微慍，少年僅把頭轉向其他地方，隱藏眼眶裡打轉的淚水。不過，他不會讓這個男人繼續可憐他。他用指甲狠狠刺向自己的手臂，瞬間疼得渾身哆嗦。

那副模樣，Pakin和Panachai都看到了，但卻沒人開口說什

麼。

「我討厭爸爸！」Graph含糊地低吼。

Pakin見狀，忍不住翻了個白眼。

「可是我很尊敬你爸，這也是我為什麼沒在十年前，就把你滅口棄屍的唯一一個理由。」

呲。

「哥才不是尊敬！哥只是跟我爸有利益關係而已，如果我爸不是政治人物，不是部長，無法讓哥不受法律約束，那哥還會尊敬我爸嗎！！！」

這般高分貝的咆哮質問，使得聽的人揚起了眉，接著——

啪。

「噢！」

男人一把抓起Graph的衣領，讓兩人目光對視，接著用低沉到令人害怕的聲音告訴他。

「所以我才說你是屁孩……聰明人都知道，什麼話該講，什麼話不該講，可是你卻沒腦子理解這些事情。」

啪。

砰！

少年的身體被推了一把，再次跌回到沙發上。Graph儘管心臟隱隱作痛，卻無話可反駁。

「你滾吧，我想休息了。」Pakin雙手環抱在胸前，平淡地說道。使得那個死命撐著……撐著不讓淚水滑落的人，迅速站起身來。

如果再繼續待下去，他絕對會可悲地哭出來的。

「那把我的摩托車還給我，我可以自己回去。」

「那輛玩具車嗎？」

「我的摩托車才不是玩具，我騎的是BMW！」Graph不服氣地反駁道。他弄到手的超級摩托車，價格高達一百二十萬，四缸引擎，1000CC，完美無瑕，本該好到連Pakin也無法批評才對。

但，他原以為不會去批評的那個人，卻搖了搖頭。

「就算摩托車本身不是玩具，不過由於騎的人是小孩子，因此就只是一輛小孩的玩具車……你可以滾回家了。」Pakin揮手驅趕，轉身往另一個方向走去。

Graph咬緊了牙槽，怒吼。「把我的摩托車還來！！！」

這句話只讓男人稍稍回望了一眼，接著勾起了嘴角。

「等拆完之後，會把零件送到你那。」

「Pakin哥！！！可惡！！！」

少年只能扯著喉嚨大喊對方的名字，心痛到差點受不了，以致於不想再去管什麼車了，接著他轉向了另一邊，用手背在臉上抹了一把，一邊擦去奪眶而出的淚水，一邊在心中不停地大喊——

我討厭你、我討厭你、我討厭你！！！

可真實的心意，卻完全不是那麼一回事。

「來索命的，那個小王八蛋！」

成功地把小屁孩趕出家門之後，Pakin直接癱坐在大型沙發椅上，他抬起手倚著額頭，感到十分煩躁，而且還非常不開心，甚至得壓抑住自己的怒氣，就只因Graph那小鬼一個人，使得今晚本來會很有趣的賽事統統泡湯了。

即便別人認為他不過是個孩子也好，或是讓那傢伙跑進會場裡面也罷，他就是無法讓那小子為所欲為。不能和那小子妥協，

主要的原因，是因為如果真的妥協了，Graph 就會像小鴨跟著母鴨那樣，不停地跟著他，如此一來，便會大大地妨礙他的自由，那是他所無法忍受的。

「屁孩真他媽的討厭。」

Pakin 自言自語地嘀咕著，他得力的手下就在這時走了進來。

「我已經把 Graph 先生送回去了。」

「很好。」Pakin 僅回了一句話，雙目依舊緊閉，把頭枕在沙發上，因為他只要一看到那個小子，頭就會馬上覺得抽痛。

「每次只要見到那個小子，就一定會倒大楣。」講這番話的人隨即彈起來坐直，他用力抓了抓自己的頭，不禁回想起自己與那性格糟糕的孩子，從初遇至今這十年間的一切。

他會認識那孩子，是因為他的爸爸和 Graph 的爸爸有生意上的往來，所以彼此才帶著自家兒子介紹給對方，結果那孩子不知道發什麼瘋，非常中意他，後來到哪都一直跟著他，吵著一定要來找他。可他當時也只是個血氣方剛的青少年，比起照顧小孩，對性愛更有興致，而且每次只要碰到那孩子，他的生活就會被搞到一團糟。

一開始還以為自己去美國留學回來之後，那孩子會長大成熟一些，能有自己的想法，或者轉而去找跟他同年齡的孩子玩。可實際上卻不是那麼一回事。四年前，當他一回國，Graph 竟然比小時候還更變本加厲，甚至開始模仿起他所做的事情。

後來沒有把那孩子拖回去丟在家門前的原因，全是由於和對方父親有「利益」關係，因此倘若出了什麼事……他就得出面負責。

『Graph 非常崇拜 Pakin，所以叔叔就麻煩你多多照顧他

嘍。』

「自己的孩子自己顧！」

一想起被託付的事情，Pakin就忍不住煩躁地咒罵，這使得Panachai不禁開了口。

「Pakin先生應該要好好和Graph先生溝通，不管怎麼說，他都還只是個孩子。」高大的男子說道，同時坐到了另一張沙發上，他的老闆因此轉過頭來對上了他的眼睛。

「你的心太軟了，Chai。」

「Graph先生很讓人同情呢，剛才送他回去的時候，還看他在後座偷偷掉淚。」

然而，想從Pakin嘴裡聽到同情的話，簡直比登天還難，男人就只是嘴角上揚，然後用比先前還要開心的語氣回話。

「這就表示我能耳根清靜至少一個禮拜，更理想的狀況，是別再出現，那樣就再好不過了。」Pakin這麼說道，只要一想到他的人生再也不會被那個性格糟糕的孩子擾亂，就感覺自己好了許多。

一聽到這話，Panachai便不解地開口詢問。

「為什麼不試著和Graph先生好好溝通，告訴他不應該跑進會場？如果能跟他說明若他出了什麼事，會對我們造成很大的麻煩，他應該聽得進去。」

「你以為我沒試過？那小子還頂嘴說他能照顧自己，說他長大了……哪裡像長大了？性子跟七歲的時候沒兩樣。」Pakin無奈地說道，他試過各種方法讓少年別來煩他，卻一次也沒成功過。對方頂多消失個一天、兩天，然後又繼續出現在他面前，直到他發現了驅趕那傢伙的最佳方式是什麼。

把怒氣出在不相關的人身上，那小王八蛋就會反省個兩週左

右。

　　一想到這裡，他就斜瞥了眼手下臉上那一大塊瘀傷，而後嘆了口氣。

　　「下一次他如果再來，別忘了先戴上護齒牙膠。」

　　由於Pakin沒辦法拿Graph怎麼樣，因此當那孩子一出現，Panachai就清楚自己必須跳出來承擔起責任，讓Pakin責罰他，這就是教訓不知天高地厚屁孩的最好方式。

　　那句話讓Panachai不禁露出了笑容。

　　「沒關係的，受點傷，也別有一番魅力。」

　　小小的幽默感讓Pakin跟著笑了起來。

　　「去找點東西來敷一下，要不然魅力也會變成殺傷力。」因為剛才那一掌，是他使出全力甩出去的。

　　Pakin站起身來，有些痠痛地活動了一下筋骨，然後拿起了其中一支手機。

　　「現在有空嗎？」

　　Pakin連看也沒看自己打給了誰，因為這支手機是專門用來發洩壓力的，特別是發洩情緒，因此裡面所儲存的名單，肯定是他已經篩選過，不會製造心理負擔的對象，如此一來才能讓他真正的「**放鬆**」。

　　「如果對象是Pakin哥，我隨時都有空。」

　　雖然電話另一端的聲音聽起來帶了些睡意，可對方卻還是興奮地這麼回答，男人因此瞥了一眼時鐘，這時才發現已經凌晨四點多了，所以隨即簡單交代了幾句。

　　「半個鐘頭之後，在公寓碰面。」

　　Pakin一講完就切斷了電話，把手機塞進口袋，接著走出屋子，打算宣洩掉之前在賽場上憋著的情緒。可當他經過那些手

下、隨行祕書以及知道他地下賽場運作系統的特別負責人時，Panachai立刻開口詢問。

「那Graph的摩托車該怎麼處理才好？」

Pakin聽了沉默了幾秒。

「要拆掉零件嗎？」

像是在複誦剛才的命令，讓聽的人咧嘴一笑。

「這麼偏袒那孩子啊，居然還替他出頭？」

「我只是有點同情他而已。」

就算被自己的手下揶揄，但Pakin也只是揮了揮手。

「請Phayu幫忙檢查一下零件，告訴那傢伙，弄成小學生都能騎的摩托車更好。」

Pakin吩咐之後便離開了。而那些話，儘管聽上去像是無奈之舉，得幫那孩子瞻前顧後，卻又隱約帶著幾許牽掛，這都是為了……那個認識了十年的……煩人小鬼。

＊＊＊

上課鈴聲在一個鐘頭前便已然響起，大部分學生也都進了教室。儘管固定都會有幾個老師去尋找蹺課的學生，但那些叛逆的孩子，就是有辦法躲到一個老師翻遍整個校園也找不到的地點。

這會兒，於學校後方深處的一座溫室中，有五、六名學生正坐在那裡，一邊狂玩攜帶型遊戲機，一邊大聊特聊猥褻的話題。盡幹些血氣方剛的年紀會做的事。其中有一名少年背靠著柱子，目光注視著其他方向，猶如對所有事情都漠不關心。

「嘿，屁Graph，你不是說想試試……要抽抽看嗎？」突然間，其中一名友人開口問道。

聽的人轉頭一看，發現友人手上拿著一根已經點燃的香菸，此時另一個人皺起臉來。

　　「你現在馬上滅了它，萬一被老師看到，全部的人都會跟著一起遭殃。」

　　「你別這麼膽小好嗎？就算被人發現菸蒂，也只會以為是其他老師抽的。」

　　此人話一講完，就把手中的東西遞到Graph面前，而他僅沉默一下子，接著便把手伸了出去。

　　「Graph！總算找到你了！」

　　然而，就在Graph接過朋友久久才帶來一次的香菸之前，背後忽然傳來呼喚聲，他回過身，隨後看到了一名長髮、面容清秀、身形姣好的女孩，正一邊小口小口地喘著氣，一邊抬起手壓在自己肋骨的位置上。當那名女孩看見朋友手上拿的是什麼東西之後，圓滾滾的眼睛立刻睜得大大的。

　　「你們在做什麼？」

　　「兄弟，你媽來了。」

　　就算遭到其他人譏笑，女孩仍不為所動，她快步走上前，然後抓住了Graph的手。

　　「走吧，Graph，已經遲到很久了。」

　　啪。

　　「別煩我，Janjao！」

　　！

　　然而，蹺課的那個人竟然甩開對方的手，還當面對著人家咆哮，把那名叫做Janjao的女孩嚇了一大跳，她愕然注視著朋友那張暴躁到看起來有些可怕的臉，這才緩緩地把手放下，輕聲地開口。

「對不起，Graph，我只是看你都來學校了，可卻一直沒有進教室，所以才跑出來找你。」女孩解釋道。她瞥了一眼其他班同學手裡的東西，接著微抿著唇，很想出聲制止，但又對他們有所顧忌，而且她也不想事後招來麻煩，最後只好放棄。

「抱歉打擾了，下一堂是物理課，等一下我先幫你占個位子。」Janjao對朋友露出笑臉，接著轉身走了回去。然而從當下的時間來看，如果不想太晚進教室以致於被責罵，她就必須得跑著回去，可是……。

啪。

「嗯？」等女孩回過神來，便發現手腕被人抓住，她只好回過身，然後看到……。

「對不起，我很抱歉，Janjao。」

一名面容俊秀的男孩子，面有愧色地對她說話，可那雙眼眸中不只有愧疚，還帶著悲傷與歉意，以及害怕朋友會因此生他氣的憂色。

女孩見狀，隨即對他露出了笑臉。

「沒關係，我沒生你的氣……要一起去嗎？」

她笑臉盈盈地發出邀請，對方因此緩緩地點了點頭，轉身抓起背包揹在肩上，跟了上去。

「哇嗚、哇嗚、哇嗚，要跟媽媽走了嗎？兄弟。」

「這個屁Graph真他媽的怕老婆欸。」

「就是說啊，要去哪？不是去上課吧？」

背後傳來的揶揄聲讓Graph回頭怒目相視，然後語氣強硬的發出警告。

「注意你們的嘴，別對我朋友講這種話。」

話一說完，Graph立刻拉著Janjao的手臂離開。女孩如釋重

負地鬆了口氣，慶幸沒有節外生枝。

他們走回上課的大樓，接著前往物理課教室的大樓，途中女孩忽地跳到前面，抬頭注視著學校的帥氣少年，然後開口詢問。

「昨天晚上……發生什麼事了嗎？」

！

就這麼一個問題，使得對方雙腳一頓。剛才那位帶刺的叛逆少年，臉瞬間垮了下來，原本凶神惡煞的眼神立刻變得委屈，他低下了頭，直望著自己的學生鞋鞋尖，而後嘆了好長一口氣。

「又被……罵了。」

這句話使聽的人也跟著沉重了起來。

其實Graph從沒想過要把自己的事情說給任何人聽，連他最要好的朋友也不知情，可是就在上學期，他聽到這名女同學在教室裡面和另一名友人談到自己有一位同性戀哥哥，交往對象是個男的，而且家裡都能接受，連當事人也抬頭挺胸公開承認。他因此主動接近女孩，找她聊天，想要認識她，想問問她……該怎麼做，才能讓一個男人回過頭對自己感興趣。

等到他們變得熟識，他才不小心說溜嘴讓對方知道，這位朋友因此成了唯一一個知道他藏了什麼心事的人。

這個人嘗試過各種方法，只為了讓一個男人回過頭來注意到自己。

這個人很清楚知道自己沒有希望，但就是不肯死了這條心。

他也無法死了這條心，以為他沒試過嗎？到最後，他的目光還是會不自覺地轉回來，凝望著那個只會罵他是個煩人小鬼的男人。

「可是Graph和那群不良少年混在一起，甚至抽菸，或是做一些不好的事情，也不會讓情況變得更好啊。」

「Pakin哥喜歡那種人。」

一聽到Janjao這麼勸告，聽的人隨即有氣無力地回答。

他努力了好幾年，努力表現得比實際年齡還要成熟，努力學習各種事情，努力變成Pakin哥喜歡的樣子。

Pakin哥交往過的對象都是大人，長相好看、有魅力、充滿自信，而且……經驗老道。

所以他必須要更加努力。他所處的環境，從不曾給他機會離經叛道，但學校裡的環境有漏洞，讓他可以去學習。他花了好幾年的時間才讓那個帶衰老爹買一輛BMW摩托車給他，但並不是因為他喜歡玩車，而是因為……他想成為Pakin哥認可的人。

「你確定嗎？Graph？你確定自己只要喝酒、抽菸，甚至是去吸毒……那位哥哥就會回過頭來愛你嗎？」這一回，Janjao語氣嚴肅地問道。

Graph一聽，倏地哽咽，然後別過了臉。

「不……就算我死了……噢不是，如果我死了，那位哥哥應該會很開心，一直纏著他的煩人小鬼，這下終於不在了。」

「別講那種話嘛，Graph，昨天他說了什麼嗎？」

這個問題使得少年回想起昨晚的事情，雙手因而握緊了拳頭。

「他說我是個無腦的屁孩，而且還把我的車搶走了。」

「那位哥哥搞不好是在擔心Graph？」

此話一出，昨晚難過到掉淚的人不由得抬起了頭。

「擔心？」

「嗯、嗯，他或許是在擔心Graph騎車到處跑……等等，你該不會又偷偷溜進那什麼賽車場了吧？」一想到這事，綁著馬尾的女孩就忍不住嚇到叫出聲來。她清楚記得朋友講過，那個活動

每個月會舉辦一次，而且聽起來非常可怕。

「那沒有什麼啦，至於擔心嘛……。」少年輕描淡寫地帶過。

女孩察覺到朋友在轉移話題，她會心一笑，然後配合著對方說道：「嗯，就是在擔心啊，騎著車到處跑，要是不小心摔車就慘了。」

「不可能的……他才不會擔心我。」

Graph雖然嘴上那麼講，可心裡卻突然一陣大喜，高興地想著Pakin哥或許是在擔心他，而他那雙美眸也洩漏了這小心思。看到這一幕的友人不由得別過了臉，唇角含笑。

「哎喲？總算笑了。」Janjao覺得好笑地說道，使得Graph忍不住別過臉掩飾。

「誰笑了？妳看錯了吧？」

「好～是我看錯行了吧。」

女孩一邊說，一邊往前走去，少年見狀便跟了上去，過程中以低沉的嗓音，不是很確定地提問。

「Janjao覺得我還可以再去找那位哥哥嗎？」

咻！

對方一聽，立刻轉身朝他露出了一抹甜笑，為了增加朋友的信心而講了幾句鼓勵的話。

「Graph這麼做都幾年了？Graph會就這樣打退堂鼓嗎？」

這句疑問句，使得聽的人沉默了半晌，然而Janjao卻已經從對方那雙眼睛裡看到答案了。

「好啦，首先，要先讓那位Pakin哥別再說你是煩人的小鬼。」

女孩語氣堅定地說著，可Graph一聽到「煩人的小鬼」，頓

時變得有些委靡，因為講這話的當事人，其眼神與聲音也跟著浮現在他心中。

儘管如此，這句話帶來的鼓舞，令他有些害臊地低喃了幾句。

「謝謝Janjao，就只有妳願意站在我這邊。」

「哈哈哈，不要隨便放電讓我不小心愛上你，明明一顆心早就是別人的了。」

女孩回過頭幽默地調侃著，逗得Graph忍不住笑了出來。

「少來，妳之前是怎麼講的……歪女^(註)……」

「歪女一看到男人搞基就會興奮到不行……嗯哼。」Janjao笑著說道。

Graph聞言，隨即露出一抹燦爛的笑容。

這或許是當他和這位朋友相處時，感到很自在的其中一個原因……Janjao只把他當作是朋友……偶爾會看著他，然後她一個人不知道在腦補暗爽什麼的那種朋友。

「你們兩個，為什麼還不進教室！」

可在他還沒來得及回話之前，大樓另一端忽地傳來了老師的大吼聲，兩人迅速回過頭。

這下……當然要快點閃人啊！

Graphic臉上掛著笑意。原本Pakin以為會灰心喪志到消失至少兩個禮拜的他，一邊拔腿躲避老師的追捕，一邊在心裡鄭重地告訴自己——

我絕對不會就這麼善罷干休的，Pakin哥！

（註）歪女（Sao Y）：是泰國對女性Boy's Love愛好者的稱呼。中文的「歪」，其實是「Y」的音譯，由日語Yaoi（やおい）而來，指的是以男性同性愛情為題材的女性向漫畫或小說。中文圈多半稱之為腐女。

第二章

努力想成爲的那種人

　　泰國有好幾處賽車場，可很多人或許不知道，曼谷郊區的範圍還有一處場地，幾個月前才剛建設完成，不少人都投資了大筆的資金，並且有意把它拉爲世界級的賽場，而這賽場主人的名字大家其實並不陌生——正是Pakin先生。

　　有個人走進了賽場，然後朝著一名正在替一輛時髦超級摩托車檢查的修車技師走了過去。

　　啪。

　　「如何？」

　　肩膀突然被一隻大手拍了一下，兩隻手沾滿油漬的技師隨即回過頭，戴著墨鏡的來人朝他點了點頭。

　　「怎麼樣了？」

　　「大哥問的怎麼樣了，是指車子怎麼樣了？還是指那場比賽告吹之後怎麼樣了？」Phayu揚起眉毛問道。

　　Pakin一聽，聳了聳肩。

　　「都問。」

　　「那就一件一件說吧。」Phayu邊講邊擦拭自己的手，擦完就把布扔到了一旁，接著手掌一攤，指向好幾輛整齊排放的帥氣摩托車。

　　「我又改了一些地方，如果大哥想自己試試，現在就可以直接試了。至於那天晚上的事情……大哥擺的架子，好像惹上麻煩了。」

一提到第二件事，這名從十二歲就跟著爸爸拿工具，後來卻自找麻煩，選擇就讀建築系的專任天才修車技師，此時表情變得頗為嚴肅，Pakin因而摘下墨鏡掛在了領口上。

　　「說吧。」

　　「Chai哥沒有講給哥聽嗎？」Phayu反問道，對方聽了只是搖了搖頭。

　　「多聽幾張嘴講的話之後再做決定，是我的座右銘。」

　　「那麼這幾張嘴大概都講的一樣吧⋯⋯有些不滿大哥的人，看到活動被臨時取消，不只罵大哥愛炫耀、脾氣暴躁、跟一個小毛頭計較，還有好幾件大哥絕對不會想聽到的事，不過⋯⋯大哥確實是大到讓他們只敢在那邊吠。」句末，Phayu還稍微調侃了一下，他清楚記得面前這個人講過什麼話。

　　『這裡⋯⋯誰最大？』

　　當然絕對沒人敢多嘴。

　　「如果只會吠，那就讓他們去吠吧，等到有哪個傢伙打算反咬⋯⋯那時再說。」Pakin一派輕鬆地說道，然而那對犀利的眼眸裡卻沒有半點開玩笑的意思。

　　如果那群東西只敢對他的行為嚼舌根，就隨便他們，因為那表示他們厲害的就只有那張嘴，一看到他本尊就噤若寒蟬，不需要一一去處理，但如果有人敢再越雷池一步⋯⋯他也絕不會白白放過對方。

　　「那孩子的車呢？」

　　「那孩子？」

　　Phayu馬上皺起了眉頭，對方只好又補充解釋。

　　「BMW HP4。」

　　「喔，是那孩子的啊？我還想說大哥怎麼突然改變品味，

是從什麼時候開始喜歡上這種家用風格的摩托車？」專屬的修車技師笑著說道，其實打從Chai哥打電話來請他幫忙檢查一下BMW這輛車時，他就覺得很意外了，因為就算它性能再怎麼好，追求速度的那些人也不太會選擇這款車。

它的馬力很強，可是加速不夠快；安全，但不適合用來極限飆速。

「小孩的玩具。」Pakin嘲諷地說道，不過他並非看不起車子，只是想起了那個孩子而已。

對方聽完，僅微微一笑，接著指向位在賽場另一邊的技師團隊，而在那個地方，有一輛水藍色螺旋槳系列(註)的時髦超級摩托車，正醒目地停在那裡。

「引擎沒問題，DDC（Dynamic Damping Control）系統(註)本身就非常強調安全性，煞車的部分，同樣也很適合那孩子，如果只是騎著玩玩，噢，就像大哥所吩咐的那樣，弄成小學生都能騎的程度。我是覺得，不用再增加什麼設備了，不過這一切還是得看車主本身想再加些什麼，關於這件事，我無法替他做決定。」

Phayu滔滔不絕講了一堆話，對方也邊聽邊跟著點頭。

不過，他還不打算這麼早就歸還這輛摩托車。畢竟要是還的太快，他的精神想必沒多久也會跟著受到刺激。

然而，這個想法真的是大錯特錯。

「嘿，Pakin哥，你好。」

啾。

（註）BMW的標誌。
（註）DDC系統：動態阻尼控制／避震系統。

「怎樣？Saifa⋯⋯。」

！

一聽到從身後傳來的招呼聲，他迅速回過身，可跟在對方身後的那個人，反倒讓Pakin愣了一下。

「噢，這孩子說他要找大哥，所以我就把他帶進來了。」Phayu的雙胞胎兄弟叫做Saifa，他把一名少年往前推。

不如讓我死了吧！！！

Pakin在心中大聲吶喊，原本的好心情瞬間全毀，跟著Phayu的雙胞胎兄弟一同前來的人竟是Graph。

那少年穿了一套休閒服，上身是一件名牌T恤，下身是一條深色牛仔褲。光是看到那孩子的髮絲，就令Pakin太陽穴一陣陣抽痛。

「你怎麼會跑來這裡？」

這一回，高大的男人直接走上前，擋在少年的前面，Graph也抬起頭看了過來。

「我去辦公室找過哥，想說你不在那裡，肯定就會在這裡。」

「你是跟蹤狂嗎？」Pakin露出嘲諷的笑容，使得試圖保持冷靜的少年握緊了雙拳，心中不停複誦好友講的那些話。

『Graph要試著冷靜下來，然後跟那位哥哥好好地溝通，試著在他面前當個好孩子，就像你對我這樣。』

『我才不是什麼好孩子咧。』

『吼，Graph啊，盡量表現得像一個可愛的男人，試著展露出乖巧的一面給那位哥哥看，你一直以來給人的感覺都有點任性，改變一下風格試試看嘛。』

Janjao那麼說，所以今天Graph打算努力照著朋友的建議去

做。

他會保持冷靜，不衝動行事，不會再被對方牽著鼻子走。

「我不是。」於是Graph才努力以平穩的語氣告訴對方，雖然實際上已被那莫須有的罪名氣得半死了。

「那你有事？」

不過對方卻一點也不配合。因為Pakin問話的語氣依舊十分不耐煩，聽了這話的少年只好強行克制住自己。

「我只是來取回我的車。」

「等我什麼時候想還，自然會還。」

「可那是我的車欸。」縱使Graph努力地深呼吸，然而對方的表情與態度，卻讓他很難繼續冷靜下去。

為什麼Pakin哥一臉彷彿「今天有夠倒楣才會碰到你」的表情啊？

「所以要讓你騎出去惹事生非？我可不是你的保母。」Pakin的語氣依然平淡，不過看上去……非常冷漠。

「我可以對自己負責。」

Pakin一聽，從上到下掃視他一遍，緊接著冷笑了一聲。

那抹冷笑使少年感覺從頭到腳忽地一熱——是充滿憤怒的那種熱。

「我也這麼認為。」

雖然高個子男人表示贊同，可從他的語氣卻明顯聽得出來，那只是在諷刺。

是啊，我就只會惹事生非，但如果不惹事，哥會回頭看看我嗎？

「我今天只是想來取回自己的車子。」

「那如果我還給你，可以請你從此別出現在我的面前嗎？」

！

Graph聽了隨即一愣，雙手緊握成拳，無法解釋心中湧起的究竟是憤怒抑或委屈。男人的話，嚴重地打擊了他的自信心。

『Graph你聽好了，一定不能發火，如果你不想被那位哥哥罵，就一定要盡可能地保持冷靜。』

不過，一想起好友的囑咐，Graph便深深吸了一口氣，然後從容地開口。

「如果哥把車還給我，我就會回去。」

Pakin聽了沉默片刻，好像不相信他的話似的。兩雙眼睛就這麼靜靜地對視。一旁的雙胞胎也沒吭聲，僅雙手抱胸，看著眼前兩個不同世代的男人正在玩一場神經戰^{（註）}。

噢不，應該說只有Pakin哥一個人，正在與Graph玩一場壓迫神經的冷戰，差點就把人家壓進賽場的地底下了。那之後，高大的一方才轉過身對著Phayu點點頭。

「把車還給這小子吧，之後別再讓他進來。」

這句話使得Graph用力抿著嘴唇，直盯著轉身面向別處的那個人的背影，就好像……對方一點也不在乎他似的。

那模樣連Saifa也注意到了，於是他和自己的雙胞胎哥哥互看一眼，接著戳了一下Graph。

「弟弟你叫Graph對吧？回去之前要先試騎一下嗎？」Phayu開口問道，並示意自己的雙胞胎弟弟一起來幫腔。

「我覺得弟弟你應該先騎看看，這裡是賽車場，飆起來比外面的路還要過癮。」

Graph感受到這兩人同情的眼神，而當他得到了可以繼續在

（註）神經戰（War of Nerves）：指利用壓力摧毀對方意志與鬥志的持久戰。

這裡待久一點的機會，便欣然點頭。

「我可以試騎看看對不對？」

「對，如果試過之後覺得有哪裡需要修改，就告訴我吧，當作是讓哥哥們看到好東西的謝禮嘍。」Phayu笑著說道，讓他的雙胞胎弟弟接著說下去。

「我啊，也很想看Pakin哥大顯神威，只可惜那天我不在，事後聽Phayu描述，就一直很想見見那個讓Pakin哥發火的人。弟弟你長得也挺帥的，但惹起事來，真的很行啊。」

Saifa的爆笑聲中氣十足，果真名符其實（註）。少年勉強跟著笑了笑，同時瞄向正在另一邊交代工作的那個男人。希望男人對待自己，能像對待雙胞胎那樣一半好就夠了。

到底該怎麼做，哥哥才會喜歡我呢？

就在這個時候。

「Phayu，老子來啦。」

「嘿，Oat，你來得正好，Pakin哥也才剛到。」

某人走進了賽車場，並向兩位雙胞胎打招呼，Graph於是跟著轉頭看了過去。然而，吸引他目光的，並非是那位身穿深色皮質夾克，單手拿著一頂時髦安全帽的男人，而是走在他旁邊的另一個人。

那是個長相十分俊美的男人。棕綠色的髮絲在午後暖陽的照射下閃閃發光，將他的臉部輪廓襯托得更加醒目。無論是迷人的眼眸、高挺的鼻梁、漂亮的唇形，或是膚色與身高，一切都是那樣的恰到好處。除此之外，從他的一舉一動來看，對方明顯是個

（註）Saifa的泰文意思為「雷電」。

喜歡追求樂趣，卻又不受權力拘束的人。

Graph眼睛眨也不眨地猛盯著對方瞧。

他認識Pakin哥已經有十年了，又怎會不懂他的喜好……那這種的怎麼樣呢？

懂得裝扮自己，臉上掛著挑釁的笑容，眼神一看便知道經驗相當豐富……這人，完全是Pakin哥喜歡的類型啊！

只看了這人一眼，Graph就覺得自己被比了下去。

「Pakin哥來了？那我回去了。」這時，一旁穿著皮衣的男子揚起了眉毛，一臉的嫌惡，然後冷冷淡淡地對著兩位雙胞胎這麼說道。

啪。

「嘿，別這樣子啦，**Oat**，你不是過來幫我們試車的嗎……Pakin哥不會去動你的東西啦。」Saifa先一步抓住了朋友的肩膀。

這個名叫Oat的男人嘆了長長的一口氣，就在這時，他身邊的那個男子再次抬起手摟住了Oat的肩膀。

「呵呵，哥是在怕什麼？」棕綠色頭髮的年輕男子這麼說道。

Oat於是乎又嘆了口氣，回頭注視對方的眼睛。

「我不是不相信你，我是不相信他。」

「那哥應該知道，我能照顧自己吧。」

「唉。」

「哎呦？Oat就這麼認輸啦？」Saifa揶揄地說道，這時他的雙胞胎哥哥也跟著加入對話。

「來幫這傢伙加油的嗎？Chin。」

被人叫做**Chin**，也就是擁有漂亮髮色的那個男人，回過頭

對上了Phayu的眼睛，然後從喉嚨裡發出了笑聲。

「不是，Oat才不需要我幫忙加油咧。我只是來找找看，有沒有什麼緊張刺激的好戲罷了，搞不好會把剛上場的某人弄得比今晚還要火熱——」

「Chananon！」

Chin的話都還沒講完，Oat就簡短地喊了一聲他的名字——那名叫做Chin或者是Chananon的男子，將手舉到肩膀的高度，一副投降的模樣，可他的眼神卻……充滿了挑釁的意味。

而那雙眼睛也正好轉過來看向Graph。

「啊，這不是把場子搞砸的那個小孩嗎？」

「我不是小孩！」不知道為何，Graph就是不想好好地跟這個人講話，再加上聽到對方把他講得好像非常年幼似的，於是忍不住語氣強硬地頂了回去，對方見狀不由得一愣。

「這位是Graph，他是……」Phayu就在這時開口介紹道，正打算介紹少年的身分時，這名年輕技師隨即一頓，然後由Saifa接著說了下去。

「就Pakin哥的人啊。」

當天沒出現在事發現場的那個人笑著說道，這使得Graph臉突然一熱，雖然他也清楚自己必須否認，然而……。

「他不是我的人。」

卻比剛走回來的那個人慢了一步。

用眼角餘光瞟他，彷彿他無足輕重的那個人，這時刻意強調——

「他就只是個喜歡引起別人注意的小鬼罷了。」

「Pakin哥！」

咻。

「欸，我覺得你先冷靜一點，跟這麼有權力的人硬碰硬，小心死無全屍啊！走吧、走吧，跟著Saifa哥走，一起去試車，等一下哥借你服裝和安全帽，走啦、走啦。」

Pakin話一講完，今天一直默念著要冷靜的那個人，差點就衝上去找對方理論，只不過被一開始就發現端倪的Saifa先一步阻攔。他不僅要費力拉人，還得試圖化解眼前瞬間變得有些尷尬的局面。

這下不管是誰都看得出來，Pakin哥這位心情「極好」的男人，與這孩子之間有些不尋常，不過似乎是比較偏向負面的那種不尋常。

直到Graph被拉到了賽場的另一端，所有人才一同將視線投射到這位大人物身上。

「現在才發現，像哥這麼偉大的人物，竟然會去霸凌一個這麼小的孩子。」Chin率先開口說話，讓Oat也忍不住跟著插嘴。

「如果講的是身形，我覺得也沒那麼小，但如果是從言行來看……我認為哥對那孩子講的話太重了。」

Pakin的金牌賽車手講出了這番話，那就表示他也明顯感覺到，就算Graph外表看起來沒那麼稚氣，不過實際上卻非常的孩子氣。

「你們的工作從什麼時候多了教訓我這一項？」Pakin隨後平淡地問道。

Chin含糊地笑了幾聲。

「這不叫教訓啦，哥，我們只是把看到的情況如實說出來而已。」

這話使得身形高大的男人往前走了一步。在望向Chin的時候，他眼底的陰霾也隨之消逝。

這是他曾經渴望得到，以致於興奮到全身發顫的男人，但後來卻被對方毫不留情地拒絕了。

　　「我會聽進去的，如果你打算私下教訓我的話——」

　　啾。

　　「如果哥忘了，那我來提醒你，這人……是我的。」

　　Pakin的話還沒講完，Oat就連忙上前擋在兩人的中間，面色不善地猛瞪著眼前這個影響力十足的人。被瞪的那個人則瞥了一眼頂著頭棕綠色頭髮，正輕笑出聲的年輕男子。

　　「如果哥想要得到我，得先通過這個人才行。」

　　「我沒在開玩笑，Chin。」

　　「我也沒在說笑啊，哥。」

　　眼前這對戀人的表情，逗得Pakin也跟著笑了起來。

　　「你應該知道，我不會對名花有主的人下手。」男人語帶笑意地說道，這話使得他最得意的賽車手，回過頭來對上了他的眼睛。

　　「可如果名花有主的人主動投懷送抱，哥也隨時準備好一起玩……對不對？」

　　這一回，兩個男人靜靜地對視著，不過Pakin倒是樂得看戲，因為他其實可以就此打住，可一看到這人沉著臉，表現出吃醋的模樣，就讓他覺得非常有趣。

　　對他來說，愛情，是件可笑的事情。極致的性愛，才是他所想要的。

　　「Chin，你什麼時候主動對我投懷送抱了？」

　　「對啊，Oat哥你怎麼可以講出這種屁話？」

　　這一回，棕綠色頭髮的男子也跟著一起戲弄自己的男人，他戲謔的口吻，讓開口威脅Pakin的人不由得重重地嘆了一口氣。

「我不是在責備你，我只是打個比方。」

「打比方說我對Pakin哥投懷送抱……是這樣嗎？」

Chin質問的語氣帶著幾分嚴肅，使得那位因醋意大發而口不擇言的男人，轉過去對上了他的眼睛，隨後又像是認輸般的嘆了口氣。

「抱歉，剛剛是我說話不經大腦。」

「呵呵，那要不要和像我這種講過之後會去思考的男人試試看呢？」

「Pakin哥！」

這一次Oat大聲咆哮，這些人一個個接二連三地來惹惱他！就在這時，他的戀人走上前去，與這一座賽車場的老大面對面，兩人四目相對，猶如諜對諜。

Phayu一看到那畫面便覺得好笑。

這兩個人太像了，這樣是沒辦法吃下對方的。

「不了……哥不是我的菜。」

接著那名醒目的俊美男子就這麼隨口一說，可真叫人痛心啊。

被拒絕的Pakin放聲大笑。

「你拒絕像我這種有錢有勢的男人兩次了……難道就不怕我用權力找你麻煩？」

「哥這種人我很清楚……你才不會浪費寶貴時間去刁難一個只是拒絕跟你上床的人。」

Chin的眼神挑釁意味濃厚，充滿自信，而且邪惡到連Pakin也忍不住惋惜地嘆了口氣。

他就是喜歡這種壞男孩，只可惜Chin不想跟他玩。

「呵呵，每次見到你男友，他都是這麼壞，沒變過啊。」

Phayu看了不由得對著好友滑稽地說道。

　　Oat望著面前這兩人直搖頭。他不擔心Chin會外遇，但他擔心的反而是Pakin……男人那種眼神，一看就知道還沒死心。

　　然而，在他上前阻撓之前，一陣巨大聲響突然響起。

　　砰！！！

　　咻。

　　這一回，所有在賽場外的人立刻轉過頭，然後看到的畫面卻是……一輛漂亮的超級摩托車倒下，在賽場上滑動。當騎士滾到了一邊，而且那輛藍白色的摩托車又是那種狀態時……。

　　「幹！！！」

　　比任何人都先回過神，第一個率先衝出去跑向賽場的人，就是Pakin。

　　Pakin跑向了那個最會惹事的孩子，男孩的身體一摔到跑道上就失去了意識。一抵達那孩子的身邊，他雙手便迅速地檢查了一下對方的身體狀況，隨即像是怒吼般的大聲咆哮。

　　「這屁孩真是瘋了，每次碰到你，我就一定會被帶衰！」

　　震耳的怒吼聲，傳進了逐漸失去意識的男孩心中。

　　我……又給哥製造麻煩了。

＊＊＊

　　Graph無法集中精神……完全沒辦法，當他一往賽場邊望去，就看到Pakin正在和那名頂著棕綠色頭髮的人講話，雖然他一直告訴自己要專心騎車，要讓對方看見自己在這輛時髦車上的樣子其實也很不錯，有足夠的實力能夠駕馭這輛漂亮的超級摩托車，可他的目光始終無法從賽場邊移開。

從遠處看過去，Graph就能明白，Pakin哥想得到那個男人。

他之前就看過那種眼神，那種想馴服對方的眼神。

「弟弟你要集中精神啊，就算你的摩托車再怎麼安全，也不能對這麼巨大的東西掉以輕心喔。」

少年立即回過頭來，剛才Saifa用力拍了拍他的肩膀，還擔心地開口提醒，他只好喃喃地回答對方。

「我知道。」他知道要小心，可是他心裡要的不是安全，而是另一個男人。

Graph深深吸了一口氣，他告訴自己，這或許是個能證明自己的難得機會，如果讓Pakin哥看到他能照顧好自己，能駕馭這輛超級摩托車，沒半點問題，搞不好就能得到進入會場的許可，而不是像先前那樣，只能偷偷摸摸地溜進去。一想到這裡，他便把頭轉回來看向路面，一副蓄勢待發的模樣。

突——

起先，一切都還很正常，機械的運作狀況良好，飆速沒什麼問題，騎乘姿勢也很不錯，直到Graph不停地加速，接著目光往賽場外一瞥。

少年原本期待著有人會看向這邊……就算只是眼角餘光也好。

可是透過安全帽所看到的畫面，卻是Pakin背對著他，然後往前朝那位Chin哥的臉靠了過去，這使得少年一時失了神，即便身體依舊下達著指令，讓自己的愛車不停地飆速，但目光卻無法轉回來看向路面，結果就是……。

「！！！」

當他把頭轉回來之後所看到的畫面，便是朝觀眾席圍籬衝去的一個彎道。為了順利繞過彎道，他雙手使力，試圖強行讓摩托

車傾斜，不過那個時間點卻早已來不及，車的速度快到無法控制，身體唯一還能控制的動作，就是……棄車。

砰！

Graph的身體被拋飛，摔在賽場的地面上，接著又聽到某人讓他感到心痛的怒吼聲，那是他最後的記憶。

他就是個只會給Pakin哥帶來不幸的人。

「啊，你醒啦？」

結果他一醒來，就看到了最不想見到的人。

髮色好看的那個男人出聲招呼道，Graph隨即轉動目光看了看四周，這才發現自己似乎躺在一間病房裡面。

「嘿，你先別動，先躺著……弟弟你很幸運沒什麼大礙，身上只有一些擦傷。」

正當Graph打算坐起身時，卻被另一方壓著肩膀躺了回去，他隨即皺起臉來，手肘痛得差點讓他飆出眼淚。

「我現在是……。」

「你不會是忘了吧？」Chin愣了愣，不是很確定地發問。

剛摔傷的那個人緩緩地搖了搖頭。

「我記得……自己很蠢的在賽場上摔車了。」Graph一邊說，一邊抬手去碰自己的手肘，當他嚐到了這輩子很少有機會能體驗到的疼痛滋味後，便不由得把唇咬到發白。他挪動了一下腿部，而後才感覺到從身體兩側延伸到接近膝蓋的刺痛。

「難道不是因為光注意其他事情，所以才無法集中精神嗎？」

！

Graph眉頭一皺，立刻扭頭對上了對方的視線，然後才意識到自己一點也不喜歡這個男人的眼神——那眼神彷彿能夠洞悉一

切似的。

「不關你的事！」他不由得語氣強硬地回道，對方聞言搖了搖頭。

「是不關我的事啦。」

Chin也沒打算繼續說下去，一副對他沒興趣的樣子，讓Graph不由得感到一陣難過。

Graph難過的點並非是別人對自己不感興趣，而是他發覺自己根本無法成為對方那種人。人家不過只是聳了一下肩膀，看起來都比自己這種只會惹是生非的小鬼有魅力。

「那……」Graph只好試圖轉移話題，聽得Chin眉毛一挑。

「那什麼？」

我操，他笑起來好討厭。

男孩在心中大叫，注意到眼前這人了然於心的表情，他只好咬著唇發問。

「那Pakin哥……。」

「還留在賽車場。」

就連我摔車了，也他媽的一點都不關心我。

Graph收緊了拳頭，在心中嘲諷自己根本就無足輕重，即使像這樣受了傷，那人也都不來看看他。不過回頭想想，現在或許也不是見Pakin哥的好時機。畢竟用猜的都曉得，見了面結果也只會讓自己難過。這時再被Pakin哥罵的話，自信心絕對會崩毀的。

「那我的車呢？」就算受了點傷，可Graph知道自己必須在事態變得更複雜之前，盡快趕回家。

這個問題讓Chin稍稍挑高了眉毛。

「你都傷成這樣了，還在擔心車子？」Chin一臉不可置信

地開口。「近期應該是回不來了，車被Phayu哥牽回去檢查，他想查出為什麼會摔車，而且看樣子，大概也會送去重新烤漆，沒有整理好之前是不會還給你的。」

Chin無奈地聳聳肩。這群愛車成痴的男人，就連不是自己的車都愛惜成這個樣子。記得之前Oat哥把自己的寶貝送進修車廠時，他可是早上、中午、下午，甚至連晚上都跑去看。

「隨便啦，我可以自己送去修車廠處理。」

看樣子，這孩子儘管臉上寫滿了焦急，但似乎沒自己想像中那麼愛車。Chin想。

「把我的車還來，我要回家！」Graph忿忿地說道。

Chin看了他一眼，接著點了點頭。

「如果想把車討回來，可能有點困難。這樣吧，等一下我送你回去，反正Oat哥還會在這裡待很久。」

就算少年再怎麼想拒絕，也知道自己沒得選擇，所以只好勉為其難地點了點頭，縱使怪他逃避責任也行，但他必須得逃。

「有辦法起身嗎？」

Chin走上前，作勢要幫忙攙扶，傷號Graph見狀隨即咬緊牙槽，打算即便渾身是傷也得努力站起來。

然而……。

「你們要去哪？」

說時遲那時快，某個人突然出現在門邊。

「Pakin哥！」

這一回，臭屁的小鬼訝異地叫出了對方的名字，驚嚇之餘整個人差點往後倒去，幸好Chin及時出手穩住了他。

「我問你們要去哪？」Pakin語氣冷冷地問道。

當他踏著泰拳三步[註]逐步逼近時，有著漂亮髮色的那個男

人也不禁覺得奇怪，很意外他會露出這種冷漠的眼神，而且還帶著少見的煩躁。

「我要……我要回家……關哥什麼事！」Graph也試著想加重語氣，可發出來的聲音卻結結巴巴。

對方聞言，隨即露出了一抹可怕的笑容。

「關不關我的事，你不也都跑來這裡製造麻煩了？」

「我這不是要走了嗎！！！」

遭到奚落之後，Graph不服輸地回嘴，高大的男人聽了，狠狠地瞪了過去。

「你以為事情會這麼簡單就過去……？想法怎麼這麼幼稚？你爸大概不知道，這件事跟我沒半點關係！」

「跟哥沒關係，是我笨，自己摔的。」

「如果知道自己笨，一開始就別幹這種蠢事！！！」

這一次，Pakin怒不可遏地迎面狂吼，Graph聽了忍不住顫抖起來，可他一句話也說不出來，只能心痛地握緊雙拳，完全無法反駁。

啪。

話一講完，Pakin就出手抓住了他的肩頭，然後使勁一拉，讓Graph咬緊了牙根。

「我送你回去。」

「哥不用──」

「閉上你的嘴，照我的話做，你應該不會希望我跟你爸產生更多的嫌隙吧！」

（註）泰拳三步：泰字音譯為Yang Sam Khum，指的是泰拳中的一套姿勢，可以往前三步或往後三步。文中指人物帶著殺氣步步逼近的意思。

少年都還沒講完，Pakin就馬上駁回，絲毫不掩飾語氣中的憤怒。那位深知自己把對方惹怒的人，只好乖乖閉嘴。

　　Graph十分清楚，儘管他在賽場摔車是自作自受，可畢竟是在Pakin哥的地盤上發生的，而且Pakin哥也不會想讓這些雞毛蒜皮的小事影響到自己和他爸之間的利益，所以哥才不得不出面負起責任，即便心裡……一點也不情願。

　　如果哥是真的擔心我，不是為了表現給我爸看……我或許會高興一些吧。

第三章

執 拗 的 原 因

　　由於曼谷市區的道路有限速，再加上壅塞的交通，因此行車速度受到了一定的限制，不過對於那位駕馭了世界上最快、最猛超跑的男人來說，就算前方有再多的車輛，他就是有辦法左切、右鑽，然後猛踩油門，駕駛亮麗的 Venom GT 高速飛馳，一邊吸引眾人的目光，一邊挑戰警察的公權力。

　　突突突突突——

　　這輛好看的跑車依然不停地加速，引擎跟著發出震耳的迴響，可車子裡面卻沒半點交談聲，靜得和墓園沒什麼區別。

　　駕駛直盯著路面，坐在前座的那個娃娃則始終望著窗邊。

　　他靜靜坐在一旁的模樣太過反常，Pakin因而瞥了他一眼，然後開口詢問。

　　「你傷口痛不痛？」

　　這孩子平常話很多，雖然多半都是在和我頂嘴。

　　「哥也會關心我啊？」

　　任性的小鬼聽了那句話，隨即出聲反諷，可這非但沒有讓Pakin感到半點愧疚，反而讓他在確認過對方沒什麼大礙之後，安下心來。

　　能頂嘴就代表還沒死。

　　「沒有，我只是怕自己會惹上麻煩。」

　　「……」

　　一聽到如此狠心的話，Graph立刻安靜了下來，像是在壓抑

情緒般的抿著唇，甚至還在心裡大吼。

在他面前當個好孩子根本就沒用，Janjao，情況只會變得更糟而已！

男孩在心中埋怨起自己的朋友，雖然他知道其實Janjao並沒有錯，錯的是像自己這種沉不住氣的人，可是聽到那種不堪入耳的話，真的會讓人火冒三丈，所以他就只是在遷怒罷了。

「噢！」一個挪動，讓男孩忍不住叫出聲來。剛才動作的時候壓到了傷口，他只好小心翼翼地把腿伸直。傷口拉扯到的地方，有種被撕裂後滲出血液的感覺，疼得讓他想哭。

可駕駛卻一副不痛不癢的冷漠樣子。

「我有請賽場上的醫師幫你看過了，他說只是些擦傷而已。如果想進一步檢查的話，之後再跑一趟醫院吧。」

Graph很清楚對方並非出於關心才講出這些話，不過就只是怕惹禍上身罷了，可他那顆不爭氣的心臟，卻因對方小小的關切而忍不住開心了起來。噢不，應該說，這男人只是扔給他一些如殘屑般的施捨，少年一想到這，便開口頂了回去。

「如果哥怕我死了，為什麼不自己帶我去醫院呢？」Graph不喜歡醫院，但如果是Pakin哥帶他去，那他或許就能接受了。

結果他卻得到了這樣的回答。

「我又不是你爸。」

「……」

不過短短的一句話，卻是終止這段對話最殘忍的一種方式。男孩瞬間啞口無言，只能在心中對著自己說──

如果哥是我爸，我大概就不會像這樣，緊緊跟在你身後傻傻地挨罵了。

車廂內再度安靜了下來，這讓Pakin相當滿意。他起先以

為，自己得應付小鬼因疼痛而起伏不定的情緒，所以他一路上都很頭疼。可是Graph今天卻安靜得很，不禁覺得讓這臭小子吃點苦頭，似乎也挺不錯的嘛。

受了這樣的傷，至少近期內不會再來找我了吧？只要再親自登門去向他爸道歉就沒事了。

男人在心中如此想，直到時髦的跑車轉進了一棟到處都是傭人的氣派豪宅，接著停在建築前面的大理石樓梯前，Pakin這才發現了一個難題。

高大的男人率先下車，緊接著皺起眉頭，因為他送回來的那個人不肯下車，就連車門也不願意自己開，他忍不住忿忿地咬牙，不過最後還是繞到了另一側，替對方開了車門。他告訴自己，只要把這小鬼扔進家門，任務就結束了。

「下車。」

「不要！」任性的小鬼這才開始發作。

Graph非但不肯下車，還抬起手抱在胸前，把臉轉向另一邊，把男人氣到不行。

「下車。」

「不要，我還不想回家。」既然當個好孩子不管用，Graph便決定當個任性的孩子，報復剛才被罵的委屈。

對，我就是個衰神，那我就讓哥衰到底。

黯然心傷的男孩這麼告訴自己，甚至還轉向了另一邊，因為他很清楚Pakin哥不會在這個時候發飆。畢竟兩人正在父親的勢力範圍內，如果此時Pakin哥敢對自己不好，那等一下他大概也百口莫辯了。

「Graph，下車。」

果真如Graph所料，Pakin只能語氣嚴肅地沉聲開口。可男

孩卻依舊不為所動。

　　「不要！我受傷了，我想去醫院，而且是哥害我受的傷，所以要負責帶我去檢查。」

　　既然你那麼想要負責，我就讓你負責到底。

　　少年心知肚明，這種方法只會讓Pakin哥更加討厭他，但如果可以因此讓他們相處得更久一點，或是能讓Pakin哥回過頭和他說說話，那麼就請容許這個該死的Graph暫且當一回任性的孩子，隨對方去罵吧。

　　「Graphic。」

　　「……」

　　「別讓我失去耐性。」

　　「那哥就快點失去耐性吧，我也非常想知道哥到底會怎麼做。」

　　少年說著，一副自以為高高在上的模樣，使得注視著他的男人露出了一抹壞笑。

　　「不下來是不是？」

　　「哥應該很清楚才對。」

　　Graph這麼答道，剛才發問的男人因而再次開口，想確認對方是否真打算那麼做，接著就笑了起來。

　　那笑聲讓Graph回過了頭，然後⋯⋯。

　　啪。

　　「嚇，噢！我的傷口好痛，Pakin哥⋯⋯啊、放我下來，放開我，臭Pakin哥，噢～都說了很痛啊！！！」

　　一瞬間，Graph放聲叫了出來，因為他原以為不敢輕舉妄動的那一方，竟然猛地鑽了進來，然後拉起他受傷的手臂，使勁扯得他痛到死去活來。就在他毫無防備之下，對方忽然用力一拉，

讓他的上半身靠在了自己寬厚的肩膀上。

颼。

「噢～好痛，我的頭！」

Pakin再度用力扯了一下，使得坐在低底盤車廂內的男孩，以頭朝下的姿勢被人抱在了懷裡，臀部則被掛在了高個子寬大的肩膀上，腳只能騰空掙扎，整個人立刻像包米袋一樣，被扛在了肩上。

Graph的樣子像是還沒回過神來，另外再加上傷口被扯動的痛，使得他盡可能地不敢亂動，最後就這樣，以十分羞恥的姿勢前後晃動。

「快把我放下來！！！」

「呵。」

對方不但不肯放人，還發出了嘲諷的笑聲，令他更加難受，這時他試著踢動腿部，然而後方並非空無一物。

唰。

少年身後正是那輛時髦的超級跑車，Pakin此時立即回過身，讓那雙布鞋去踢空氣，而不是踢在他的寶貝愛車上。然而，少年剛才的那些舉動卻把男人惹毛了。

啪！

嗮！

「哥……哥為什麼打我屁股！！！」

對付這種壞孩子，就得用力打他屁股。

Graph隨即渾身一震，並大叫了起來。

「哼，不是很會耍任性嗎？」大塊頭一邊以嘲諷的語氣說道，一邊把Graph再往上頂了一下，方便自己抱住那孩子的膝蓋後方，防止他摔下來，雖然他其實很想就這麼把人丟在家門前。

「放開我，放我下來啊！！！你是沒聽見嗎？我叫你放我下來！」

大個子知道Graph肯定是覺得很丟人，特別是當家中一群幫傭驚魂不定地衝了出來，然後撞見Kritithi少爺這麼爆笑的模樣時，Pakin就忍不住想要再懲罰一下這個小屁孩。

「好，我放。」

咻！

「啊！！！」

他的放，就是讓對方的頭往地板撞去，這讓Graph嚇得放聲大叫，害怕地立刻閉上了眼睛。

啪。

不過放手的那個人又及時抓住了他的腳踝，Graph這才緩緩睜開了眼睛，努力讓自己冷靜下來。這下他已經明白不可以掙扎，要不然這個壞心的人或許真的會放手，讓他一頭撞死在地面上。

「Pakin哥是個大壞蛋！」

他能做的就只有大聲罵人了，可兩隻手卻又緊緊地揪住人家背後的衣服不放。

叫罵聲非但沒有惹得Pakin不開心，反而讓他覺得能捉弄到這小子，心情好了不少。可正當他準備再往對方的屁股打個兩、三掌，讓這小子羞愧到不敢再出現在他面前時，他原先打算要拜訪的人，此時突然現身在門口。

「這到底是怎麼一回事？Pakin，那個是……Graph！」

「爸！」

Graph的爸爸是一名正值壯年的政治人物，相貌莊嚴，模樣就像個富商，此外還有一雙看起來十分凶狠的精銳眼眸。然而當

他看到自己兒子的模樣，再加上老朋友以不怎麼雅觀的姿勢把他兒子扛在肩上，那雙眼睛因而露出了明顯的疑惑。

Pakin隨即笑臉相迎，開口回答對方的疑惑。

「弟弟摔車了，所以我送他回來，還有他痛到無法自己行走，我很抱歉不得不這樣子抱著弟弟，但是叔叔應該能理解的吧？畢竟Graph現在已經大到揹不動了。」

「摔車？……Graph！！爸跟你講過多少次了？不要去玩那些玩具車，不管我講幾次，你就是不聽！」

Graph的爸爸語氣沉重地責罵道，聽得Pakin差點沒抽動眉毛，這時對方似乎意識到了什麼，不由得及時改口。

「叔叔不是在講Pakin喔，你是當作生意在經營，可這臭小子就像是在玩扮家家酒一樣……」

「我哪有在玩扮家家酒！」

Graph隨即大聲反駁，大個子聽了便出聲打岔。

「那我方便先帶Graph進屋裡嗎？」

「快進來、快進來，我這個兒子真丟人，竟然讓Pakin做到這種地步。」

爸爸如此說著，當兒子的那個人這時聽見了一道低沉的嗓音，僅以兩人能聽得見的音量悄聲低語，他於是乎緊咬著唇，咬到都發痛了。

「想被禁足幾個月好呢？Kritithi少爺？呵。」

其實Graph自己也知道會被懲罰，可當他聽見那種嘲弄的語氣，心裡又不禁一陣難過。

難道就拿Pakin哥一點辦法也沒有了嗎！

Kritithi的家族從祖父輩就一直在政界打滾，因此不管是權

力或者是財富，都驚人到不想去知道那些錢究竟是怎麼來的，Graph只知道自己絕對不會繼承家族事業，因為他從小就理解到一件事……。

那就是，得戴著面具接近對方。

圍繞在爸身邊的，都是些虛偽、阿諛奉承的人，而此時的Pakin哥也是其中之一。

「叔叔向你賠不是，我兒子又給Pakin製造麻煩了。」

「沒有關係的，Graph就像我弟弟一樣。」

虛偽！

少年在心中咒罵道。此時的他，蜷縮在一張沙發椅上，望著兩名大人正戴著面具互相討好對方。他知道，Pakin哥的家族是爸主要的支柱，也清楚Pakin哥的家族需要政治圈的權力來推動事業。

除了利益還是利益。

愈想，Graph就愈討厭Pakin哥那張笑咪咪的臉。男人看似真誠的銳利眼眸，以及謙恭有禮的語氣，都不像他所認識的Pakin哥。

他十年前第一次見到的Pakin哥，依舊深植在他的記憶中。

那個人對他一視同仁，噢不，應該說是第一個敢罵他的人，直言不諱地說他這個小孩有多煩人，可卻還是願意來探望他這個因身體虛弱，時常得進醫院的小鬼。Graph知道那是Pakin哥他爸的命令，而當事人也完全不打算掩飾自己的無奈，不過他的探望，卻讓Graph沒有朋友的童年生活開始有了期待。

一直等待有人來找我。

他早就對自己的父母徹底失望了，因為就算他再怎麼呼喚、吵鬧、任性地大呼小叫，爸爸和媽媽總是有數不清的工作得處

理。這個時候，只有Pakin哥會繃著一張臉來找他。

『真浪費時間，快點好起來，我懶得再來探望你了。』

這人雖然嘴上這麼說，但卻願意坐在他的身旁，然後每當他有所求的時候，總會露出煩躁的神情。

Pakin哥是他唯一需要的那個人。

而那個人現在正向他爸爸解釋賽場上發生了什麼事情。

「因為Graph沒辦法控制住車子，所以衝向了路邊，不過他還是很棒，知道要拋下車子，因此才只受了點皮肉傷。但無論如何，我都必須向叔叔道歉，是我讓弟弟受傷了，答應讓Graph試車都是我的錯，明明我清楚最好少讓弟弟碰車。」

要不要直接罵我是蠢貨好了，哥？

被羞辱了一頓之後，Graph握緊了拳頭，即使對方說出那番話時，臉上是帶笑的。

「那爸爸只能把你的車沒收了。」

「嗚！不能這樣啊，爸！爸都答應要讓我騎車了，別忘了，是爸先忘記我的生日，還跑去──」

「Graph！」

一聽到自己的父親說要沒收車子，原本安安靜靜坐在旁邊的少年，這時氣得馬上反駁，他一臉不服地瞪著爸爸的臉，緊接著脫口講出了他知道的事情。

明明是他的生日，可是爸卻跑去找小老婆……就因為那份愧疚感，所以才答應讓他買下這輛車。

爸爸一直以來都是用錢在養育他，Graph非常清楚這一點，儘管難過，不過久而久之也麻痺了，之後才漸漸學習到，該怎麼利用這一點和自己的父親協商。

那人以嚴厲的語氣喊出他的名字，但接著又轉向了Pakin，

然後以一副心力交瘁的模樣說下去。

「Graph這孩子太任性了，叔叔可能沒辦法阻止他不去騎車，無論如何，要麻煩Pakin多擔待了，好嗎？」

「！

聽到這話的人當場傻住了，眼中瞬間閃過一絲煩躁，就在那一剎那，Graph忽地靈機一動。

「如果爸很擔心……」男孩這時出聲，引起了兩名大人的注意力，兩人一同轉過頭來注視著他的臉。見狀，他以傲慢的語氣說道——

「為什麼不讓Pakin哥來教我騎超級摩托車呢？」

「我這陣子比較沒空。」

Pakin也不甘示弱地回嘴，看起來明顯相當不開心，可少年還是馬上頂了回去。

「那就等哥有空的時候啊，我又不會跟別人學，而且如果摔了車，那就是哥的責任了。」

喀。

一道咬牙聲響起。Graph看見了對方雙拳緊握且眉毛抽動的模樣，儘管如此，只要他爸還坐在這裡，Pakin就不會明目張膽地拒絕他。Graph見狀，轉回來繼續對爸爸施壓。

「爸大概不會想讓媽知道……。」少年只點到這裡，然後就閉口不語。

接下來，就等結果了。

「Pakin……。」某人沉重地轉向了朋友的兒子。

「知道了，我答應親自教導Graph。」當眼前的中年男子一轉過來對上他的眼睛，Pakin就知道自己沒得選擇，只能咬著牙接受。

但如果這麼輕易妥協，就不是Pakin了。高個子馬上回了嘴。

　　「不過我忘了跟叔叔講一件事，Graph他偷溜進我的活動會場，然後還製造了不少麻煩。」

　　嚇！

　　這下換少年嚇了一大跳，因為他爸爸警告過他，不准進入那個會場。而此時，這個壞心的Pakin哥正在打小報告。

　　「我認為叔叔應該給Graph一些懲罰，要不然，他又會故技重施。」

　　「這是真的嗎？Graphic？」

　　爸爸不高興地轉頭過來注視著Graph的臉，使得正準備張嘴反駁的少年頓時收了口，間接承認了這件事，因此把爸爸氣得破口大罵。

　　「我講過幾百次了？只要超過晚上十點，就不准踏出這個家門，你竟敢違背我的命令！Graphic，我要罰你禁足一個月，休想再去別的地方！」

　　爸爸正在氣頭上，而Graph也不想在這個時候火上澆油，於是只能握緊拳頭。因為被禁足，意味著這一整個月都會有專車接送上下學，所以Pakin接下來一整個月也就可以不用看到自己了。

　　到了那個時候，他大概也忘了自己答應過什麼事情！

　　這時Pakin僅以眼角瞥了一眼這個妄想跟他鬥的乳臭未乾小鬼，接著又轉過身去衝著長輩露出笑臉，表示要先行離開。

　　「那我就先回去了，至於教Graph的事情，就等禁足結束之後再說……噢，我有先請賽場那邊的醫師幫Graph看過傷口，不過最好還是送去大醫院檢查一下……。」

「那哥就帶我去啊。」

！

既然都鬧成這樣了，任性的那一方當然不肯罷休，少年因此語氣強硬地表態，然後不等哪位大人先開口制止，執拗的他立刻乘勝追擊發動攻勢。

「如果Pakin哥不帶我去，我就不去，我討厭醫院，乾脆就放著讓傷口腐爛好了！」

Graph知道這是十分孩子氣的糟糕行徑，但如果不這麼做，就別指望會有人順著他的意思。

被人罵是任性的孩子，也好過當一個什麼都得不到的好孩子！

*　*　*

「哎喲？你居然以你爸的名義去跟那位哥哥談判？」

「嗯。」

「那他不就氣死了？」

「他幾乎想當場掐我脖子了。」

在高二乙班的教室裡，Janjao正在打掃教室的地板，執行值日生的工作。在她的附近，一名被繃帶包裹將近半個身體，以致於嚇到一群朋友的男孩子，正坐在一旁把腳抬起來靠在某張桌子上。而這兩人的對話，當然不外乎是關於昨天的狀況。

這些內容把Janjao嚇得大驚失色。

光是想像好友威脅爸爸的畫面，就已經夠可怕了，更何況好友還拿爸爸威脅那位哥哥，這個方法確定有用嗎？

小瘦子一邊想著，一邊注視著正在摸自己手肘上傷口的那個

人，接著嘆了一口長長的氣。

她是其中一個完全不贊同他再去玩超級摩托車的朋友，因為它不僅車身大、馬力強勁，而且速度還特別快，她擔心Graph搞不好又會在哪邊摔了車，再加上對方又是個莽撞的人，況且她不希望發生的事情也都發生了。

Graph現在的狀態看起來也是挺帥的，畢竟男人帶一點傷才顯得更有男人味，可他學生制服外所露出的青青紫紫，現下看上去卻有些可怕。從手腕到手肘的地方都包著繃帶，從膝蓋處一路往上至學生制服的褲子底下，也都被包紮起來了，走路的時候還一跛一跛的……實在太不划算了。

「不過也算值了，因為Pakin哥答應我爸，說會帶我去處理傷口，直到痊癒為止。」

然而，少年卻和朋友想的不一樣。若只憑受傷這點小事就能當成藉口接近哥的話，那連女孩子都能用這種方法接近對方了。

啪。

「啊～痛、痛、痛、痛、痛！」

「活該！很值是不是？Graph，非常值得對吧？都傷成這個樣子，哪裡值得了？懂不懂得愛惜自己啊！」

纖瘦的女孩以清澈的嗓音，不贊同地數落著對方。她以手掌用力壓在朋友的傷口上，使得坐在桌子上的Graph險些往後摔，痛得哇哇大叫。

「又沒什麼大不了的，我是個男人，不過就只是一點傷罷了……。」

「那樣子不好看。想想未來的畫面，假如脫掉衣服之後全身上下都是傷疤，你覺得那位哥哥還會想撲向你嗎？哼。」Janjao雙手環抱胸前，嗤之以鼻地哼了一聲。此時，身為歪女的她早已

浮想聯翩。

　　這是兒童不宜的場景了，受方如果全身都是傷，嘖嘖⋯⋯在白皙光潔的胴體上出現傷痕⋯⋯吼～光想到那個畫面，都沒興致了！

　　「先等到發展到那一步再說吧。」聽到這話的少年不禁輕聲呢喃。在忍不住跟著想像起那個畫面後，愛逞強男孩的白淨臉頰悄悄染上了一層紅暈，。

　　吼～Graph啊Graph，先想辦法讓Pakin哥別罵你，然後再去想後面的事好嗎？

　　「一定要走到那一步啊，而且還要說給我聽！」

　　這一回，女孩目光閃爍地說出這番話來，一副很想馬上就看到的模樣，把Graph羞得別開了臉，接著低下了頭，假裝在看手錶。

　　「我想，我們還是先去學校前面等好了。」

　　「一起去！等一下，我先把掃把收起來，Graph幫忙把那張椅子搬起來。」一聽到這話，女孩便連忙說道，她不想錯過見到朋友心上人的機會，甚至還指手畫腳，要病人幫忙把剛才搬下來歇腳的椅子抬上去放好。

　　Graph聽了之後乖乖地照做。

　　因為某人的傷口疼痛不已，兩人只好緩慢地行走至校門口，結果就見到⋯⋯一場小小的騷動。

　　這個時間點，所有國中部和高中部的學生們，全都擠在校門口圍觀某樣東西，而且還發出了陣陣的驚嘆聲。有些人掏出手機拍照，有些人則伸長了脖子好奇地張望，隨後有某段交談聲，飄進了男孩和女孩的耳裡。

「哇靠～這輛車帥爆！」

「是哪位家長的車啊？超好看的耶，今天第一次親眼見到真正的超級跑車。」

「好想知道是誰開的車，如果夠帥……欸，超想尖叫的！」

「吼～開這輛車，就算車主是個醜八怪也很帥，這很酷吼！」

這些對話聽得 Graph 不禁撇了撇嘴，他大概猜得出究竟是什麼原因，才使得這群學生嘖嘖稱奇，他因此抓住了 Janjao 的手臂，帶著人直直地走向眼前的目標。

Lamborghini Aventador Ip700-4。

這輛蠻牛系列^(註)的超級跑車，車型十分酷炫，而且還非常時髦，金屬黑的車身反射了午後的陽光，照映出閃閃光輝，彷彿像被陳列在高級車展示廳裡，而非像這樣停靠在學校圍籬旁。

「發生什麼事……誰允許你在這裡停車？」

就在這時，有位老師一見學生們不停地發出驚豔的叫聲，就直接走出來查看，甚至還跺腳走向了那輛車，為了告訴車主這裡不准停車。車主見狀，便打開車門走了下來。

一名帥哥隨即出現在眾人眼前。男人就算沒穿西裝，僅套了件休閒襯衫與深色牛仔褲，配上知名品牌的太陽眼鏡，可依舊足以令眾人驚羨地將目光投注在他身上。

跑車就已經很帥了，但開車的人更帥。

「這裡不准停車啊，先生。」

「我是來接人的。」

「那就把車子移到那邊停好。」

（註）：為藍寶堅尼系列車款的標誌。

年事已高的老師仍不肯退讓。Pakin一聽，拿下了太陽眼鏡，露出了看起來十分不悅的眼神，但說話的語氣依然客客氣氣的。

「剛好我要接送的人挺無能的，不得已才把車停在校門口前。」

「這話是什麼意思？」聽到這話，老師不禁疑惑地問道，心裡想著不會是哪位學生有大腦方面的缺陷吧？

Pakin這時冷冷地一笑，接著繼續說了下去。

「意思是，老師有一位無腦的學生，做事從不經大腦，也不知道是誰教他的，自己愛惹禍上身不夠，還給別人添麻煩，逼得我不得已只好把車停在這裡。不是我想違反你的規定，可是我有不得不這麼做的理由，都是因為老師那位愚蠢的學生害的。」

老師一時跟不上對方的思路，不曉得Pakin到底在講誰，而且也不確定對方是不是把他也跟著一起罵進去了？

「對不對？Graph？」男子接著斜眼看向了另一端，然後看到正站在一旁緊握住雙拳的少年。

「Kritithi，他是你的監護人嗎？」

這時老師語氣嚴厲地轉頭過來問道。少年緊咬牙關，正怒瞪著那位拐著彎罵他老師的男人。

不，Graph其實不在乎Pakin哥罵的是誰，可是當著好幾十個學生的面前罵他愚笨、犯蠢，真的太傷人了。

「是。」Graph咬牙切齒地答道。

「那麻煩請告訴一下你哥，禁止把車停在這裡，這次看在你摔車傷成這樣，就當作是特別破例。如果要把車停在這裡，請你們先約好時間，一停車就直接上車離開，懂了嗎？」老師像機關槍一樣飛速地說道，聽的人只能唯唯諾諾地應答。

「上車，你浪費的時間夠多了。」這時Pakin也語氣不善地開口。

Graph聽了很想回嘴，不過因為學校裡有太多雙眼睛在盯著他們看，所以他只能不高興地走過去搭車。

砰。

「慢死了！」車主一關上車門就立刻說道。

「我慢，哥難道就能當著全校的人面前罵我嗎？」

「如果不想被罵，下次就別出什麼愚蠢的餿主意。」Pakin直言不諱地說，毫不掩藏自己被迫來接送他的不滿。

車子前座的娃娃因此深吸了一口氣，接著轉過去以趾高氣揚的態度反擊，儘管他明知道自己鬥不過對方。

「那你就隨便罵吧，不管怎樣，哥的職責就是要帶我去處理傷口，直到痊癒為止！」

Pakin聞言，扭頭對上了他的眼睛，隨後露出一抹冷笑。

「這次我照著你爸的要求去做，但你別以為會有下一次。」

話一講完，Pakin就轉頭回去換檔，準備把這輛漂亮的跑車駛離校門口。

坐在一旁的少年這時將目光投向了男人，接著又轉回去望向車窗外。

哥愛怎麼說就怎麼說，我會想盡一切辦法，絕對要有下一次。

第四章

無望的期待

　　Graph討厭醫院，他討厭白色的走道，討厭身著白袍的醫師與護理人員，討厭那裡的氣味，因為這會勾起他孩童時期那段別人去上學，可他卻得經常往醫院跑的記憶。他極度厭惡醫院，特別是那裝了空調的狹小病房，裡頭只有一扇可以看見外面的透明窗戶。

　　而現在，他就站在一間以前經常出入的私立醫院前面。

　　「好了之後就回到車上集合。」

　　「什麼意思？」Graph立即回頭注視著說話的那個人，對方此時正轉向後座，少年這才看到自己起先沒注意到的某樣東西——花束。

　　大個子隨後轉了回來，手裡同時拿了一束鮮紅色的玫瑰，接著僅簡單交代了幾句，但聽起來卻很不負責任。

　　「只是去處理傷口，應該可以自己走過去才對？」

　　「哥不打算陪我去嗎？」

　　這一次對方整個轉過來直視他，濃密的眉毛微微上揚，接著以一臉欠揍的表情回答。

　　「我是聽你爸的命令才帶你過來，不過我沒有義務親自帶著小嬰兒進診間，有長腳就自己走，該不會才這點皮肉傷，就想討拍說自己走不動吧？」

　　Pakin表情有些不耐煩地說道，講完後就下了車。一旁的傷患趕忙跟上，上前抓住手持花束之人的手臂。

「那哥要去哪裡！」Graph問道，雙眼猛瞪著對方手裡的那一束花。

男人聽了也不避諱，直接回答——

「我有義務要向你報告嗎？」

話一講完，男人就鎖上了車子，然後大步走進了建築物內，聽的人因而把自己的嘴唇咬到發疼，可還是一邊努力地跟上對方的速度，一邊出聲反駁。

「但我想讓哥陪我一起去。」

啾。

「你是小孩子嗎？Graph？」

男人忽地轉過身來，以越發強硬的語氣質問道。少年聞言，不由得一愣，注視著那對流露出慍色的凌厲眼神。

「我已經照你的要求帶你過來這裡了，你還想要我怎樣？你曉不曉得，我非但無法處理堆積如山的工作，還得浪費時間來接送你這個只會製造麻煩的愚蠢臭屁小鬼，難道你就不能像個大人一樣，別老是讓我這麼頭痛可以嗎！」Pakin語氣強硬地說道。那深不可測又好看的鋒利眼眸，此時因煩躁、不悅、憤怒等情緒全交錯在一起，看上去更駭人了。使得被瞪的人只能抿著嘴，一言不吭。

「弄好就回到車上集合。還有，別再給我惹麻煩。」

男人一說完，就看到面前那雙眼睛正閃著淚光，模樣就像是被大人喝斥的孩童，只會用哭的方式來解決問題，可他並不想安慰，也不願解釋，就只轉過身，然後立刻走進電梯，準備前往住院病房。

高個子已經離開了，只留下那位不懂事的孩子，心痛地傻站在原地。

「麻煩、麻煩、麻煩，哥就只把我當成麻煩！」Graph緊緊咬住自己的嘴唇，倔強地忍住想哭的衝動。

　　「我一點也不想成為哥的麻煩，就不能對我好一點嗎？」身材苗條的少年用力眨了眨眼，將淚水逼回去，接著抬起頭，查看電梯究竟停在了哪一個樓層，在這之後轉身往另一個方向走去。

　　「明知道會變成這樣，可為什麼就是無法放棄？你這個愚蠢的Graph。」少年第一百次這麼問自己，他並不是不想放棄，當然想啊！喜歡男生就已經夠麻煩了，而且他喜歡的對象，又是像Pakin這樣的壞男人，人生大概只會被搞得一團糟，可他哪有辦法？

　　Graph曾試過不去找Pakin哥，想知道哥會不會偶爾想起他。但才過了僅僅一個月，他的心就為自己找了藉口，想著至少見上一面也好，雖然明知道一旦出現在對方面前，就只有被罵的分。

　　「真討厭我自己。」少年喃喃自語道，他拖著渾身是傷的身體走進了診療間，而他紅通通的雙眼，似乎讓醫護人員徹頭徹尾的誤會了。

　　「不會很痛的，我會盡可能地輕柔一些。」

　　其他人還以為他是因為傷口疼在哭，誰會知道Graph其實是因某人才剛在他心上劃出的傷口而落淚。

　　身上的疼痛倒是沒什麼大不了，不過心上的痛卻遠超過一切。

　　叩、叩、叩。

　　「我在，直接進來。」

　　吱呀。

「狀況怎麼樣？美女。」

「……」

正當Graph在樓下處理傷口的時候，Pakin則逃了開去以調整情緒，先讓自己穩定下來，然後才走進病房，然而裡頭的病患卻轉過頭來以怪異的眼光看著他，接著嘆了一口氣。她抬起自己打著點滴的手，藉此反問對方，這副樣子還叫美女？

「哥的眼光出問題了啦，竟然叫躺在醫院整整一個禮拜的人美女。」

一名身穿病服的女子搖著頭說道，男人聽了也跟著笑出聲來，接著走上前靠在床邊。

「我覺得Fa還是很美。」

「講這種話，是不是有什麼目的？」

「哪有，我照實說而已。」

雖然Pakin剛剛差點被那個沒腦子走進診療室的愚蠢屁孩氣死，可當他一走進這間病房，臉上表情立刻從原先的緊繃轉為和顏悅色，憤怒的眼神也因別有用心而閃閃發亮，彷彿瞬間散發出了性感魅力。

他對待每個人的方式都不同，特別是對這名叫做**Plaifa**的女子。

眼前臉蛋精緻漂亮的女子，雖然因為重感冒已經病了一週，導致看起來有些蒼白纖瘦，可卻依舊無法掩蓋她的美貌，即便身穿鬆垮的素色病服，也能襯托出幾分自然的性感。

Plaifa是他想得到的人物之一，不過目前尚未到手。

任誰看了Plaifa都會覺得這種女人比比皆是，但Pakin知道Plaifa有多特別，尤其是……在賽場上的時候。

「妳最近狀況如何？」

「好很多了，那對雙胞胎好幾天前也來探望過我，還跟我講了賽場上發生的事……一開始我還很遺憾剛好在哥舉辦活動的時候生病，但現在覺得，沒有看到Pakin哥氣到失控的模樣，更令人感到遺憾。」

Paifa和Pakin相比，整個人顯得十分嬌小，卻有雙桀驁不遜的眼神，說明了她一點也不懼怕這個男人，甚至還敢拿自己聽來的事情調侃他，這一切都讓Pakin對她更加欣賞。

誰會相信這個在銀行上班，看起來平凡無奇的女子，私底下卻是一個匿名的賽車選手，技術還一點都不比Oat遜色。

坐在超級摩托車上的Paifa，能贏過身形巨大的男子，而且她在賽道上奔馳的美麗身姿，使得Pakin一眼就被吸引住了目光，以致於……想得到她。

「那妳想不想看哥哥失控的樣子呢？」男人一邊說，一邊將花束放到床邊的桌上，接著用身體籠罩住躺在病床上的女子，他把一隻大手壓在枕頭的旁邊，另一隻手則伸出去撩起對方柔軟光滑的一縷髮絲。

啾。

Pakin移動手部，讓那一縷深黑的柔軟秀髮在掌心上滑動，直到髮尾處，才又抓住了它，緊接著拉起來抵著鼻尖，當下犀利的眼眸就這麼凝注在對方依舊掛著淺笑的蒼白面容上。

就在此時，病房裡的氣氛彷彿瞬間變了樣。當身材高大的男人一調整為火力全開的模式，那對目光也跟著透露出焦灼、暴戾以及好勝的情緒。

他想傳遞的情感，連Plaifa也感受到了。

Pakin哥就是有辦法讓病房變得像是隨時可以在床上激戰的高級賓館。

這個男人非常熱情，她很清楚。

「這是打算欺負病人嗎？」

美麗的女孩帶著甜美的笑容問道，Pakin聽了這話，身體接著往前又傾了一些，甚至還柔聲低語。

「那……妳想不想讓我欺負？」

高個子以低沉模糊的嗓音撩撥對方的神經，卻沒發現病房的大門正悄悄地被開啟，由於他興致正高昂，以致於完全忘了某個瘋孩子的事情。

「妳的回答呢？Fa……」

「你在做什麼啊？Pakin哥！！！」

還沒來得及聽到答案，一陣怒喝聲便從門口處傳來，使得Pakin馬上皺起了眉頭，下一秒，他握緊雙拳，轉身瞪向來人並發出怒吼。

「Graphic！」

男人一喊出了那個名字，原先銷魂的曖昧氣氛頓時煙消雲散，變成了遭人打擾的暴怒，而床上的女子也微微皺起眉頭，將目光投向門口，注視那個正緊握拳頭，看起來相當惱怒的人。

「哥到底在幹什麼啊？你本來應該帶我去處理傷口，結果卻跑來這裡！」Graph惡狠狠地瞪視面前的男人並怒吼道。

他麻煩醫護人員盡快替他清創，等傷口都處理好了之後，少年並沒有回到車上等，而是直接上了電梯，前往剛才看到的樓層，接著詢問護理師有沒有看到一位長得像Pakin哥的男人，以及他進了哪間病房。由於這個男人十分搶眼，令人印象深刻，Graph因此不費吹灰之力就得到了消息，可當他一推開門……。

卻看到他死命才讓對方答應帶自己來醫院的男人，正準備跟其他人接吻，這讓他難過得快要哭出來了。

哥是跟我一起來的，他現在就是我的，而不是這個女人的！

「我要去哪裡是我的事，你沒資格干涉。還有，別再表現得像個沒禮貌的小鬼了，你正在打擾病人。」

「病人！哪個瘋子病人會在病房勾引男人啊！」

「……」

Graph大聲咆哮，毫不顧忌他人顏面，一聽到這話，男人就目光炯炯地瞪了過來。這一回Pakin不說話了，一個字也沒回，只以冷漠的眼神注視著少年。光是這個舉動，就讓被注視的那個人安靜了下來，而後眼睛漸漸泛出了淚光。

「哼，大吵大鬧之後自己又在那邊哭。」Pakin嘲諷道。

「我沒哭！」倔強的孩子一邊反駁，一邊胡亂地擦去臉上的淚水。

他一點也不喜歡Pakin哥的眼神。

為什麼Pakin哥就不能用看別人的眼神看他呢？為什麼就只對他一個人露出這種嫌惡的眼神呢？

「去車上等。」

「不要！」

可當對方下了命令，少年同樣也不肯退讓，甚至還衝向了沙發，接著將雙手抱在胸前，擺明了告訴這位哥哥，如果他不走，自己也不走。

那副模樣把Pakin氣得半死。

「如果哥不走，我就不走。」Graph再次強調，而且還以深惡痛絕的眼神掃向床上的那個女人，接著再往床頭旁邊那束鮮紅色的玫瑰花看了過去。

Pakin哥打從一開始就不是真心想帶他來處理傷口，他其實是特地來探望這個女人的。

一想到自己只是別人的附帶品，Graph不由得握緊了雙拳。

「這位弟弟該不會是……噢，我知道了，原來就是他。」

然而，在這兩個男人劍拔弩張的氣氛之下，病房主人這時竟悠悠地開了口，甚至還點了點頭。她看了那名長相十分俊俏的男孩子一眼，然後才又轉回去對著Pakin笑。

「他就是大家最近一直提到的那個人嗎？」

「大家都覺得很煩的惹禍精。」

儘管Graph有點疑惑所謂的「大家最近一直提到他」究竟是怎麼一回事，可Pakin滿不在乎的言語，卻把他的心傷得更嚴重。

「沒有人會覺得我麻煩，就只有哥才這麼覺得。」

「既然你也曉得，那為什麼還要出現在我面前惹我生氣？」

Pakin隨即回過頭來大聲咆哮。少年渾身一震，睜大了雙眼，在眼淚流出之前，他連忙低下頭。

原本還能振振有詞的男孩，突然間就講不出話來了。

如果繼續說下去，一定會哭的。

用指甲刺向自己掌心的少年在心中這麼想，他想讓自己的身體疼到麻痺……對Pakin哥狠心的話語麻痺。

叩、叩、叩。

就在這時，大門忽地被敲響，一名年長的護理師走了進來。

「請你們小聲一點，這裡是病人休息的地方，如果你們繼續這麼大聲，那我只好請你們出去了，你們影響到其他病人了。」

她一臉不悅，語氣相當不客氣，使得製造噪音的那個源頭將頭壓得更低了，這時Pakin扭頭過來迎上對方的眼睛。

「我剛好也要走了。」男人僅丟出了這麼一句話，接著又轉頭對著床上的病人說道：「我就先回去了，祝妳早日康復。」

說完之後，男人看也不看一旁的男孩一眼，逕自走出了病房。

　　Graph立刻站起身來。

　　「Pakin哥！」

　　「噓——」

　　他只是喊了一聲，護理師就立即出聲制止，可是他完全不在意，直接朝那個完全不等他的人跑了過去，可就在那一刻——

　　「Graph弟弟。」

　　病床上的人突然開口叫住了他，名字的主人因此不高興地回過頭來。

　　「別叫我的名字。」

　　可女子臉上依舊掛著笑容，她接著說道：「嗯，我只是想告訴你，我跟Pakin哥之間並沒有什麼，你可以放心。」

　　「為什麼要跟我講這些？」

　　Graph的語氣依舊強硬，說完之後就跟著衝了出去，這時Plaifa的臉上依舊帶著淺淺的笑意。

　　「真不敢相信，居然有人可以讓Pakin哥氣成這樣。」

　　這個想法讓她突然很想盡快出院。

　　每次看到Pakin那副完美男人的模樣，其實她都有些不快，可當她發現Pakin也有著像一般人一樣的情緒和感覺，不由得讓她⋯⋯感興趣了。

　　嗖——

　　「Pakin哥，嘿，Pakin哥！」

　　Graph還沒追趕上某人，一輛昂貴的跑車就這樣駛離了停車場，在他的面前呼嘯而過，令他睜大了雙眸。無論他再怎麼扯著

喉嚨呼喚，那輛高級跑車依舊不回頭，完全不打算等他。

Graph左右張望了一下，然後掏出自己的手機。

「Pakin哥，哥你不能這麼做啊！」

「……」

「Pakin哥！」雖然對方接起了電話，但卻完全不吭聲，這代表他非常的生氣，不過Graph仍然不停地大聲呼喚。

「哥不能把我扔在這裡！」

「……」

「哥已經答應過我爸了，哥必須載我回家，不然我就跟我爸告狀！」

等到愛使性子的孩子一拿自己的爸爸來恐嚇，那低沉的嗓音這才響起。

「在醫院前面……嘟——」

在那之後，通話便立刻中斷，Graph一聽，馬上轉向醫院門口，兩隻腳奮力地跑了過去，心中既生氣又不滿，可更多的是……道不盡的委屈。

哥不能就這樣丟下我！

少年帶著這樣的想法奔跑，直至他發現了停在路邊的那輛時髦跑車，這時他的嘴角才向上揚起。

哥還願意等我。

只不過……。

嗖——

等他一靠近，幾乎快要抵達車旁的時候，跑車卻突然揚長而去，看得他瞠目結舌。

「哥……。」

見跑車停在了幾百公尺遠的地方，他只好再次撥打電話。

嘟──嘟──嘟──

這次對方不光是不接電話，甚至還直接關了手機，Graph因而咬緊了牙槽。

「哥要這樣整我是吧！」

話一講完，Graph馬上走向那輛車。可是，當他跑到很疲累，上氣不接下氣，就快要抵達的時候⋯⋯。

嗖──

跑車卻再度開走了，這讓少年更加難受。

其實Graph沒必要哄對方，他只要招招手叫一輛計程車，便能舒舒服服地到家，可他依然咬牙追著那輛車不放，宛如一個瘋子似的。那位惡劣的撒旦把車開得遠遠的，就像拿點心在誘騙一個孩子，但這種誘騙，卻讓Graph身心都感到疼痛。

感受到傷口似乎快裂開，不過他仍然咬著牙，氣喘吁吁地跟著車跑。

「Pakin哥！可惡，哥不能這麼做啊，不能這樣子對我！」少年大聲吼叫，不在乎一旁的路人會怎麼看他，他眼裡只有那輛走走停停的高級跑車，淚水蓄積在那雙漂亮的眼眸當中。

快不行了，快跑不動了。

帶著這個想法，Graph從跑變成走，喘到整個胸腔都感覺到痛，他只能隔著淚水，遙望那輛超級跑車，直到⋯⋯。

啪。

手剛一碰觸到車尾，他幾乎要露出高興的笑容時，卻⋯⋯。

突──

那輛車像憤怒的公牛一樣吼叫了一聲，然後就衝向了大馬路，不像剛才還會停在馬路邊，而是直接穿越十字路口絕塵而去。Graph不禁愣愣地站在原地，然後⋯⋯

咚。

疲累的身體就這麼跌坐在路邊。接著彷彿對一切都不管不顧似的，少年放聲大哭。

我恨哥！

我恨哥給了我希望，卻又一次次將它破壞殆盡。

看到那小鬼追著車子跑，也許其他人會感到同情，不過對Pakin來說，他覺得……很痛快。

Graph追著車子一路跑的時候，他時不時望向後照鏡，想看那少年毫無形象氣喘吁吁地奔走的樣子。少年沒有選擇直接搭計程車回家，而是不死心地跟在車子後面跑，因此等到他快接近的時候，男人再次把車子移開。

Pakin這麼做不是為了好玩，而是想要懲罰一下這孩子。

自己就是因為沒辦法對那孩子怎樣，無法對他施暴，就算罵他，他還趾高氣揚地跑來挑釁，只會白白把自己搞得七竅生煙，所以才這麼整他。他想看看Kritithi少爺的忍耐力究竟有多強。可試了一陣子之後，那傢伙仍鍥而不捨地跟在車子後方，不禁令他感到煩躁。

最後，等Graph碰到他的車尾時，Pakin不想再玩了，一鼓作氣將車子直接開走。

他不認為自己壞心，反倒覺得Graph應該要有自覺，不應該再和他扯上關係。

剛才的情況也是，Pakin最討厭別人表現出對他的占有欲，特別是Graph這種忌妒心強的孩子，他更不喜歡有人像個小孩子一樣，大聲強調他有或沒有權力做什麼事，因為他這種人，就算是天皇老子也管不住他。他想做什麼就做什麼，不要就是不要，

那小子算什麼東西？竟然敢開口命令他必須做什麼？

那是Pakin的雷點，Graph這小鬼卻盡在他的雷點上踩踏。

今天和他在一起的人就算不是Plaifa，而是朋友、長輩或者是下屬，他都不喜歡Graph所展現出來的態度。

不過就是個喜歡引人注意的小鬼罷了。

Pakin反覆對自己這麼說。他瞥向後照鏡，鏡中此刻只剩熙來攘往的車輛街景，而那一碰到他車尾便露出燦笑的孩子早已不見身影。

「如果蠢到無法自己回去，只要打通電話回家就行了。」他一邊喃喃自語，一邊打算把車子開往辦公室，或是去找個發洩鬱悶情緒的地方，可是……。

「真他媽瘋了。」

叭——

突然間，Pakin決定直接將車子調頭，他不想浪費時間事先打方向燈，猛地暴衝切車，嚇得後方車輛猛按喇叭，然而當事人卻一點也不以為意，不僅在前方迴轉，還不耐煩地嘆了口氣。

「記住，要顧及那小鬼他爸的面子。」男人這麼告訴自己，再三重申自己調頭回去是看在Graph他爸的面子上。還有，他不希望因那點小小的痛快，使得後續衍生出什麼問題來。

Pakin將車開回醫院，他原本希望那孩子已經想辦法自己回家了，可最後看到的，卻是穿著高中制服的男孩正坐在路邊，將臉埋在膝蓋處的孤獨背影。眼前的景象，讓他的心臟不由得微微抽動了一下。

「蠢！」

對，他只想得出這個字。

這時他把車子停靠在路邊，接著下了車。

「嗚……。」

走到Graph的面前時，他才發現那可憐兮兮縮成一團的身軀正不停地顫抖。

然而，當坐著抱住膝蓋的男孩以眼角餘光瞄到自己的鞋尖，接著緩緩地抬起頭後，Pakin這才看到了……一張全是淚的臉。

那張臉平時就已經夠煩人了，現在又是這副髒兮兮的模樣，越發令人不忍直視。

不過，也挺可憐的。

「嗚……哥回來……做什麼……你走啊，想去哪就去哪！」

可當這傢伙一開口，原本的楚楚可憐頓時消散。

「你這樣說也好。」

Pakin終歸是Pakin，他隨即轉身準備回到車上。

啪。

滿腹委屈開口趕人的少年，隨即撲上去緊抓住男人的褲管。

「哥……真的……超壞心……真他媽的壞心。」

「我也沒講過自己是什麼好人。」

男人雙手交叉在胸前，對著激動啜泣，但仍有辦法罵人的少年說道。接著這臭屁小鬼用手往臉上左右一抹的模樣，讓人看了不禁嘆息。

「上車。」Pakin面無表情地開口，他抓住Graph的手臂，而後往上提起，這才讓任性的屁孩願意起身。

Graph驚疑不定地上了車，畢竟他原本認為自己會被扔在這個地方。

他以為Pakin哥要拋下他，然後頭也不回地離去。這人是真的會想都不想就做出這種事來。

「哥為什麼要……繞回來？」努力想止住淚水的人問道。

開車的人一聽，翻了個白眼。

「如果有人知道你是誰的兒子會怎麼做……知名政治人物的獨子坐在路邊乞討……。」

Pakin只講了那些話，Graph就聽懂了。

如果爆出了那樣的新聞，受到影響的會是他爸爸，而拋下他的Pakin哥則會跟著遭殃。

只是那樣，哥就只想到利益，完全不是出自於對我的關心。

這個把頭壓得更低的少年在心中這麼想。他還清楚記得追在車子後面跑的那種感覺，當他以為就快要碰觸到的時候，下一秒，他所渴望的東西又倏然遠去，所以他只好再次迫切地去爭取。明知努力也只是白費心力，可他仍像個傻子般鍥而不捨。

「怎樣？是想讓我說，我擔心你嗎？」

「對。」

低頭承認的那個人，使得正準備發動車子的男人一陣愕然。他扭頭望向那顆低得看不見表情的橢圓形頭顱，接著聽見對方以顫抖的聲音這麼說道——

「我只是希望哥多少能關心我一下。」

每一次，Graph都會和他頂嘴，虛張聲勢，表現得自負，可現在卻這麼輕易地承認了。聽到這話，Pakin沉默了半晌，接著轉回去開車。

男孩內心相當忐忑不安，因為他期待Pakin哥的回應，就算只是虛與委蛇也好，但哥卻只說——

「別期待我給不了的東西。」

話一說完，車廂內隨即陷入一片死寂，不過兩人都很清楚，在這片寂靜中，夾帶著Graph的哽咽聲。儘管沒有哭出聲來，但並不表示他的心……不懂得如何哭泣。

 第五章

內心深處

「到家了。」

「……」

開著自家寶貝之一的愛車，車主Pakin對身旁之人開口。此時車子放慢了速度，停靠在屋子門口，可回應他的，卻只有一片靜默。他只好轉頭看去，才發現麻煩精早已歪著脖子睡著了。

「唉。」

高個子重重地嘆了一口氣，注視那名追他車子跑到一身學生制服都弄得髒兮兮的少年。對方半個身體還包裹著繃帶，看起來就十分難受。那顆剪了高漸層髮型^(註)的渾圓頭顱，正側靠在車子的椅背上，姿勢不管怎麼看都不太舒服。不過那均勻平穩的呼吸聲倒是讓凝視著副駕的男人知道，少年目前睡得正熟。

他還想說為什麼會這麼安靜，一路上耳根都很清靜。

啪。

「醒來。」

一隻大手伸過去抓住了少年的肩膀，輕輕捏了幾下，同時出聲叫喚，可那具纖細的身軀依舊動也不動，連半點反應都沒有。Pakin見狀，深深地嘆了口氣。

喀啦。

高個子解開了安全帶，把臉探過去查看那名問題兒童，接著

（註）高漸層髮型（High Fade）：一種側邊和後方短，頂部和前面長的髮型。

翻了個白眼。

　　這小子難道一路上都在哭嗎？

　　外頭的陽光照進了車內，讓人清楚地看見那張淨白的臉上留著已經乾掉的淚痕，這就說明了 Graph 一路上都不吭聲，有一部分是因為他強忍著聲音，不想讓 Pakin 發現自己正在哭泣。

　　「小孩就是小孩。」男人不悅地搖了搖頭，因為他自己也很清楚，就算這小鬼再怎麼表現出自己多有能耐，但終究只是個小孩，而且 Graph 還非常的孩子氣，這點讓他感到十分厭煩。

　　當然，Pakin 不喜歡小孩子，特別是任性的小孩，搗蛋的小孩、欠揍的小孩更是可憎。而這些小孩的特質，Graph 統統都有，所以每次只要對方一接近他，頭都會很痛，因為就連現在，那小鬼都還是在給他製造麻煩。

　　Graph 不肯醒過來。

　　「Graph。」Pakin 加重語氣又叫喚了一遍，可躺在車內的那個人依舊睡得很沉，看到這一幕的男人不禁露出了嘲諷的笑容。

　　啪。

　　一隻大手忽地抬起來扣住了少年的太陽穴，並準備拿對方的頭去撞車子的座椅，他想以這種方式來稍微發洩一下自己的情緒，誰叫這屁孩浪費他好幾個鐘頭的時間，然而……。

　　「……在發燙。」傳到手上的體溫異常的高，高個子不由得皺起了眉，上前去端詳 Graph 的臉，然後才發現對方雖然睡得相當熟，可眉頭卻皺得很深，彷彿正在做惡夢，而且應該也睡得十分不舒服。他不得已只好把手好好地放在了 Graph 的額頭上，接著才發現……。

　　「衰爆，操。」

這小鬼正在發燒。

Pakin抬起手用力撥弄自己的頭髮，都忘了這小鬼的身體不像他表現出來的那樣強壯，雖然他後來的健康狀況已經比小時候要好一些，再加上隨著個子長大抽高，給自己製造麻煩的功力也日益增長，讓他忘了這小鬼的體質其實比一般人更加孱弱。

以前要是有一丁點狀況，Graph就會生病，而他剛才讓這小鬼跑了好幾公里，放他在路邊哭了許久，綜合上述情況，難怪身體會這麼燙。Pakin為此煩躁地嘆了口氣。

砰！

不過，Pakin並不打算逃避責任。他迅速下了車，用力甩上車門，發出了巨響，可那任性的孩子仍然沒醒來。之後便繞到另一邊去開車門，並轉向等在一旁窺探情況的女傭。

「叔叔在嗎？」

「不在，老爺今天不會回來。」

「那嬸嬸呢？」

「夫人也不在。」

女傭的回答讓Pakin如釋重負地點了點頭，反正他也懶得在那兩人的面前裝出自己很愧疚的樣子，他們不在也好，如此一來就什麼都不知道，等他們回來之後，這小子大概也已經康復，屆時就不是他的責任了。

「妳等一下上去把Graph的房門打開，我抱他上去。」

「Graph弟弟怎麼了？」

女傭驚疑不定地大叫，聽的人則不予理會，他就只是彎下身，將那病弱的身軀擁入懷中。完全看不出先前曾說的「這孩子現在已經大到揹不動了」……因為就連這種新娘抱的姿勢，他也綽綽有餘。

「帶路。」

Pakin轉頭對這個家的下人語氣凌厲地說道，霸道的語氣讓對方不由自主地轉過身，慌忙地邁開步伐，把將自家少爺抱在懷中的客人領進屋內，直接前往二樓最深處的臥室。

不一會，女傭替他打開了一間臥室的大門，Pakin隨後快步走向一張鋪著深藍色床單的大床。

咚。

Pakin差點就要把這孩子往床上扔。即便Graph並不重，可這一路抱下來也不是鬧著玩的，而且還得將人抱到二樓，就算是Pakin，如今也是喘著粗氣，雙臂痠到發顫。

這時女傭連忙上前結結巴巴地詢問。

「Gra……Graph弟弟怎麼了？要打電話請醫師過來嗎？」

唰。

「妳在這裡工作幾年了？」Pakin目光一轉，對一旁的女傭問道。

他一面在床邊坐了下來，一面轉動因長時間承重而痠痛的肩膀。女傭這時才小聲地回答。

「大概有一年半了……。」

「那妳不知道這孩子每個月都會不舒服嗎？」

「啊……。」

「哼，看來是不知道吧？這種情況很常見，不過是發燒而已。只要讓他睡飽，過陣子醒來就會像平常那樣吵吵鬧鬧了。」

男人說話的語氣雖平淡，可卻帶有責備的意味，他咄咄逼人的眼神讓女傭不禁感到害怕，但她依然努力開口回答問題。

「可……可是Graph弟弟從來沒說過啊。」

「沒講妳就不會自己觀察？他那張嘴雖然很會辯，但仔細看

就會知道他的臉色有時會突然發紅，那就是發燒的緣故，懂不懂什麼叫做觀察？」

聽了這些指責，女傭把頭壓得更低，像是對這件事完全不知情的樣子。Pakin見狀繼續瞪著她，接著才搖了搖頭。

「妳去忙妳的吧，我想先休息一下，等一下就要走了。」

「可是……。」

「如果有什麼問題，就直接打電話去問問妳老闆，看看我是誰。」Pakin瞪著那位女傭，嚴肅地說道。

女傭一臉不放心，看來她並不曉得自己以前經常進出這個房間，只不過年代有些久遠，應該是在他前往美國留學之前的事了。

「還不快出去！」

「好……好的、好的、好的。」

被這麼一吼，女傭才唯唯諾諾地急忙走出了房間，甚至還隨手帶上了房門，Pakin因而忍不住搖頭。

都不放心了，還把門帶上？嘿……厲害了，這小鬼的老爸可真會挑選照顧兒子的人。

Pakin忍不住一陣腹誹，接著一邊重重地嘆了口氣一邊站起身。銳利的眼眸跟著掃視了一下房間陳設，想確認有哪些改變。

Graph的臥室看起來沒什麼變，只是從原先的玩具屋變成了裝備齊全的房間，像是桌上型電腦、筆記型電腦、各式各樣的遊戲機、電視機、光碟機……統統都是小鬼的爸爸用錢買來奉上的，看起來相當無趣。

這個房間就和這小鬼一樣，外表看起來很不錯，完整，什麼都有，不過該怎麼說呢？雖然第一眼看起來很美好，可第二眼就開始覺得索然無味，一點也不吸引人，讓人提不起興致，相較之

下也沒比其他人更出色。

實在太像了。

Pakin在心中這麼想。為了看清楚Graph的臉蛋，他把身體稍微往前傾。

身材修長的少年，直挺挺地躺在柔軟的床上，露在學生制服外的身體看起來相當養眼，白皙的皮膚誘人觸碰，而且最重要的是那張臉，有著一雙濃眉與漂亮的眼睛，鼻梁高挺，嘴唇潤澤，看起來十分完美，可以很肯定地說，Graph是個長得非常好看的少年，但卻從來不曾吸引過他的目光。

「難道是因為那張嘴？」

Pakin的視線隨即移到了少年漂亮的唇上，可惜的是，只要他一說話，魅力便會大幅度銳減。

乖乖地躺著是還挺好看的，但一開口就……。

這想法使得高個子搖了搖頭，他接著又瞪了那麻煩的小鬼一眼，然後才轉向床頭旁邊的抽屜。

咔。

「呵。」一打開抽屜，男子立刻勾起了唇角，因為他猜想著這裡面肯定放著他所需要的某樣東西，後來發現還真的有——退熱貼。

Graph不喜歡吃藥，所以用來取代的東西，就是這法寶了。

Pakin從包裝袋裡拿出了退熱貼，撕開它外層的紙，緊接著一屁股坐到床邊。

啾。

一隻大手撥開少年額上的幾縷青絲，接著一股衝動湧上，讓他忍不住想……。

啪。

「呃！」

高大的男人把退熱貼用力地往 Graph 的額頭上一拍，彷彿是在發洩自己不得不照顧這麻煩精的不滿情緒，使得躺在床上的那個人不禁發出了像是在抗議的呻吟聲，進而微微地擺頭，似乎是想要翻身逃脫，但卻被 Pakin 撥開瀏海的那隻手固定住了太陽穴。病人因此僅能稍微擺動頭部，而且還一臉不舒服地皺起了眉頭。

那模樣讓注視著他的人，最後忍不住笑了出來。

「呃，我好像很變態。」Pakin 以低沉的嗓音這麼說道，因為當他一看到少年因病痛而感到難受的反應，就感覺心情好了一些。

「把我搞得頭都痛了，讓你生病久一點也好。」話一講完，高個子就站起身來準備離去。畢竟花在 Graph 身上的時間，已經比自己原先估計的多了不少。

可就在他轉身準備離開房間時⋯⋯。

「哥⋯⋯嗚⋯⋯。」

輕輕的哽咽聲讓 Pakin 腳步一頓，他隨即彎下身來，仔細端詳身體略有動作的病人。少年看起來像是因惡夢而感到痛苦，再加上那些輕微的呢喃細語，使得凝視著 Graph 的人，倏地皺起了眉頭。

男人突然感到一陣愧疚。

真是瘋了，我這種人也會覺得愧疚？

Pakin 連忙將這種想法驅離腦袋，但他心知肚明，這小混蛋囈語喊出的哥，不是別人，指的就是他。他嘆了口氣，再次坐到了床邊，以審視的眼神凝視著這個即便在夢中，也一臉泫然欲泣的少年。

他對這孩子太壞了，自己也知道，可就是不想對這孩子心軟，有一部分是因為覺得煩，他不喜歡麻煩事，不喜歡別人來宣示主權。不過有的時候，Pakin也會忍不住去想，除了那些之外，自己對這人是否存有其他的情感。

或許是……牽掛……因為不管再怎麼說，他們相識也有十年了。

Graph這樣的孩子不應該接近他。以前，他不過只是個喜歡找樂子的高中生，沒幾個流氓朋友；可現在的他，不只是喜歡找樂子而已，還很熱衷危險的事情，所以才會跟隨父親的腳步經營事業。於是他得到了權力、金錢，有了一切，但必須付出的代價卻是得面對更多的敵人。

這孩子還不足以承擔接近他的風險。

Pakin深信自己不喜歡這孩子攪和進來的主因，是這小鬼若出了什麼事，他就得和對方的老爸周旋。不過兩人畢竟相識了十年，要說對這孩子沒牽掛，那也是騙人的。

偏執的性格、任性妄為、莽撞冒失、不懂得示弱，每次一靠近自己，他總是會鬧出一堆事來。

啪。

壞心的男人一邊在心中這麼想著，一邊將手放在對方的額頭上，甚至還輕柔地撫摸著。

「快點好起來吧。」他說話的語氣和以往全然不同。這一次，還藏了幾許……溫柔。

冷酷無情的男人，給了喜歡胡鬧的孩子微不可察的溫柔。接著他起身，頭也不回地默默走出了門外，他不想再繼續欺負病人了。

然而Pakin不知道的是，自己的那一點溫柔驅散了Graph的

惡夢，那個永遠追趕不上 Pakin 哥的惡夢，化成了兩手成功抓住男人衣角的美夢。

　　縱使沒有碰觸到對方的身體，不過，只要能和那顆心靠得更近一些，這樣就足夠了。

＊＊＊

　　鈴～～

　　「唔……。」

　　Graph 甚至不知道自己是什麼時候睡著的，當書包裡的手機鈴聲響遍了整個臥房，他才昏昏沉沉地再度甦醒過來。此外，手機的震動，也讓他從惡夢中睜開了沉重的眼皮，接著伸出手去亂抓一通。

　　「哈嘍？」

　　拿起手機，少年語氣慵懶地說道，對方一聽，不好意思地連忙回答。

　　「Graph 在睡覺嗎？呃……抱歉啊，我想說你都沒打電話給我，所以擔心你那邊不知道怎麼樣了。」

　　熟悉的純淨嗓音，使得 Graph 勉強睜開了眼睛。

　　「Janjao。」

　　「是我，如果 Graph 還在休息，那我們之後再聊好了。」

　　「沒有……我醒來了……頭痛死了。」

　　當友人正準備切斷通話時，這一端感覺身體微微發燙，忽冷忽熱，然後察覺到自己正在發燒的少年，連忙出聲叫住了對方。Graph 試著集中注意力，回想自己到底是怎麼回到房間的，然而他最後的記憶，是自己坐在 Pakin 哥的車內，看著窗外。

唰。

「Pakin哥！」

一思及此，Graph便從床上彈起來坐定，他環視了一下房間周遭，只看到冰冷的昏暗臥室，雙肩隨即垂了下來。但他剛才那一聲大喊，卻使得電話另一端的友人擔憂地連忙追問。

「Graph你還好嗎？那位哥哥對你做了什麼？你現在在哪？回到家了沒？」

Janjao劈里啪啦拋出了一堆問題。自從她見到朋友暗戀的對象之後，暗地裡就有些害怕那位身形高大、語氣凶狠，而且還會霸道地恐嚇別人，把人嚇得半死的男人，她也很擔心對方會不會對自己的朋友做出什麼不好的事情。

聽了女孩的問題，少年緩緩地搖了搖頭。

「我沒事，那位哥哥沒有對我怎樣。」就算否認，可不知為何，連Graph也察覺到自己的聲音在顫抖。

他一想起下午Pakin哥對他所做的事情，就難過得哭了出來。

那段記憶讓他忍不住抬起手了揉了揉眼睛，接著就碰觸到額頭上的某樣東西。

「這是什麼？」

「嗯？怎麼了嗎？Graph？」

電話另一端的友人憂心地問道，電話這一端的人此時正撕著額頭上的退熱貼，因發燒而混沌的大腦也在同時運轉。他隱隱約約記得那個惡夢，接著忍不住又抬手去撫摸自己的額頭。

沒人知道他把退熱貼收在哪裡。

Graph很討厭生病時衍生出來的麻煩事，而世上也只有一個人知道他不喜歡吃退燒藥，會改買退熱貼回來收在固定的地方，

他後來也習慣把買回來的退熱貼放在同一處。

那個人，就是Pakin哥。

這個想法，讓少年又看了一遍四周，他知道自己不可能在昏睡的狀況下自行走回房間，也知道在這棟屋子裡面，沒人有辦法把他送上樓，因為家中就只有幾名女性幫傭與幾名瘦弱的工人，唯一一個送他回家並且能把他抱上樓的人……就只有Pakin哥。

「Graph，你有沒有怎麼樣？為什麼都不說話？是不是睡著了？」

長久的沉默之後，Janjao才憂心忡忡地開口關切，使得正緊抓著退熱貼的少年只說得出這句話——

「Janjao……我真的……好喜歡。」

「什麼啊？喜歡什麼？」

「我喜歡……我真的好喜歡Pakin哥，真的、真的非常喜歡。」

說這句話的人，就這麼把退熱貼抵在額頭上，而後抬起另一隻手抱住膝蓋，把自己縮成一團，接著以顫抖的聲音說下去。

「我喜歡Pakin哥，不管怎樣都喜歡……他是唯一一個會關心我的人，只有他會陪在我的身邊。」

Graph就這麼重複地回答友人，縱使自己受了傷，還被Pakin哥所做的事情傷了心，但那些種種，全都因這小小的善意而煙消雲散。

不管發生什麼事，這個傻Graph還是死心塌地喜歡著他的Pakin哥。

* * *

「Graph真是太可愛了啦。」

「我才不想要被說可愛咧。」

「就真的很可愛嘛，嘿嘿，人家就只是稍微對你好一點點，你就融成一灘水了，咯咯……。」

「那是笑聲嗎？Janjao。」

隔天一早，就算昨晚發過燒，但這位不希望消息傳到父親耳裡的少年，依舊勉強自己像平常一樣去上學，就為了把先前發生過的事情一一描述給好友聽。

一開始Janjao時不時發出「哇嗚」、「嗚呼」的叫聲，可等他一講完，對方那曖昧不明的笑容，以及遮掩嘴巴暗笑的反應，讓描述那些事情的少年忍不住別過臉。

愛說笑，在這所學校裡，大概只有Janjao一個人會覺得我可愛。

「對～我還有各種不同的笑聲喔，顆顆、咕咕、嘻嘻、齁齁齁齁～這種的也有。」

「最後那種笑聲是反派角色嗎？」

Graph以凶巴巴的語氣來掩飾自己的害臊，朋友見狀，笑得可燦爛了，不停用肩膀撞他。

「如果我當反派角色能讓Graph如願以償，那劇本就直接寫過來吧，任何一齣戲我都準備好開演了。」

面對這沒完沒了的調侃，Graph只好托著下巴，別過臉閃躲，至於那位好奇寶寶，依舊是一臉目光閃閃發亮的神情。

「然後呢？有親親嘴什麼的吧？」

嗝！

「神經喔！」

一聽到朋友在耳邊的低語，少年猛地一震，大叫了一聲，作

勢要開口抗議，然而這些嬉鬧聲，使得坐在附近的一群同學把頭轉了過來，甚至還發出了揶揄的話語。

「喂，那對小情侶，秀恩愛也多少顧忌一下同學吧？你們一定要早中晚都這樣卿卿我我的嗎？」

不過同學的調笑非但沒有讓Janjao感到害臊，反之，女孩把頭一轉，咧嘴露出了一抹燦笑。

「忌妒就說嘛，聽說有人才剛被高三的學姐拒絕吼。」

「嗯哼～講這種話，要不要直接來幹架啦？」

被人撂了這麼一句狠話，女孩就作勢要挽起自己的袖子。可沒等Janjao回嘴，Graph倒搶先開口講話了。

「可真Man啊你，竟然跟女生說要幹架？想打Janjao，就得先跨過我的屍體。」

「……」

帥氣的班草一說完，所有人立刻噤了聲，直直注視著他們誤認為是小情侶的兩位同學，下一秒，群情激憤的嚷嚷聲瞬間炸了開來。

「哦～你聽見了沒？聽見了沒、聽見了沒？想動我女朋友，先跨過我的屍體吧。」

「哎唷唷唷～要秀恩愛，麻煩顧慮一下同學的感受好嗎？」

「Janjao，妳不是說支持男人跟男人在一起？怎麼可以這樣子拋下我們呢？」

面對來自四面八方的抗議聲，女孩僅僅笑著接招，Graph也只聳了聳肩，因為他們之前就已經先講好了，彼此要當對方的擋箭牌。

Graph並不難看，而且他唸的又不是什麼軍校，所以剪了一個高漸層髮型，看上去比多數男同學更加搶眼，即便老是和那群

吊車尾的同學混在一塊，但還是有一堆女孩子等著報名當他的女朋友。至於Janjao，雖然她對BL作品的痴迷已經到達一種危險的境界，且班上同學都知道，這小妮子經常閱讀那種讓人噴鼻血的十八禁BL小說，不過仍有不少男同學排隊等著要當她的男朋友。

綜合上述，當他們各自都不想交男女朋友時——其中一個想要討個老公，另一個想讓男人和男人在一起——這樣一個掩人耳目的協議，便由此誕生。

「誰叫Graph是特例嘛……對不對？」

Janjao扭頭歡快地對著好友拋了個媚眼，Graph看了不由得哈哈大笑。

「對呀，我是特例。」

這答案惹得眾人越發猛力吐槽，直到老師走進教室，那些嬉鬧聲才逐漸平息下來。

不過在轉回去專心上課之前，Janjao仍不死心地靠過來輕聲細語道：「那位哥哥今天來接你的時候，別忘了好好謝謝人家呐……像是親個一下也很有用，顆顆。」

她最後還發出了戲謔的笑聲，令帥氣的班草羞得把臉轉向了另一邊，佯裝不感興趣的模樣，然而腦中卻早已忍不住跟著想像了起來。

做不到啊，若真的照著朋友的話去做，我有可能會變成Pakin哥腳邊的屍體。

一想到這裡，Graph的信心便頓時蕩然無存。他嘆了一大口氣，但無論如何，他依然滿心期待，希望等會一下課就能見到Pakin哥。

「今天Pakin先生沒空，所以派我來帶Graph先生去看醫師。」

「……」

放學後，Graph就這麼安靜地站在一名西裝筆挺的高大男子面前，看起來相當沉默，因為等在校門前接送他的人，並非他想見到的那個人，而是Chai哥。

Pakin的親信先是對他露出了一抹笑容，而後和善地開口。

「Graph先生的傷口還痛嗎？聽說摔得很嚴重，都失去意識了。」

可是他不需要這個男人的善意。

「……」

「呃，Graph。」身形修長的少年就這麼動也不動地靜靜站著，在他身旁的好友只好一邊出聲輕喚他，一邊將目光轉向蓄著鬍子的高大男子。對方看上去挺嚇人的，令她忍不住去猜測這人會不會是道上的兄弟。

不過，如果問Janjao，昨天來的那個男人和今天這個相比，哪個比較可怕？她可以很肯定地回答：是昨天那一個！

但現在不是討論誰比較可怕的時候，因為她現在非常擔心先前還滿心期待的男孩的感受。

Graph今天一整天都在笑，心情好到就連被老師訓斥小考成績的事情，臉上都還是掛著笑容，所以一碰上了這種情況，她真的無法去猜想朋友會有多生氣。

啪。

「Graph！」都還沒來得及開口安慰對方，突然間，那位一語不發的少年一把抓住了她的手腕，然後用力拉動，把她嚇得叫出聲來。

Graph這時扭過頭，對著來接送他的男子，語氣強硬地拋出一句話。

　　「麻煩哥去轉告Pakin哥，如果他不來接我，我就不回去！」

　　講完之後，任性的少年立刻拉著朋友走出了校門口，完全不理會Panachai制止的聲音。

　　「Graph，我覺得你應該要先冷靜一下，Pakin哥哥可能真的有工作要忙，Graph還是先跟剛才那位哥哥一起回去吧。」Janjao試著安慰道，可對方聽了卻搖搖頭。

　　「哼，有工作要忙？搞不好是忙著跟人上床，跟別人搞到忘記和我約定的事了。走著瞧，不管怎樣我都不會回去的，除非他親自過來接我！」少年忿忿地說道，另一隻手則緊緊握拳，把指關節都握到發白了。他很確定對方講的有工作要忙，不過是不想來接他的藉口罷了。

　　為什麼啊？每次想要試著當一個好孩子，哥卻總是逼得我不要這麼做！

　　少年的想法反應在自己的表情上，使得被他拉著走的那個人沉默了一下子，隨後才又戳了戳朋友的手腕。

　　「那Graph想試試我的方法嗎？」

　　「妳的方法？」

　　Graph聽了之後大聲地重複，纖瘦的女孩因而用力點了點頭。

　　「嗯，就是讓那位哥哥來接Graph的方法呀。」

　　！

　　這一回，原本氣憤難平的人猛地停下了腳步，甚至還回過頭注視著朋友的臉，接著就看到了……一抹深謀遠慮的笑容。

第六章

當歪女一出場

「我不要～不管怎樣都不要！」

「吼，Graph，你不是說要試試看的嗎？」

「不要，沒辦法，打死我都不說。」

「沒到死那麼嚴重啦。」

「會死！絕對會死得很慘！」

在學校對面的一間甜點店裡，有一對少年少女正互相爭執得不可開交，其中一方斬釘截鐵地說不要，用字遣詞也慢慢地愈來愈粗魯，另一方則苦苦哀求，甚至還抓著對方的手臂晃動。他們的樣子，不管怎麼看，都像是流氓學生在傷害女朋友的心靈。

「好不好嘛？Graph好不好？誰叫Graph明明已經開口答應了……。」

「不……。」

「嘿，這位弟弟，你女朋友都這樣拜託你了，你為什麼要對她這麼狠心呢？」就連端著兩杯奶昔上前服務的甜點店老闆，也忍不住開口責備道。

Graph迅速回頭看去。

「關你屁……吼～！」

「對吧？老闆。人家都這麼用心良苦，真不應該無視人家的一片心意。」

搶在少年開口罵出「關你屁事」這句話之前，Janjao及時在桌子底下用力踢了對方一腳，接著轉頭對著老闆眨了眨眼，語氣

憂傷地說出那番話，並做出難過的神情，使得被踢的那個人頓時語塞，沒時間回頭搭理那位跑來插手管人家家務事的老闆。

「唉呀，這位弟弟，有這麼可愛的女朋友就要好好照顧人家呀，不過她拜託的到底是什麼事情啊？」多管閒事的傢伙不死心，因為他想在女高中生面前表現出好哥哥的形象，所以繼續追問。

Janjao聽了含笑開口道：「人家拜託他……。」

「OK、OK、OK、OK，我做，我答應妳，滿意了嗎！」女孩還沒來得及開口描述原委，Graph就一邊睜大了眼睛叫出聲來，一邊用力點著頭，事後才意識到——自己中計了！

這場算計，可讓Janjao笑得花枝亂顫，立刻把老闆冷落在一旁，而後轉回來注視著被粉紅色原子筆寫滿整個頁面的記事本。

這些都是她剛寫下的內容。

「OK，那首先，Graph要講出這個句子，接下來是這個句子……。」

「不、不、不、不，不要這個句子，不如讓我死了吧，會不會太老套啊？Janjao……我知道哥很忙，哥有很多工作要處理，但是我可以等到哥處理完工作，無論多晚我都願意等，只求哥來接我就夠了……受不了，光是唸出來，全身就都起雞皮疙瘩了，還要我在他面前說這些……絕對不行！」Graph咬緊牙根，瞪著剛寫好、熱騰騰的臺詞，接著一掌拍在紙上。

嗯，Janjao正興致勃勃地寫臺詞，還要他跟著唸，這可怎麼辦才好？

她所謂的讓Pakin哥過來接送的方法，就是打電話去撒嬌。

絕對沒辦法，是想看我被罵嗎？Pakin哥絕對不可能會因為這種八點檔臺詞就答應過來啦。

那副抵死不從的模樣，惹得Janjao面色微沉，低頭注視著自己剛寫好的臺詞。

「不過這招每次都奏效欸……。」

「嗯？」

一聽到朋友無意間這麼說，那位口口聲聲喊著不要的少年，隨即轉過頭來看著對方，使得差點脫口說出「幾乎每一部動漫裡面都奏效」的Janjao及時收了嘴，然後連忙找證據來強化自己的論點。

「這些話真的很有效，不信的話，我們打電話問問我哥。」

對方一提出這個主意，聽的人不由得沉吟了半晌，試圖遊說的那個人見狀，馬上撥了通電話給自己的哥哥。

也就是那位交了男朋友的二哥。

「怎麼啦？月光仙子^{（註）}？」

女孩點開擴音，想讓好友也能聽得見哥哥的聲音。

「San哥，我有事想問你一下。」

「怎樣？」

對方這麼一問，女孩再次低下頭注視著紙上的內容。

「如果Ryu哥用很甜美的聲音跟哥說……可以來載我一下嗎？不管幾點來我都願意等，絕對不會跟著別人走，會一直等到哥過來……那哥會去嗎……？」

「去！如果想說得更好，Ryu可以多加一句，**好不好嘛San**？這樣的話，就算我在曼谷，也會立刻飛去清邁接他的。」

San哥語帶笑聲地說道，聽起來似乎非常享受。

（註）Janjao的泰文意思為「月兒」、「月先生／小姐」，月光仙子為日本動漫《美少女戰士》的女主角，文中是Janjao的綽號。

這位妹妹聽了，不禁扭頭望向自己的朋友，露出了像是在說「你看吧？」的表情。

「不過妳問這個做什麼？怎麼了嗎？等等，該不會有人對妳講這種話吧，Janjao？」

「哦～我有事要先掛電話嘍，這裡訊號不太好，沙沙沙沙……嗶。」自家哥哥一表現出保護欲，當妹妹的立即切斷了通話，無視掉如今早就沒這種訊號不良的問題，接著轉過頭來對著朋友露出甜美笑容，直指著記事本的頁面。

「好啦，先打電話給那位哥哥吧，然後就照著唸！」

Graph聽了咬牙切齒，百般不願地想拒絕。

「算我拜託妳了，可以不要這麼灑狗血嗎？」

「好啦，那我就來幫你改一改。」

當朋友一口答應下來，這位千方百計想讓男人互撩的歪女就立即著手修改臺詞，依照Graph的要求將它調整得長一些，因為他總感覺自己像是要赴刑場一樣。

不一會的工夫，這位不知為何就是沒辦法對這女孩任性的任性少年，就這麼勉強自己打電話給那個壞心的男人。他深吸了一口氣，瞪著這些恐怖至極的臺詞，心中仍不太能接受。

絕對會被罵的，絕對會。

嘟——嘟——嘟——

「我沒空。」

回鈴音響了不一會，電話接通後，傳來一道冷漠的聲音，聽得Graph咬緊牙槽。

「說謊！」

「Graph！」

不過，他只是不小心脫口說出了一句話，Janjao就美目圓

睜，拿著彩色原子筆狂戳記事本內頁。

「冷靜下來，好好講話。」一聽到Graph明顯不耐煩的語氣，女孩隨即在一旁悄聲道。

「我不是叫Chai去接你了嗎？如果不想回去就別回去，我說過了，我有工作要忙，沒空天天陪你玩扮家家酒。」

這段話的語氣令人明顯感覺到對方的冷漠。Graph豁了出去，他將目光轉向紙上的那些字。

「我很抱歉……。」

「……你說什麼？」

電話另一端的聲音聽起來似乎很訝異，Graph緊接著說了下去。

「我很抱歉，抱歉造成哥的麻煩了，我知道我任性，我固執，可我真的很希望哥能來接我……不可以嗎？」

「……」

這次電話另一端沉默了，不過Graph沒停頓太久，因為友人仍不停地在臺詞下方畫底線，要他繼續唸下去。

「昨晚做出那種事，我真的很抱歉，我知道哥不喜歡，而且還造成哥的麻煩，但我真的不是故意要讓事情變成這樣，我就只是希望哥能來接我，只是希望哥能陪我去醫院，哥也知道我很不喜歡去醫院，如果哥可以陪我一起去，至少會讓我覺得……」Graph心一橫，一口氣說了下去，直到最後一句話。

「……暖……暖心。」

他說這話時的語氣不僅顫抖，還結結巴巴，潔白的臉頰跟著漸漸漲紅。他意識到自己做了一件超級丟臉的事，可坐在一旁的人卻還是不滿意，因為Janjao正拿著彩色原子筆狠狠地戳在紙上，Graph因而忍不住咬牙甩頭。

「噴！」寫臺詞的人睜大眼瞪了過來，惴惴不安的Graph對著友人以及那句不祥之詞，久久說不出話來，一時沒來得及注意到Pakin哥一句話也沒說。

吱——吱——

少年那副死不肯開口的模樣，讓女孩轉身拿起雙色螢光筆，重重地把那幾個字圈了起來，一邊瞪大眼睛施壓。被瞪的那個人緊緊閉上了雙眼，然後以非常細微的音量，開了這個口。

「好不好嘛？」

「……」

電話另一端仍持續保持沉默，可羞到沒臉見人的那位少年已經管不了那麼多了，這時他用手遮住自己的臉，心裡明白剛說出口的那句「好不好嘛」，真他媽的超像在撒嬌。

他發誓，自己這輩子打從有記憶以來，從沒用這種語氣跟任何人說過話。

我竟然講出了「好不好嘛」？「好不好嘛」！哇操，我他媽的只講過「如果哥不來，我就要去跟我爸告狀」！但是「好不好嘛」這句……太要命了。

Janjao這下總算露出了非常滿意的笑容，彷彿剛完成了一件世界級的任務。

「講完了沒？」

！

結果，電話另一端竟如此平靜地反問，令那位原本害羞到極致的人一陣愕然，紅通通的臉蛋瞬間刷白。他都做到這種程度了，對方卻只問了一句「講完了沒」？

「嗯。」可他還是張口回答了對方，而後自行切斷了通話。

「啊？你為什麼掛電話啦？不是還沒談完嗎……？」Janjao

沒聽見對方剛才所說的話，因為 Graph 關掉了擴音，而她剛剛提出的那個問題，卻換來了一抹自嘲的笑容，以及語帶暴戾的回答。

「那位哥哥不會來的，就算我們努力到死，Pakin 哥也絕對不會來的。」

這句話使得女孩大大的笑容馬上萎靡下來，緊接著露出了愧疚的表情。

「我很抱歉。」

「算了啦，不管說好話，或是說了難聽的話，他都不會回頭理我的。」最後，Graph 就只好別過頭注視著窗外，吸了一大口飲料，連濃郁香甜的奶昔也變得索然無味。

Pakin 哥是絕對不會來的。

這怎麼可能！！！

「這不是真的。」

坐著喝了好一會的飲料之後，好友也開始寫起了作業，可沒多時 Graph 便突然彈跳起來，坐直了身體。他注視著窗外，發現眼前有一輛車頭由三叉戟標誌所裝飾的高級跑車，正駛過來停靠在一處家長接送孩子用的廣闊空地，使得附近的人視線不約而同地轉向了同一處。

那是一輛碳黑金屬色的 Maserati GranTurismo Sport 跑車。

那輛極品跑車外表設計的相當時尚，卻又完整地保有它奢華的特色。

瑪莎拉蒂，Pakin 哥工作時開的車。

當車子一轉進來，Graph 便目不轉睛地瞪大了雙眼，在看到事先等在一旁的 Panachai 邁開大步走向了那輛車後，少年就愈

發確定。直到手握方向盤的那個人打開了車窗，聽了一會手下的報告，然後才轉向了這一邊。

不過一眨眼的時間，Graph就感覺自己好像對上了那人的目光，他因而連忙轉過頭，望向剛抬起頭還不明所以的朋友。

「發生什麼事了？Graph？你想要回去了嗎？」Janjao狐疑地問道，因為即便好友堅持要等到對方來接他才肯走，可不管怎樣還是得去醫院處理傷口，讓他就這麼陪在她身邊傻坐著也不是辦法。

少年聽了用力搖了搖頭，磕磕巴巴地答道：「他……來了。」

「誰？誰來了？」女孩一頭霧水地問道，而後才抬起頭往窗外看去。就這麼一望，Janjao不禁也跟著睜大了雙眼。

她從沒這樣大聲喊過，不過請容許她喊這麼一次：*啊～～姑奶奶跌破了眼鏡！這帥到不科學啊！*

這是Janjao一見到那位恐怖的男人朝這裡走過來時所發出的心聲。不過，曾經覺得長得像撒旦的恐怖男人，現在一看，倒覺得比較像是……路西法（註）。

這尊天使雖然墜入了地獄，但其亮眼的外貌，還是比任何人都更加出色。

這位哥哥穿休閒服的時候，就已經很好看了，可當那副修長挺拔的身材穿上了從頭到腳都很合身的西裝時，女孩於是乎明白過來，為什麼所有人都垂涎這個男人。

深色的西裝令那身形高大挺拔的寬肩男人看上去更加威嚴，深藍色的領帶也襯托出他的謹慎，令人移不開眼，可又讓人隱約

（註）路西法（Lucifer）：墮落天使。

感覺到像是海底火山的熾熱。再加上他那剛毅的臉部輪廓，暗色頭髮往上梳了一個油頭造型，雖然會讓他的年齡看起來大上幾歲，不過也增添了幾分風采，帥氣的程度又往上提了一層境界。

綜合上述，不得不說，Graph的Pakin哥哥真的很適合穿西裝！

「這帥到人神共憤啊！」女孩一邊興奮地悄聲說道，一邊晃動朋友的手，很高興自己那「愛撒嬌的孩子改造計畫」終於有了成效。

不過Graph看起來似乎比較像是摸不著頭緒，因為他只一味地盯著她的臉，然後語氣緊張地問道：「居然……真的管用？」

啪！

「小看我！看到了沒？我說了，管用就是管用！」Janjao不高興地使勁往Graph的手臂拍去，責怪對方認為她的計畫失敗——其實從朋友掛斷電話的那一刻，她也以為失敗了。此時，她挺直了腰板，理直氣壯地說出這話來，而朋友隨即慌忙地反問。

「那接下來我該說些什麼？」

Graph看起來是真不知道該怎麼回應那位正準備開門入內的男人，Janjao隨即靈機一動，然後……。

窸窸窣窣。

「辦不到！」

少年聽了之後瞪大了眼，出主意的人則用力點了點頭。

「相信我。」

「不……。」

叮鈴。

正當Graph要反駁的時候，店門就被打開了，剛進門的人這

時走到了他們的桌子前方，凌厲的眼神跟著掃了過來，使得正和友人爭論不休的少年立刻抬起頭來。

還想要我說什麼啦？都做出那麼丟臉的事了。

糾結的少年這麼問自己，如果是在平常，他早就張牙舞爪，語氣不善地說——終於來了啊？哥，現在才來，不知道都睡過幾個人了……。

不過，由於先前講出了那種要命的話，所以他一直沉默不語，後來無論嘗試幾次張開口，最後都還是講不出話來，只能凝視著對方冷冷瞪過來的懾人雙眸。

那個令Graph又愛又恨的眼神。

這份靜默使得整間店跟著鴉雀無聲，所有人都在關注那位看起來不像會來這種店裡吃東西的人。

這樣的男人，應該比較像是會出現在位於頂樓的高級法式餐廳裡。

直到Pakin扯動嘴皮，所有人彷彿都跟著屏氣凝神地聆聽，接著就聽見了男人低沉的嗓音。

「你是不是腦子壞了？」

「……」

聽到這話，少年不禁皺起了眉頭，不懂對方的言下之意，而Pakin也不打算等對方理解，緊接著以懷疑的語氣繼續說了下去。

「你確定摔車的時候，腦子沒有撞到地面，把你摔成神經病嗎？」

「在說什麼啊！」才剛會意過來的少年，握緊了拳頭，火冒三丈地瞪著對方的臉。

「剛剛講的那些話，是誰拿刀子架你脖子逼你講的？」

聽Pakin說話的語氣，分明就是不信Graph會自己講出那些話。坐在對面的Janjao一聽，差點就拿起記事本遮住自己的臉，因為她就算沒有拿刀架在Graph的脖子上，但她確實是用盡各種辦法逼迫對方。Pakin也斜眼瞟了她一眼，然後才收回目光，再度看向Graph。

「我自己講的，怎樣？我就不能講那種話嗎！」一旦沒了小抄的輔助，Graph就大聲了起來，甚至憤怒地瞪著對方的臉。當他意識到，對方只是來確認他到底快要死了沒，先前的好聲好氣頓時消失得無影無蹤。

「所以我才問你是不是腦子出問題了。」

唰！

這一回，Graph整個人站了起來，然後惡狠狠地回瞪對方，以相當強硬的語氣回應。

「我沒有問題，我就只是希望哥能說到做到。不是說自己很大嗎？結果卻連跟一個高中生的約定都遵守不了！」少年惡狠狠地說道。

Janjao見狀，差點就要抬手掩面了，她這時才明白，為什麼對方會覺得自己的朋友煩人。

Graph呀Graph，這離「受」柔弱可憐的人格設定，已經很遙遠了吶。

咚。

有鑑於此，始終靜坐在一旁的女孩，這時候抬腳踢了一下朋友的腿，試圖傳遞信號，要對方冷靜下來。可被踢的那個人卻依然不理會她，依舊沉默地注視著那位比他高大的男人，而那模樣使得Pakin咧嘴一笑。

「很正常嘛，等一下讓Chai送你過去。」

啪。

　然而，在高大男人走出去之前，Graph連忙先一步抓住了對方的肩膀，被抓的那個人隨即瞥了過來，這舉動把Graph激得想罵出不雅的字眼，可是⋯⋯。

嘩啦。

　「啊～抱歉、抱歉，大哥，麻煩給我們一條抹布。」

　一臉蒼白靜坐在一旁的女孩，連忙把朋友那杯已經都融化了的奶昔翻倒，讓它灑滿整個桌面。她輕輕叫了一聲，連連低頭賠不是，然後趕緊起身去找老闆要抹布，手裡還拿著記事本，直至她走到了Pakin的後方，對方當下也沒去注意這個身材嬌小的女孩，接著Janjao就⋯⋯。

咻。

　小個子立刻將翻開的記事本舉到上方，高過那個高大的男人頭頂，一邊想讓朋友轉過來注意到這邊，一邊還努力踮起腳尖，指著先前圈起來的那些字。

　唸！

　女孩張嘴無聲地說道，用力戳了戳先前正準備修改的臺詞，甚至還瞪大眼睛看了過來，這使得正準備向Pakin回嘴的少年險些搖頭，做出了下意識的反應。要不是因為他這時突然想起，是朋友的方法，才讓那個說有工作要忙的人願意出現在這裡。

　講就講！

　「我⋯⋯我很抱歉⋯⋯可是想讓哥來接我錯了嗎？我就只是想要讓哥帶我去醫院，哥不是也知道我很討厭看醫師、討厭醫院，我不喜歡那裡的味道，一想到那裡的情景，我就不想去了，所以我才希望哥能陪我一起去。只要處理完傷口就回去⋯⋯」Graph講到這裡低下了頭，看起來扭扭捏捏、不太情願講話的樣

子，接著才嚅嚅囁囁地說了出來。

「**好不好嘛？Pakin哥，人家……人家求你了。**」

總有一天要把Janjao殺掉埋入糞池！

聽到這話的人，果不其然安靜了下來，他不敢相信地看著仍把頭壓得低低的問題小鬼，而且還不放心地懷疑，這該不會是什麼圈套，打算之後伺機找他麻煩吧？可是這小鬼這麼恭敬地說話，噢不，是太過恭敬地說話，搞得他有些不放心這小鬼是否正常。

啪。

因此，那隻大手就這麼放到了少年的額頭上，把Graph嚇了好大一跳。

「見鬼了，這個屁孩不正常，燒還沒退，為什麼不吃藥！」Pakin語氣無奈地說道。當他發現Graph的額頭比一般人還要溫熱時，直覺就是認為昨天的症狀尚未痊癒，因而重重嘆了口氣，以頗為不快的語氣說下去。

「我晚上七點整跟客戶有約，所以你乖一點，別再像昨天一樣，浪費時間做出讓我頭痛的事情。」Pakin嚴肅地道，他一把攬住Graph的肩膀，然後使力把人推著走。

不覺得自己生病的那個人，此時不是很肯定地開口詢問：「哥……哥是什麼意思？」

啪嗒。

「別這麼蠢好不好？當然是去醫院，我可懶得替你辦喪禮。」Pakin平淡地說道，接著迅速地準備走出店外。

唔～好可怕。

男人那對灼灼的精銳目光突然掃向了剛把手中記事本放下來，佯裝拿著抹布擦拭桌子邊緣的Janjao，那眼神著實令人感到

毛骨悚然，讓女孩全身寒毛直豎，背脊也跟著瞬間一涼。

她感覺像是被嚇出了一身冷汗，不過Pakin就只停頓了那麼一會，接著——

「呵。」

男人輕輕發出了讓人心驚膽顫的聲音，然後拉著Graph走出了店外，女孩這才如釋重負地準備舒出一口氣，不料——

「Graph先生交到了很不錯的朋友呢。」

還有一個男人尚未離去，甚至還發出了輕輕的笑聲，女孩一聽，快速地扭頭望去，然後差點抬手往自己的額頭拍去。

她寫的內容，刻意防著不讓朋友的男人看到，可卻沒有注意到站在Graph旁邊那位哥哥的手下！

「那……那個……不是這樣的，我什麼都沒做啊，我沒有……。」Janjao愈說愈小聲，偷偷瞄向那個雖然長相有些可怕，不過唇角卻帶著笑意的高大男子。

Panachai見狀，忍不住發笑。

「我又沒說什麼，無論如何，都要謝謝妳，幫我解決了一項工作……而且還是難度很高的工作。」那名高大的男子立刻露出了笑容，接著走向櫃檯付了兩杯飲料的錢，另外又點了一杯咖啡給自己，然後將那杯咖啡稍微往上一舉，差不多是「我先走嘍」的意思，隨後便走出了店外。

女孩看著這一幕，差點放聲大叫。

Graph！這位哥哥雖然沒那麼帥，但是人超好的耶，你為什麼不選這個人！

Janjao只能在心中大聲問出這個問題，然後感慨萬千地在原地跺著腳打轉。

要是選了這個人，她朋友的人生或許就順利多了。

然而所有人都沒注意到，還有另一輛車子停在家長接送區的位置，那輛車此時緩緩地放下車窗，某個人正盯著一輛時髦的瑪莎拉蒂，然後悄聲自語。

　　「那個小鬼是誰？為什麼Pakin那傢伙會親自來接他……這件事，一定要跟老闆報告。」

　　然後，Pakin所不希望發生的事情，就這麼逐步逼近。

＊＊＊

　　「**眼光還不錯嘛。**」

　　「眼光不錯……什麼意思？」

　　駕駛著時髦的跑車，Pakin突然想起了跟這小鬼待在一起的那個女孩，不冷不熱地開口。Graph摸不著頭緒地轉向身旁的人。

　　「那孩子……長大之後應該滿正的。」

　　聽到這話，Graph稍微愣了愣，而後才意會過來對方指的是他的好朋友！

　　「哥別想動Janjao！」他語氣嚴肅地發出警告，瞪著男人。

　　Pakin瞥他一眼，聳了聳肩。

　　「我對小孩子不感興趣。」

　　「可是哥說她如果長大之後……」

　　「我指的是你，也好啊，認真的找個人交往，才不會再跑來煩我。」

　　Graph頓時握緊了拳頭，Pakin哥誤以為他和Janjao正在交往，或是搞曖昧之類的，可是卻沒有半點吃醋的跡象；相反地，似乎還很想撮合他和好友。

「就算我跟Janjao在交往，我也不會放棄參與哥的事情。」他不由得語氣強硬道。

對方聽了，眉頭一攢，然後無奈地翻了個白眼。

「竟然已經到了會隨便玩玩的年紀了耶。」

「我才沒有隨便玩玩！」少年立刻回嘴，他怒瞪著對方的臉，然而被瞪的那個人，卻不甚在意地繼續說了下去。

「如果想認真的談場戀愛，就去找那個孩子吧，不然一般的女生才不會喜歡像你這麼幼稚的男孩子。」

「哥自己又老到哪裡去了？」

「哼，我在你這個年紀的時候，經歷的可比你多得多。」

Pakin遊刃有餘地說著，目光跟著掃了一圈。少年聽了，愁眉愈是緊皺。

「想不想試試？之後幫你介紹幾個好心的姐姐。」

！

「我不……。」

「難道你打算辯稱，像你這樣的小鬼，已經跟別人上過床了？」

「……」這一回，Graph當真說不出話來了，他別過臉望向窗外，因為被人壞心地戳到痛處。

對，雖然他已經十七歲了，可卻還沒跟任何人上過床，誰叫他在七歲的時候，就已經把一顆心給了某人，而那人卻打算把他跟別的女人送作堆。

「不打算反駁嗎？」

「……」

任性的孩子仍一語不發，潔白的臉頰還微微泛紅，使得趁著紅燈轉頭過來注視著少年的男人不由得露出了一抹憐憫的笑容，

他很清楚Graph這自滿的孩子，哪裡像他刻意表現出來的那麼有能耐。

這小鬼就只是試圖在模仿他那個年齡會做的事，但本質上根本相差十萬八千里。

他光看一眼就知道Graph不諳床事，而他最討厭的就是這種沒經驗的小鬼。因為，如果要讓他花時間跟誰上床，那個人就必須懂得該怎麼做，才能為整場性愛帶來巔峰的快感、極致的爽感。

然而，這個紅著一張臉、默不吭聲的小子，卻讓Pakin萌生了一個從來不曾有過的想法。

當這任性的小鬼表現出清純、沒有性經驗的模樣時……其實比想像中還要好看。

第七章

該懂卻不懂的事

　　私立醫院通常都會比公立醫院來得寧靜，特別是收費金額昂貴的醫院，彷彿是在篩選入內看診之人的社會階級。雖說病患人數不多，可坐在厚實柔軟椅墊上的男人，還是被投射過來的視線搞得心煩意亂。

　　Pakin或許喜歡成為萬眾矚目的中心，讓所有人都繞著他打轉，但他絕對討厭這種把他當成是來領取過世親人遺體的關注眼神。

　　他從頭到腳合身的深黑色西裝，和他所在的地點，顯得有些格格不入。

　　其實他本來不打算過來的，全是看在那個在診間處理傷口的小聾障這麼努力的分上。

　　「唉。」Pakin輕吐了一口氣。他怎麼就沒識破這詭計呢？那嘴硬的小鬼，鐵定不可能會自己講出那些話的。

　　好不好嘛……求你了……暖心……這些話，究竟是誰拿槍指著他的脖子逼他說出來的？

　　這些說詞讓他肯花上自己寶貴的時間，就為了來看一看這煩人的臭小子。而當他一見到Graph之後，便不禁覺得好笑，竟然讓他看到位高權重政治人物的貴子，露出了一副騎虎難下的神色。那小子大概不曉得，當他講出那些話求自己的時候，表情無異於一個被逼著吞下苦藥的人。

　　他知道，那些話不是小鬼自己說的，往後，也會繼續裝作不

知情。

哪些事情不應該知道，他就會像一直以來那樣裝不懂。

「要命，煩死人了。」

男人輕聲咒罵著。剛才雖然覺得很好笑，卻並不值得讓他耗費這麼多時間空等那小子進去處理傷口，而且小鬼在走進去之前還⋯⋯。

『哥陪我一起進去啦。』

『別再做白日夢了。』

Pakin就這麼回覆小鬼，使得對方淨白的臉上頓時沒了血色。少年當下作勢要回嘴，可最後又忍著沒發作。

那種想罵卻又罵不出來的樣子，其實挺好笑的。

「我為什麼非得坐在這裡等他不可？」高個子一邊深深嘆了口氣，一邊把手伸進西裝口袋裡找香菸盒，然而牆上貼著禁止吸菸的標誌，不禁讓暴躁的男人翻了個白眼，最後還是乖乖起身，轉身往另一個方向走去。

Pakin還是青少年時抽菸抽得很凶，接著才慢慢減少次數，到後來，幾乎是不碰了，可每次只要碰上這個臭小子，他就一定會帶菸在身上以抒解壓力。

每次只要遇上他，就絕對會發生倒楣的事情。

Pakin一邊思考一邊往吸菸區走去，不過在他準備點火之前⋯⋯。

「你來啦？」

那位得力的手下，便在此時走進了他的視線範圍內。Panachai聽了之後應了一聲，隨後把手伸進自己的西裝口袋內，摸出一只打火機。

啪嚓。

Panachai接著點燃了打火機，遞到自家老闆的面前。

這舉動，讓不少年輕護理師轉過頭來，嚮往地瞇起眼睛，痴望著兩名西裝筆挺的帥哥替對方點菸的畫面。殊不知在Panachai彎下身的時候，他悄聲交代了幾句話。

「真的有人在跟蹤你。」

「哼，我就知道。」聽到了這樣的報告，Pakin僅輕蔑一笑，待重新站直了身體，才簡明扼要地問道：「誰派來的？」

「還不清楚，我老闆非常大，所以真的不曉得到底是得罪了誰。」

啾。

「別噴我，王八Chai。」

被得力助手壓了一頭的男人聽了，壓低嗓子發出了警告。不過此時此刻的Panachai面色平靜，大概沒人猜想得到，他這是緊咬著好幾天前的事情不放。

「能不能別這麼偏袒那個屁孩？」

「我沒偏袒他，我只是很同情Graph先生，不管怎麼說，他都還只是個十七歲的孩子。」一臉凶神惡煞的男子禮貌地回答。

可Pakin卻目光一掃，靜靜地看了他一會，而後勾起嘴角，露出了一抹壞笑。

「那我把他讓給你，要不要？」

聽到這話的男子傻在了當場，不敢相信地注視著自己的老闆，接著發現Pakin先生完全不像是在開玩笑——也就是說，這個男人完全不把少年多年來的努力放在眼裡。

Panachai在對方底下工作的時間有四年了，不過他在更早之前，就已經先認識了Pakin。他知道男人講的是真的，而且會說到做到。這個男人從未在做出決定之後還出爾反爾，而且照對方

的眼神及語氣來看，他明白無論Graph多付出一分或是少付出一分努力，面前的男人依然會繼續選擇無視。

這使得他忍不住深深地同情起那個孩子了。

「Pakin先生應該知道Graph先生其實——」

「Pakin哥！」

不過，在他發表更多意見之前，被談論的當事人就從走道的另一端出聲叫喚，然後拖著剛包紮好的瘦長身子，匆匆忙忙地飛奔過來。少年睜大了眼睛，宛如像是受到了什麼巨大驚嚇。

「哥怎麼可以跑來這裡？不是說要等我的嗎？」

人才剛到，Graph就憤憤難平地控訴。不過看向他的兩個男人卻明顯感受到，這孩子並不如他表現的那般鎮定。

「你是有分離焦慮症的五歲小孩嗎？」位高權重的那個男人語氣無奈地這麼說道，令少年不甘示弱地回嘴。

「我是以為哥……」

「我怎樣？」Pakin盯著幾欲開口辯駁的少年，然而對方卻又及時收了口。

Graph將臉別向了另一邊，看起來欲言又止，可Pakin壓迫的眼神，最後還是逼得他顫聲說了出來。

「我以為哥……會像昨天一樣丟下我。」

「……」

這番話，使得另外兩人各自沉默了下來，注視著這個老愛擺架子的臭屁小鬼。Graph的目光一直望向地板，兩邊肩膀往內蜷縮，似乎是想起了昨天那件殘忍的事，不由得讓Panachai越發感到同情，不過另一個男人卻……。

「我是有打算把你丟在這裡，誰知道你會剛好在這個時候跑出來。」

「嗝，哥不能這麼做啊，你不是說會帶我來醫院的嗎！」冷漠的話語使得沮喪的少年迅速抬起了頭，接著便不高興地大聲埋怨。

要是再晚一點跑出來，他期望能陪在自己身邊的那個人，搞不好就拋下他走掉了。

Pakin僅瞟了他一眼，然後轉身去找自己的得力助手。

「把這孩子送回家。」

「我已經不是孩子了，哥，我十七歲了！」

就算Graph再怎麼抗議，可Pakin只是默默地看了他一眼，而後轉向了另一邊，打算把菸蒂掐熄。

啪。

嗝！

「咳咳咳咳！！！」

那個被笑是小孩子的少年，竟然迅速地抓住了那隻手，把臉湊過去吸了一大口菸，就只為了讓對方知道他不是小孩子，至少會抽菸了。但那香菸的濃度，跟他先前與同學試過的完全不同，導致沒有心理準備的少年被香菸嗆得厲害，咳嗽不止。

香菸的主人見狀露出了挖苦的笑容。

「愛現！」

不過短短的一句話，卻十分有殺傷力。少年咳到臉部漲紅，眼眶裡盈滿了淚水，接著閃過一絲痛苦的流光。

看到這一幕的人，僅隨意地把菸蒂掐熄。

「我告訴你，就算你抽這玩意抽到得肺癌死了，在我眼裡，你依舊是那個煩人的臭小鬼。」

「……」

Pakin話一說完，Graph就沒再開口講話了，他安靜地站在

那兒遮住自己的口鼻，不敢相信地睜大雙眸。

哥剛才的意思是，就算我死了，他也不在乎我嗎？為什麼哥會這麼壞呢？為什麼啊？我就只是希望你能回過頭來看看我而已啊。

「現在馬上送他回去，我已經遲到很久了。」

發現Graph默不作聲，Pakin便開口吩咐下屬，看也沒看那個咳得七葷八素的少年一眼。Panachai見狀只好應了一聲，接著擔心地瞥了眼那孩子。

吩咐完後，Pakin就轉身往另一邊走去，完全沒有要等男孩緩過來的意思。

Graph緊緊握住拳頭，難過得想揮拳揍人，就在此時，朋友說過的話忽然間鑽進了他的腦海。

『那位哥哥去接你的時候，別忘了親他一下表示感謝。』

別說親一下表示感謝了，就連好好地講話都撐不過五分鐘！

磅！

一想到這裡，少年像在發洩情緒般，抬腿掃向了一旁的垃圾桶，而後發出了一聲巨響。

「對，我就是個孩子，我操！」最後他就只能對著自己咒罵，然後舉起手用力撥弄頭髮，希望藉此宣洩自己不滿的情緒。

站在一旁的人聽了，不禁嘆了口氣，決定開口安慰幾句。

「Pakin先生只是不想讓Graph先生抽菸而已，剛才那個香菸不是……普通的菸。」

「哼，現在說的是Pakin哥嗎？他就只是想找機會罵我吧？」聽的人卻反唇相譏。

「相信我，Pakin先生其實很關心Graph先生。」

「哥不用再替他講話了，Pakin哥會關心我？母豬都會上樹

了！」

少年一點也不信地駁斥道，可那位試圖安撫少年的人，依舊語氣和善地回覆。

「但至少，Pakin先生聽了Graph先生的請求，還願意跑這一趟。」

！

這話又一次讓Graph愣在當場。他抬頭望向對方的眼睛，隨即看到了那眼底裡的一抹笑意。

回想起下午的事之後，Graph的內心不可思議地冷靜了下來。

Pakin哥願意配合他的請託。

『Graph試著表現得乖一點，那位哥哥才會疼你。』

好吧！

「我馬上回來，Chai哥。」

剛處理完傷口的人暗自下定決心，拔腿衝了出去。不過，他沒有跑向停車場，而是跑到停車場的取票出口攔截，因為他很確定那個打算丟下他的人，絕不可能會停車等他。結果不出所料，過了一會，就有一輛三叉戟標誌的高級跑車駛了過來。

啾。

吱呀——！！！！

少年猛地跳出來擋在車子的前方，並張開雙手，速度之快，差點讓對方煞車不及。

「……」

現場靜止了一陣子，車窗終於降了下來，駕駛極度憤怒的面容隨即出現在少年眼前。

「趕著去投胎嗎？臭小鬼，你是不是瘋了！！！」

Pakin毫不客氣地破口大罵，不過Graph也沒打算傻站著讓對方罵太久，因為……。

啪。

啾。

這小子一把衝上前去揪住大個子的領口，然後使盡全力把對方往外拉。不過，Graph並不是要朝對方的臉揮拳，或是踹Pakin哥的寶貝車報復，而是為了把男人拉出來，快速地在他臉上落下一吻，緊接著像是裝上了火箭炮一樣飛速地說道——

「謝謝哥帶我來醫院，明天別忘了來接我喔。」

說完，厚著臉皮大膽跑來獻吻表達謝意的少年才鬆了手，而後飛也似的再次衝進了醫院。獨留下那位叱吒風雲的男人愣在原地，那模樣宛如剛經歷過這輩子最詭異的事似的。

剛剛那小子說了什麼？

Pakin回過頭去張望，結果只看到一道背影消失在醫院裡，不像往常那樣，沒有半點繼續纏著他的跡象。他隨即抬起大手碰觸自己的臉頰，接著開口——

「那屁孩是摔車摔壞腦子了嗎？」

男人喃喃自語了這麼一句話，不多時便回過神來，在後方車輛按下喇叭驅趕前，連忙把車開了出去。

要是有誰認為男人此時會露出憐愛的笑容，或是稍微心軟，那可就大錯特錯了。Pakin只看了看後照鏡，想確認一直跟在他後方不遠處某輛車子的動向，目光也為此更加灼亮。

如果對方的目標是他倒還好，但若是打算對那小子下手……後續衍生的問題肯定少不了。

***

「Graph，昨天情況怎麼樣？怎麼樣、怎麼樣？」

「就……一樣。」

「那表示結果不錯嘍！！！」

一聽到朋友的回答，Janjao便興奮地叫了起來，雙手跟著貼合在一起，一邊心滿意足地拍了幾下，一邊回想著這幾天所發生的種種。

其實，女孩起先也有些擔憂自己的朋友，想著會不會已經被那位哥哥謀殺滅屍了，結果今天Graph居然若無其事地跑來上學。後來，在她的逼問之下，女孩才得知這傢伙有照著她的建言去做——Graph親了Pakin哥的臉頰！

一想到這裡，小妮子差點欣喜若狂地放聲尖叫，但由於對方的反應顯得異常冷靜，因此她不敢表現得太過彰顯。結果今天下午，那位哥哥還真的來接送她的朋友，連Graph自己也看傻了，因為……他不需要無理取鬧，不需要大吵大鬧，不需要耍脾氣，那位哥哥就來了。

這情況，使得綁著馬尾的女孩依照她愛腦補的歪女作風，暗自腦補了一番——Pakin絕對是被Graph的魅力擄獲了！

因此，隔天她又問了一遍情況怎麼樣，得到的答案卻是——

「就只是單純地接送我回家，而且一個字都沒有罵我。」

「我覺得那位哥哥肯定是對Graph開始有想法了，不然他不會改變對待Graph的態度。」Janjao替朋友感到開心地說道。

另外，朋友告訴她，自從在醫院前親了對方的臉頰之後，Pakin哥不僅親自接送他去處理傷口，而且不說他，也不罵他，就只是平淡地告訴他——

『今天乖一點，我需要思考一些事情。』

女孩一聽到這句話，立刻把它解讀成那位哥哥絕對是在思考她朋友的事情。

「我不知道，不知道啦，但總覺得很奇怪。」Graph僅搖了搖頭，不像朋友期待的那樣，他沒有半點喜悅之情，因為就算Pakin哥對待他的方式改變了，可這也太⋯⋯太安靜了吧？

那個時候也一樣，說是需要思考一下，可又怎麼能確定一定是在想他的事情呢？

起初Graph也跟朋友一樣，一度感到欣喜，但當這樣的日子從好幾天延續到整個禮拜，他才感覺到情況不太對勁。

「奇怪？哪裡奇怪了？」聽的人不解地問道，當下的大腦也只能以裝滿BL小說的腦袋去思考。

自從被Graph親過臉頰之後，那位哥哥就變了，這就表示事情正在往好的方面發展呀！Graph做了那麼可愛又惹人憐的行為，所以那位哥哥不由得內心一陣小鹿亂撞。

可是Graph反倒皺起了眉頭，因為他也想不出這個問題的答案。

「我不知道啦，就只是覺得怪怪的，總感覺⋯⋯不像Pakin哥。」

「會不會是Graph想太多了？」

摯友試圖安慰他，不過察覺到異狀的少年卻搖了搖頭，然後撇了撇嘴。

「現在我就只想到一件事，藉口都已經用光了，今天是最後一次去處理傷口的日子，而且還要被禁足三個禮拜，也不知道還能用什麼理由出現在那位哥哥的面前。」

女孩這才想起，那位哥哥答應她朋友的爸爸，說會帶他去醫院，直到她朋友痊癒為止，而如今朋友的傷口也已經乾了，所以

醫師才安排了最後一次的診療。

「還是想辦法再溜進賽場？」

「你不是被禁足了嗎？」

聽到這話，少年的嘴角垂得更低了。

「唉，我那倒楣老爸。」

啪。

「嘴巴不乾淨，不准說父母的不是。」

執拗的少年話音一落，好友就往他的手臂拍了一掌，開口數落了他幾句。被責備的男孩選擇別過臉，懶得聽那些沒完沒了的說教。

小個子見狀也就換了個話題。

「對了，你之前說過，Pakin哥不是已經答應要教你騎摩托車了嗎？」

「是超級摩托車，不是摩托車。」

少年聽了立即開口糾正，使得那位不贊同騎乘任何一種皮包鐵交通工具的女孩朝他皺起了鼻子，但也懶得再與他爭論。

「什麼車都隨便啦，至少那位哥哥不是已經答應了嗎？」

這一回，Graph默不作聲，然後忍不住去想……肯定又是難如登天。

這一次在達成自己的願望之前，我會不會又被Pakin哥罵到哭出來啊？

* * *

「我等一下在這邊等你。」

真是反常到了極點。

Graph不禁滿腹狐疑地這麼想。穿著牛仔褲與深色襯衫的大個子在診療室前點了點頭後，就一屁股坐在沙發上並拿起手機，示意自己會在這等待。

就如同朋友所言，這本來應該是個好現象，但如果再仔細忖量，經常被那人罵去死的他，不禁感到情況不對。

就是好心得太過詭異了。

少年邊想邊走進診療室，腦中不斷思考著究竟發生了什麼事。真的只是因為他親了人家的臉頰表示謝意，所以才讓那位像是嫌棄到要把他丟在路邊的男人，願意好聲好氣地和他說話、願意乖乖地來接他、願意服服貼貼地送他回家嗎？

這想法一直在他的腦中盤旋，直至他走出診療室。那位大個子此時正安安靜靜地靠著沙發椅，單手滑著手機。

儘管看上去依舊霸氣十足，而且還帥到女孩子見了都會嚮往地瞇起眼睛，不過，Graph卻注意到了一件事——Pakin似乎正承受著某種壓力。

真的嗎？這種人的生命裡也會有讓他備感壓力的事情嗎？

少年這麼問自己，不過他真的覺得，雖然Pakin哥本人就陪在他的身邊，可卻始終在思考些什麼。因為只要一有空檔，對方就會拿起手機聯繫某個人，不過看那壓抑的氛圍，不太像是跟炮友有關的事。

Graph不由得產生了和朋友不同的看法。Pakin哥不罵他也不說他，並不是因為他表現得很可愛，而是比起嫌棄待在一旁的他，Pakin哥還有其他更重要的事情需要處理。

「哥在跟誰聊天？」他忍不住開口問道。

那位指尖滑著手機的男人此時乜斜目光掃了他一眼，然後把手機塞進褲子的口袋裡。

「弄好了就回去。」

可對方卻不回答問題。聽到這話，Graph立刻皺起了眉頭。

「哥在跟Chai哥談話嗎？」如果是工作上的事情，大概就是這個人了。

「應該吧。」高個子就只聳了聳肩，意指是或不是都可以，而後逕自往停車場的方向走去，把跟在身後的人搞得更糊塗了。

「哥也會有工作上面的問題喔？」他忍不住諷刺道。

Pakin聞言，斜眼瞟了過來，但卻沒罵他多管閒事，反而以低沉嗓音平平淡淡地說道：「應該吧。」

去你的什麼狗屁應該！

對方那要答不答的敷衍態度，讓Graph頓時變了臉色，可卻只能握緊拳頭，一邊努力壓下自己的不滿，一邊跟著對方走向一輛高級車。接著就在他正準備張口說話的時候，Pakin哥卻搶先開了口。

「安安靜靜地坐著，我有事情要思考。」

哼，思考了整整一個禮拜，就讓你思考到腦袋爆掉吧。

少年努了努嘴，雙手環抱胸前，一邊望向窗外。當下跑車正準備駛離醫院。

「Shit!」

啾。

這時，突然響起輕輕的咒罵聲，少年不由得迅速轉頭望向駕駛座，他差點就要脫口罵回去了，但沒多久就發現對方其實根本沒看他，反而是往後照鏡的方向望。

那模樣讓Graph也跟著側身向後看，卻只看到下班後的大量車潮，因此他又再次轉回身。

「扣好安全帶！」

突——

「嚇！」

還來不及扣上安全帶的少年嚇得大叫了一聲。高級跑車猛然加速，令人措手不及，少年的臉差點就撞上擋風玻璃，兩隻手連忙抓住了安全帶，擔心旁邊那位瘋子會再突然踩油門。結果呢？對方還不要命地左超右切，好像一點也不怕把車子往冥間開似的。

「哥在發什麼瘋啊！」

Graph隨即抗議，可駕駛卻什麼也沒說，僅專注地駕駛車子，在壅塞的車陣中來回穿梭，對其他人的叫罵聲充耳不聞。

不久之後，高級跑車開進了一棟豪宅，而屋主的兒子則緊抓著安全帶。

「你家到了，下車。」

「哼！哥剛剛差點帶著我去撞皮卡車，現在居然對我講這種話？」

果不其然，不服輸的孩子忍不住抱怨了幾句，他感覺自己的心臟險些被對方剛才的開車方式嚇停了。可Pakin竟然只回頭瞟了一眼，然後……。

咻。

「！！！」

一隻大手忽然伸到了少年的面前，讓少年不由得睜大了眼睛，一顆小心臟漏跳了好幾拍，因為他自作多情的以為，Pakin哥打算對他做出他幾天前所做的事，可是……。

喀。

「啊，我都幫你開門了，下車啊？Kritithi少爺。」

渾身僵直的少年就只能張大嘴巴，不可置信地望著把他趕下

車的男人，緊接著回嘴反擊。

「哥剛才飆到差點在路上翻車，為的就是這個吧⋯⋯覺得我很煩，所以想快點把我趕下車。」少年委屈地嚷嚷道，他注視著對方的眼神充滿了憤怒、不滿，但如果再繼續往深處探究，會發現其實還藏著⋯⋯難過。

「嗯，快點下車，我才能早點結束我的任務。」

面前這個人連半點希望也不肯給，只面無表情地開口，把少年激得咬牙切齒，此時朋友曾經講過的話，倏地鑽進了他的腦海中。

「哥是甩不掉我的，別忘了自己答應過要教我什麼。」Graph倔強地說道，而後等著對方說出狠話，但是不可思議的事情卻發生了。

「我沒有老到忘記自己說過什麼，這個禮拜六到賽場來。」

「這⋯⋯這是什麼意思⋯⋯」

「我這個人說到做到，現在你可以下去了。」

前一分鐘還委屈巴巴的少年，立刻心花怒放地展顏燦笑，原本以為要纏著對方好幾個禮拜才能得到自己想要的結果，可沒想到一切會進行得如此順利。

Graph這才心滿意足地下了車。

「那我星期六再去賽場找哥喔。」

對方聽了，不情願地點了點頭，就像是被煩到忍無可忍，但卻沒有拒絕他，這不知道讓Graph有多高興，不過正當他準備走進家門的時候⋯⋯。

「Graphic。」

咻。

一聽到自己的名字，Graph馬上回過頭，望向那位一瞬間看

似有些猶豫，然後又揮了揮手的男人。

「沒什麼。」

就算少年困惑不已，不過他至少得到了星期六可以見面的承諾，所以只是聳了聳肩，關上車門，然後往屋內走去。車裡的人一直盯著看，直到確認那任性的孩子已經進入屋內，這才搖了搖頭。

「反正他會被禁足，應該不會去自找麻煩吧？」

男人這麼說著，因為他很清楚記得，Graph現在不管去哪都會有人跟著，因此如果有人想要對那小子下手，藉此威脅他，八成沒那麼容易。而且若是再過一個月，那些傢伙大概就會知道，這臭小子其實跟他沒什麼關係。

這小鬼表現得愈是執著，跟蹤他們的那幫王八蛋就愈會認為這小鬼和他很親近，有鑑於此，得快點完成接送他的這份差事。

這男人在心中這麼想著，卻不曉得自己內心深處其實很「在乎」那個任性的孩子，要不然為何要擔心他的安危？

這種感覺，連Pakin自己也不想知道。

第八章

不找麻煩，麻煩卻自己找上門

那個言而無信的壞蛋！

Graph日夜數著日子，一心等著星期六的到來。等到了那一天，他就積極地把自己打扮得十分帥氣，然後才吩咐司機把他送到Pakin的賽車場，滿心期待能見到那位等待他到來的高大男人。可最後他所期待的一切卻統統幻滅，因為⋯⋯。

「今天這個人負責擔任Graph先生的老師。」

「最近過得怎樣？你這個膽敢挑戰黑暗勢力的小鬼。」

「Sai⋯⋯Saifa哥。」

站在Panachai身邊的人，是少年相當熟悉的⋯⋯Saifa哥。

Saifa長得人高馬大，穿了件深色T恤與另類牛仔褲，笑得十分燦爛，沒來由地令人覺得友善，與他蓄著鬍子的外表不太相襯。然而當他們一碰到面，對方就相當友善地舉起手向他打招呼。Graph見狀，便一臉不可置信叫出了對方的名字。

那個王八Pakin哥是死到哪裡去了！

「嗯，是我，你Saifa哥，僅此一家絕無分號的大帥哥。」Saifa也注視著眼前長相俊俏，身穿深色皮衣，一副準備好要來學習騎乘超級摩托車的小伙子。不過從他的表情來看，他似乎一點也不開心見到自己，所以他只好亂幽默一把，希望能博取這孩子的信任。

「你長得跟我一樣好看嗎？」一旁騎乘藍色風扇標誌的酷炫超級摩托車的雙胞胎哥哥隨即打岔道，聽得音聲如鐘的那個人發

出了大笑聲。

「哪裡像了？我哥可是建築系的王子，我則是工程系的超級邋遢鬼，差了十萬八千里。」Saifa也搞笑地回敬自己的哥哥。他哥總是把鬍子刮得乾乾淨淨，還留了一頭毫無女人味的及肩長髮，不過看起來卻超有個性，非常適合走在建築系裡，他則把頭髮剪得很短，留了一臉原本想要帥卻被女生嫌髒的鬍子。

「不過，我覺得要是剪一樣的髮型還是很不錯的，大一的時候還分不出你們誰是誰呢。」Panachai講得好像自己認識這兩個人很久了。

「那Pakin哥人呢？」

！

正當男人們拿雙胞胎長得不像這件事來互相調侃時，那位站在一旁沉默許久的少年，此時語氣強硬地問道，引來了三雙眼睛的注目，三個大人緊接著產生了同樣的想法。

這孩子失望了……而且還是非常的失望。

「等一下應該就來了吧。」

「『應該』嗎？哥……他說過會親自教我的！」儘管回答的人是那人的得力助手，可聽到這話，Graph仍無法抑制自己失望的情緒，他忍不住拿出了手機，準備打電話過去責備對方不守信用。為了今天，他還特地耐著性子細數著每一個日子，如今卻得面對再一次的失望。

啪。

「別任性。」

可在他那麼做之前，某人卻先一步握住了Graph的手機。少年因此火冒三丈地抬起頭來。

「哥你別管！」

Phayu見狀忍不住嘆了口氣，他稍微轉頭看了Panachai一眼，然後才回頭望向這個看起來相當桀驁不遜，但又令人感到相當同情的孩子。

怎麼會想要追求Pakin哥這種人呢？

「我也不想管，只是想提醒你，就算打去也只會讓Pakin哥覺得煩。」

「那你說我該怎麼辦！是Pakin哥不遵守承諾在先，他不是說要教我嗎？不是叫我星期六過來的嗎？那他為什麼沒出現？為什麼讓我像個笨蛋一樣，一個人傻傻站在這裡！」Graph感到十分失望，這份失望甚至讓他忍不住對不相干的人發火。他其實也不想讓情況變成這樣，可就是無法克制自己一個人窮開心之後所產生的失落感。

他應該早有覺悟，Pakin哥又不是第一次幹這種事，那自己為什麼要抱著那麼高的期望，以致於摔得這麼痛呢？

三個成年人一看到這種狀況，不由得面面相覷，而Saifa是第一個舉手投降的人，他拿這種孩子沒轍。

「唉。」因此，Pakin的天才修車技師這時又一次把握在手裡的手機往下壓，然後一派輕鬆地說：「上課的時間到了，要是再晚一點，就會熱到受不了的。」

「我不──」

「Pakin哥喜歡會玩車的人。」

！

忽然，Phayu悠悠地說了這麼一句話，讓準備反駁的人立刻閉上了嘴，接著訝異地轉過頭來迎上了他的眼睛，使得那位相對嚴肅的雙胞胎哥哥不禁露出了一抹笑容。

「學會怎麼騎車，把技術練好，做到讓那位大人沒話說，要

是有辦法讓我們幾位哥哥都能認可你，那之後如果想來這裡，就算是Pakin哥也不能說你什麼……這樣可以嗎？」這番話是想讓那執拗的孩子知道，就算耍脾氣也不會讓事情照著他的意思走，有時候退幾步穩住重心，然後學習該怎麼克服問題，或許才能贏得更大的勝利。

Pakin哥喜歡會玩車的人，如果Graph有辦法獲得現場這三個人的認可……如此一來，引起某人注意力的機會就會高出許多。

這句話，讓Graph緩緩地放下了抓著手機的那隻手，他低頭注視著地面，在那之後深深地吸了一口氣。

「我……我該怎麼做？」

接著，少年輕聲問道，聽得Saifa立刻露出了一個大大的笑容。

啪。

「過來這裡，臭小子，請叫我爆走Saifa^{（註）}老師，來這邊、來這邊，道具我已經都替你準備好了，搞不好上完這一堂課之後，你的技術就能超越Oat，一起去賽場吧。」胞兄解決了難題之後，胞弟就接手後續的工作，他摟住了Graph的肩膀，一副很要好的模樣，在那之後差點就要伸手過去摟人家的腰，把人帶過去另一個方向準備穿戴安全性設備。

等到只剩下兩個男人的時候，Panachai這才笑了。

「真會哄孩子。」

「這孩子也不算任性，只要用對方法就乖了，不懂Pakin哥

（註）這裡為雙關語，源自日本漫畫《爆走兄弟Let's & Go!!》，其泰文為Nak Sing Saifa，Nak Sing為車速很快的飆仔，小說中的人物也叫做Saifa，以此做為一種笑料。

為什麼處理不了？」Phayu轉頭迎上對方的眼睛，無法理解地問道。他不理解像Pakin先生這種八面玲瓏的男人，怎會不曉得該怎麼處理一個孩子呢？而且明明就表現出不喜歡的樣子，為什麼又要放任那孩子跑來糾纏自己？他和Graph不過才見了第三次面，都知道該怎麼做就能讓對方冷靜下來。

聽到這問題，Panachai僅露出一抹淺笑。

「對呀，我也想知道，為什麼我們老闆就是不肯出手處理這件事。」

有時候，「處理不了」這幾個字，其實無異於「不肯處理」。

有些事情，Pakin就這樣放著不管，雖然表現出一副很煩的樣子，但卻不打算採取任何行動。

Phayu聽了就只能搖搖頭。

「今後有好戲可以看了。」

「我也這麼覺得，這件事情要看長遠一點。」

Phayu聽了不由得翹起了嘴角。

「那哥都看幾年了？」

這問題讓那位面惡心善的男人輕輕笑了起來，不過那笑聲聽起來就是有些壞。

「其實觀察好幾年了，還在等最終的結果。」替Pakin做事也有好些日子了，身上要是沒有幾分頑劣，又怎麼有辦法在這裡混下去呢？

「欸？你這小子，不是說了不要一直保持半聯動（註）？」

「我不習慣嘛。如果不這麼做，車子很容易頓挫啊。」

「是因為你自己浮躁吧？好好練習，之後就會知道怎樣完全

放開油門還有離合器。」

經過一段時間的魔鬼訓練之後，Saifa發現這小子比外表看起來還要聰慧，因為不管是保持車子穩定、加速或者是過彎，都能做到像是長期練車的人一樣，不過他就只有一個問題——每次發車前都會去催動離合器。

催動離合器，等同是催動油門，然後抓著離合器不肯完全放開，這會讓車子更有動力，解決車子催不動或是突然頓挫的問題，可後續也會衍生出其他的問題——那會讓離合器片更快報銷。

「又不會怎樣。」

「吼，你這個臭小子，如果你有一個會修車的哥哥，而且還是一個非常珍愛零件的雙胞胎哥哥，那你絕對會被踹到天上。你想催離合器或是維持半聯動狀態沒有不對，但要是常常這麼做，車子會出問題，如果能改掉這種習慣，對這輛帥車會比較好。」Saifa說完之後，拍了拍握把，彷彿把那輛超級摩托車當成是自己的帥兒子一樣。

「看你好像覺得一點也不難，多多練習就能改掉這種習慣了。」高大的男子說道。

*Graph*聽了低下頭注視著車子，然後心中問自己：*我到底是來幹什麼蠢事的？*

並非Saifa哥教得不有趣，或是教得不好，可他就是忍不住會對另一個爽約的人感到失望。不過就像Phayu哥說的，如果有出色的表現，或許更能得到Pakin哥的認可。

（註）半抓著離合器的狀態，防止車子頓挫，但會造成離合器片、壓盤以及飛輪的磨損。

「Saifa哥，Pakin哥常常過來這裡嗎？」

「他很少過來，看心情，通常如果有事要交代，他會去我家修車廠那裡居多，噢不，他大多會打電話吩咐Phayu那傢伙，但要是哪時候覺得無聊，就會過來逛逛。上次來，是為了逗Oat那小子玩，我那個朋友，是那種過分認真的人，Pakin覺得逗弄人家很好玩。」

「那他有帶誰過來嗎？」和Saifa搭話之後得到了答覆，Graph就藉著這個機會繼續發問，因為就算和Pakin已經相識多年，可他幾乎不曉得對方的私生活是什麼情形。

聽到這個問題，Saifa隨即露出了一抹燦笑。

「是沒有，呃，但如果是他自己跑來的，那就不得而知了。」

Graph幾乎都要露出笑臉來了。但最後那一句話，又讓他的臉色陰沉了下去。

「說得也是，畢竟是Pakin哥這種人嘛。」

Saifa一聽到「Pakin哥這種人」這幾個字，不需要特別解釋，立刻就能明白過來提問的少年當下有些不快，所以只好將注意力轉向其他地方。

「那哥知不知道，Pakin哥什麼時候會再舉辦比賽？」

「啊，這已經超出我能回答的範圍了。」然而，原先那個一臉燦笑、滔滔不絕講了一堆話的人，卻突然收了聲，他把手舉到肩膀的高度，然後語氣尷尬地這麼說道。

Graph見狀，深深地注視著對方的眼睛。

「一點消息都不能透漏嗎？哥？」

「不行啦，講了會被Pakin弄死，上一次還特別昭告了所有人。」

「好不好嘛，哥，我會安安靜靜地溜進去，絕對不會造成哥的麻煩。」

見這位高大的哥哥怎樣都不肯透漏，Graph使出渾身解數繼續糾纏，他把車子熄了火，回頭迎上對方的眼睛，差點就要伸手去抓住對方的手臂搖晃了，讓Saifa不由得愈來愈心軟。

Pakin老是說這孩子有多煩人，但我怎麼覺得Graph很像博美狗啊？感覺就像是即便他再會吠，但只要一看到他的眼睛，就會忍不住心軟。

「我真的不能講啊，Graph。」

「拜託嘛，Saifa哥，噢不對……拜託嘛，Saifa老師。」

！

這孩子一開口喊Saifa老師，男人就隨即一愣，接著原本拉成一直線的嘴角不斷地往上揚。這真不是他被巴結到得意忘形，只是一聽到這孩子起初怎樣都不肯叫的那個稱呼，便忍不住驕傲了起來。

「再叫一遍。」

「Saifa老師。」

啪。

Graph話音剛落，方才那位口口聲聲說不能講的人，立刻勾住了少年的脖子，然後把臉靠了過去，他偷偷環顧了一下四周，確認沒有其他人衝進來打擾，接著轉回來對上那雙期盼的眼眸。雖然臉上一副有些猶豫不決的模樣，但其實一顆心早就在人家喊第一聲老師的時候就被攻陷了。

好吧，就算說了，這小子也未必有辦法再次偷溜進會場。

「Pakin哥已經發出了消息，說活動會舉辦在——」

「你們在做什麼！」

嘴！！！

別說Saifa被嚇了一大跳，就連Graph也被嚇得不輕，當身後突然傳來了令人耳熟的嗓音，兩人便不約而同地立刻回過頭，緊接著就看到了剛才被談論了好一陣子的男人。

嘖嘖，這位哥哥是有在養古曼童^(註)嗎？怎麼就那麼剛好？

Saifa連忙露出一個笑臉，而後偷瞄了一眼身旁臉色發白，一看就覺得很可疑的孩子。

「Saifa，你跟這小子講了什麼？」

就說吧，Graph的表情真的很不會說謊欸，就連只瞧了一眼的Pakin哥，都能察覺到他們剛剛偷偷摸摸地在講某件事。

「就只是隨便聊聊啦，哥。」

聽完這話，Pakin一語不發地盯著對方看，接著咧嘴一笑。

那笑容恐怖到這位雙胞胎弟弟笑不出來，只知道自己接下來要倒大楣了。

「我跟Saifa哥聊什麼，關你什麼事？你自己都沒遵守跟我的約定。」

看來有人更不要命，因為Graph立刻不甘示弱地打岔道，對方那駭人的視線隨即轉了個方向。

「我哪裡沒遵守約定了？」

「哥不是叫我星期六過來？可是你自己卻不在。」少年氣呼呼地說道。

對方聽了，抬起手環抱在胸前。

「只是比較晚到，不代表我沒遵守約定。」

（註）古曼童：指附著在人形娃娃或是雕像上的嬰靈，由信眾供養，滿足信眾的祈願，為一種養小鬼的概念。

！

這一回換成Graph無話可說，他注視著那對居高臨下的凌厲雙眸，然後咬緊了牙關。

對，Pakin哥是來了，確實不能說他沒遵守約定。

「可是哥答應要親自教我的，後來卻把責任推卸給Saifa哥。」

「推卸？我什麼時候推卸責任了？」

「Chai哥不是請Saifa哥教我嗎？」

聽了少年的指控，男人又笑了，只不過笑得非常邪惡。

「那是Chai跟你講的，不是我。」

「但是……」

「所以，我完全沒有不遵守約定，我約了星期六來這裡，人也到了，你只是比我早一些抵達罷了。至於說要教你的那件事，我本來就打算要親自教你的，可是我一來就看到你和Saifa在一塊，噢～ Saifa。」

「是，哥！」原本以為自己逃過了一劫，正打算偷偷開溜的那個人，忽地全身一僵，張嘴大聲回應。

Pakin聽了咧嘴一笑，犀利的雙眸則眨也不眨地凝視著Graph倔強的眼睛。

「都教完了嗎？」

「教完了。」

「那這小子哪裡有問題嗎？」

「沒有，只有發車的時候有些問題，不過那必須時常練習，讓自己慢慢習慣。」

啾。

這回，Pakin把雙手往兩邊一攤，扯動嘴角笑了笑，然後講

出了讓人想朝他臉上揮拳的話。

「看吧，我哪裡沒遵守約定了？」

Graph一見自己無法反駁面前這個男人，果不其然地握緊了拳頭，咬牙切齒。他再度回想了一下，發現打從來到這裡的那時候，其實就已經中了男人的圈套，因為他主觀認為Chai哥是聽Pakin哥的指示做事，所以確信自己被放了鴿子。但Pakin哥卻推說自己沒這樣講過，那就算嚴刑逼問Chai哥……他也永遠無法得知究竟是不是Pakin哥下的命令。

我操！

最後少年就只能一邊在心中咒罵，一邊憤恨地瞪著對方。

不過Pakin看起來似乎不痛不癢，甚至還不鹹不淡地開口道：「那現在該還的債也都還清了吧？」

少年聽了臉色一變，因為那代表著自己已經沒有任何理由繼續出現在對方的面前了，於是他低下頭注視著自己的腳尖。

贏不了他，根本一次也沒贏過。

「不過我認為，既然弟弟表現得這麼好，那應該要給他一些獎勵才對，Pakin哥。」

正當Graph再次感到挫敗的時候，某個人這時走了過來，並講出了如上天恩賜般的一句話。

「Phayu哥。」少年因此輕輕喚了一聲對方的名字。

Pakin此時回過頭對上那位專任技師的眼睛，對方微微揚起嘴角幽默地說道：「不過是獎勵一個高中生而已，不至於超出哥的能力範圍吧？Saifa你說是不是？」

「喂！別把大便扔到我這裡！」只見雙胞胎哥哥立刻將問題丟了過來，Saifa嚇得連忙搖頭，可他又敵不過Phayu的眼神，所以只好在一旁乾笑。

「啊……我覺得Graph是一個很棒的徒弟，哥應該要給好孩子一些獎勵。」

Graph平時不怎麼喜歡被當成孩子，但這一次，他明白只要肯閉上嘴巴當個好孩子，在這種情況下是最好的解套方式了。

當每一雙眼睛都轉過去注視著大人物，拿了一手好牌的那個人不禁翻了個白眼。

「這小鬼用什麼東西收買了你們？」Pakin語氣無奈地問道。

兩兄弟這時心有靈犀地這麼想——

當然是因為同情啊。

同情這個一得知自己無能為力，便露出了難過神情的孩子。

「意思是，哥答應給Graph獎勵嘍？啊，那還等什麼？快點說出自己的願望呀。」Phayu機警地說道，快速回頭轉向那個講不出話來的少年。

Graph沒想過事情會發展得如此之快，如果他事先知道可以向Pakin哥要求一項獎勵，那他或許就能先擬定好計畫。

然而，他卻還是趕不上那個語氣平淡、臉上沒了笑容的男人。

「之後把車還給你。」Pakin這麼說道，接著又繼續說了下去：「我會找人把那輛車送去你家，獎勵你今天表現良好……這樣你們滿意了沒？該死的惡鬼雙胞胎。」

男人僅丟下這麼幾句話，一副想結束這個話題的樣子，在那之後就轉身往另一邊走去，不打算再聽任何會讓自己頭痛的吵鬧聲，留下措手不及的Graph傻站在原地。

啪啪。

「Graph啊Graph，腦筋要動得快一點呀，可以提出像是哥

要請我去吃甜點，或是帶我去遊樂園之類的要求。」Saifa朝默默站在一旁的少年肩膀拍了幾下，這時Phayu也忍不住搖了搖頭。

「不然下次把摩托車帶來我的店裡玩玩也行。」Phayu接著安慰那個依舊沉默不語的少年。

可Graph卻完全沒把那些安慰的話聽進去，他心中感覺到了某些事——Pakin哥也太輕易妥協了，就好像想快點把他從生命裡刪去似的。

說什麼沒有不遵守約定，沒有放他鴿子，還把車子還給他，對方所做的這一切，都彷彿是想盡快了斷他們之間的關係。這個發現，使得少年那顆小心臟一陣一陣抽痛了起來。

哥就這麼不想見到我？是不是⋯⋯應該就此畫下句點了呢？Graph。

他罕見地開始認真考慮起這件事。

* * *

「媽媽，Janjao要走嘍。」

「好～今天會很晚回來嗎？要不要幫妳準備晚飯？」

「要、要，我一定會趕回來吃飯。」

在一棟四周被漂亮花園所圍繞的屋子裡，這個家的大女兒正把塞滿上課講義的布包揹在肩上，而後跑去跟在廚房裡忙碌的母親打招呼，接著再走回來，忌妒地望著正在一邊翻閱耽美漫畫，一邊滾來滾去的妹妹。

「我要出門嘍。」

「啊，Janjao姊，麻煩幫我買一下剛上市的漫畫，百貨裡的

漫畫店應該已經擺出來了。」

當她一告訴妹妹要出門了，頭髮及肩的國三女孩便坐起身來，然後往短褲的口袋一掏，摸出一張剛上市的漫畫清單交給自己的姊姊。

「買漫畫的錢一人一半喔。」

「好～平分，快點回來唷，我想快點接著看Sabatosama了。」這名叫做Bulan的女孩說道，接著又躺下去繼續看漫畫。

Janjao見狀，稍微皺了一下臉。

「走著瞧，等大學入學考試一結束，我就要把網路上的漫畫統統看完！」

撂下狠話之後，Janjao煩悶地走出家門，結果下一秒，煩悶突然變成了驚嚇。

「Graph！」一見到長相帥氣，跨坐在一輛大型超級摩托車上的少年，突然出現在家門前，她隨即轉身往家的方向看了一眼，然後一個箭步，衝向了自己的好友。

「你怎麼來了？不是說被禁足了嗎？」

「呵，就只是口頭講講而已，我爸才不會管我到底被禁足了幾天。」

聽了友人的問題，Graph撇嘴這麼說道，女孩不由得心生同情。

「禁足的事情不用理會啦，我只是覺得無聊，不想待在家裡，我記得妳好像要去補習，所以就過來接妳啦。」少年這麼說道。

若是其他人，忽然有個俊俏的小哥騎了一輛百萬名車到家裡接送，而且還是送去補習班，聽了可能會害羞到臉紅吧。可月亮女孩就只是狐疑地歪著頭。

「發生了什麼事？」

如果Graph覺得無聊，他會做的事情絕對不會是來找她，而是去找其他班級的同學玩，因此有時還會跟其他學校的學生發生衝突。不過他今天是特地來找她的，那就表示出了什麼事。

「沒有……吧……我也不知道，什麼都不知道了啦。」

話一說完，少年就煩躁地用力揉了揉自己的頭髮，女孩看了不禁嘆了口氣。

這就表示他跟那位哥哥發生了不愉快的事。

「那就走吧，如果是由Graph送我去，應該會提前一個鐘頭抵達，先去找點東西吃，然後你再慢慢講給我聽，到底發生了什麼事……好嗎？」一見到朋友心情不佳，她露出笑臉安慰對方，並輕聲這麼說道。

少年聽了點了點頭，而後彎身拿起一頂安全帽送了過來。

「你的車子是很酷，但對我這樣的女孩很不友善啊。」Janjao俐落地戴上安全帽。當然嘍，她都不知道被載過幾回了，可依舊不習慣坐後座時得把腿張得開開的，而且還是很大台的摩托車，每次坐在上面，頭部都會比駕駛高出不少。

喀啦。

「嗬，Janjao，誰准妳那麼做的！！！」

「哇～～快走，Graph，不然等一下會被San哥罵唷。」

二樓的窗戶忽地被打開來，接著出現一名睡眼惺忪、頭髮亂糟糟的男子，他把頭探出來大聲嚷嚷，這位妹妹因此連忙用力拍打朋友的肩膀，示意他快點發車，趕在她愛吃醋的哥哥衝下來阻止之前離開。Graph見狀便笑出聲來。

「還是一樣對妹妹保護過度欸。」Graph扯著嗓子和對方說道，同時發車騎離小巷，坐在他後面的那個人也大聲回答。

「他對老婆的保護欲更誇張。」

話一說完，大型摩托車就靈活地繞出了巷子，一直騎到了大馬路上。

吱呀！

「啊——」

突然有一輛轎車衝出來擋住了他們的去路，害得 Graph 險些煞車不及，Janjao 的臉也差點往前撞。

「你到底會不會開車啊！」脾氣暴躁的少年立刻破口大罵。

「好好說話，小屁孩。」

！

當少年發現後方也有好幾輛超級摩托車擋住了去路，他不由得一愣。

「Graph，這是什麼情況？」Janjao 這時候忐忑不安地低聲問道。

少年聽了，表情跟著變得凝重。

「我也不知道。」

Graph 很確定自己最近沒跟人有過節，而且就算有，也不是跟這些天生一臉流氓樣的大人。

「你是 Graph 先生對吧？跟我們走一趟。」轎車上的人這時走了下來，露出一抹欠揍的笑容。

少年瞇起了眼睛。

「跟你走的是笨蛋，閃開！」Graph 一副無所畏懼地怒喝道，但實際上卻很擔心自己的好友。

他不是第一次碰上這種狀況，而且每一次都是和 Pakin 哥這種等級的人發生衝突，因此這些王八蛋完全威嚇不了他，可是 Janjao 不一樣。

「Pakin那傢伙的人都這麼沒禮貌嗎？」

「這跟Pakin哥有什麼關係！」此時，那王八忽然講出了一個他最不想聽見的名字，使得Graph渾身僵硬，馬上回嘴反嗆。

那個看起來像是帶頭的人，隨即咧嘴笑了。

「跟我們走一趟，等一下再告訴你這跟他有什麼關係。」

「老子不去，管他什麼Pakin哥的事！」怒不可遏的少年這麼說道，他緊握住朋友正在發抖的手。

「好啊，如果Graph不配合，那就抓這位小妹妹代替你也行。」

他們繼續往前圍住Graph的摩托車。少年這時腦子快速地運轉，想著自己應該撞開他們，或者有其他辦法？可他發現這時朋友抖得更厲害了。

「Graph……。」

「不准動這個女人！」

當對方一靠近，作勢要去抓女孩，Graph隨即將身體一側，拍掉那個王八蛋的手，並狠狠地出聲警告，接著轉身對上了那位帶頭大哥的眼睛。

「我可以跟你們走一趟，但不准動我的朋友。」

「嗯哼。啊？還不快下車？現在Graph先生跟我們有點事要忙。」那幫人應了一聲，而後轉身注視著緊緊抱住Graph的女孩。

少年見狀，只好開口安慰朋友。

「沒事的，Janjao，我不會有事，等一下我可以中途溜走。」清瘦的少年悄聲道，並且緩緩地點了點頭，向女孩保證自己會沒事的。

Janjao猶豫了一下，最後還是戒慎恐懼地下了車。

得快點報警！

緊緊握住布包背帶的女孩在心中這麼想。

「喂，走啊！還是Pakin那傢伙的人想出爾反爾？」

對方譏諷道，使得Graph握緊了拳頭。

「哼，要我去哪裡，還不快帶路！」他現在必須要做的事，就是讓這些人離他的朋友愈遠愈好。

少年重新發動了車子，手抓著握把，輕佻地點了點頭，有意要對方快點帶路。那些人見狀便笑了，接著回到了車上。

「別想著要逃跑，不然的話，我可就無法保證這位妹子的安危了。」那傢伙這麼說道，隨即催動油門，先一步往大馬路駛去。另外有兩輛超級摩托車平行地跟在旁邊。

Graph此時擔憂地瞄了一眼自己的朋友，不過看起來只要他肯乖乖照做，Janjao似乎會比較安全。

直到Graph走了、好幾輛車也都騎了出去，被嚇到花容失色的女孩這才脫下了安全帽，把它拿在手上，接著纖手顫抖地拿起手機。

「要快點報警，報警！」

叭。

但是在女孩打電話報警之前，有一輛剛轉進巷子裡的BMW朝她輕輕按了一下喇叭，嚇了她好大一跳，她驚恐地立刻回過頭，想確認那幫人是不是又回來了。不過當Janjao這一抬頭，卻是高興地大叫。

「Chin哥！」

「發生什麼事了嗎？」

這位哥哥的朋友讓Janjao不知怎的鬆了一口氣。

「Chin哥，Graph、我朋友Graph，被不知名的人帶走

了！」

　　女孩衝上前去貼在車門上，十萬火急地喊道，對方聽了不由得眉頭一蹙。

　　「Graph？」

　　「對，Graph，他是我的朋友，剛剛突然有好幾輛轎車和很大台的摩托車，跑過來擋住我們的去路，然後就把我朋友帶走了。我就知道！Pakin哥那個人很可怕，甚至還讓Graph碰上這麼危險的事情！該怎麼辦才好？Chin哥……。」

　　雖然被嚇到六神無主的女孩有些語無倫次，不過她提到的幾個名字都很耳熟，這名髮色染成棕綠色的男子立即拿起了手機。

　　「先冷靜一點，Janjao，我認識可以幫忙的人。」

　　看著哥哥的朋友撥了通電話給某人的畫面，Janjao不禁憂心忡忡地握住了拳頭。

　　別出事啊，拜託千萬別出事啊！

第九章

更狠的人

媽的！甩不掉！

突——

一輛時尚又帶勁的超級摩托車正不停地加快速度，騎士也跟著壓低身體貼著車身，目光瞟了一眼後照鏡，發現後方跟了好幾輛大型重機，握住握把的雙手因而抓得更緊，將速度飆得再快一些。

嗖——

帥氣的鐵騎一連超越好幾輛轎車，可當騎士往後一看，才發現那群傢伙依舊緊跟著他不放。

叭——

這時喇叭聲響遍了整條大馬路，由於素行不良的駕駛不只一名，而是好幾名，因此給其他用路人帶來了不少困擾。騎在最前面的那位騎士此時感覺到額頭正在冒汗，汗水沿著臉頰滑落到下巴。

可惡——我不擅長騎這種路啊！

Graph 在心中吶喊，因為他不習慣在這種到處都是車子的路上騎車，過去這段日子，即便這輛車已經到手好幾個月了，但他多半只往返於住家和學校兩地，要不就是在大半夜裡出來飆飆車。像這樣一邊騎車，一邊閃車，必須比平常更專注，使得太陽穴上的血管因高壓而突起。

要怎樣才能甩開他們？該怎麼逃跑！

在馬路上互相追趕，似乎讓騎在最前方的那輛摩托車快招架不住這場大約十分鐘前就展開的追逐戰。

和好友分別之後，Graph所做的事情就是乖乖地跟著那群人，勉強表現出自己順從，沒有想逃跑的念頭，直到他確定已經遠離朋友家那條巷子之後就脫隊……Graph這小子本來就不是會乖乖聽話的好孩子。

因此，趁對方剛才停紅綠燈時一個不留神，Graph立刻強行將摩托車轉往另一個方向，閃過原本擋在前方帶路的轎車，可還是無法甩掉他們所有人，不得已只好像這樣在大馬路上你追我跑。

施工中。

「就是這個！」就在這一瞬間，Graph瞄到了一塊紅白交替的告示牌，上頭寫著施工中，然後才想起這裡剛開拓了一條新的道路，而且還沒正式開放使用，所以車輛並不多。在空曠的路上飆速，應該比較容易甩掉他們。

吱呀。

突——

煞車聲發出刺耳的聲響，接著是催動油門的聲音，Graph在轉彎處放慢了速度，強行讓摩托車衝向了正在施工中的道路。他胸腔裡的那塊肉反應相當劇烈，不知道是因害怕或緊張而快速跳動，只知道自己即使正面迎風，可背部卻被汗水浸溼了。

「甩得掉，這條路絕對甩得掉！」看著這條一望無垠的道路，少年不由得壓著嗓子低語道，他手腳並用催動引擎，轉速表因此跟著不斷攀升。

一旦確信自己可以逃得掉，安全帽底下的眼睛就下意識再次往後照鏡瞄了一眼，隨即便發現那群人跟不上他的速度。但當他

自得意滿地移回視線時，僅那麼一剎那⋯⋯。

吱呀——

「嚇！！！」

忽然間，那輛剛才已經甩掉的轎車倏地從前方小巷子裡衝出來擋住道路，把Graph嚇得放聲大叫，差點煞車不及，摩托車也因此偏了一下，但他依舊冷靜地把摩托車導正。

可就這麼一會工夫，後方那群車輛便快追了上來。Graph見狀不禁瞪大了雙眼。

「啊幹！幹！幹！！！」少年只能狂飆粗話，當機立斷把摩托車轉進迴車區，換到另一個方向行駛，拚了命地想要逃脫。因為他深知一旦被逮到，之後會面臨多麼可怕的後果。

無論對方是爸爸或是Pakin哥的敵人，他的屍體都不會太好看就是了。

嗝！！！

「我操！」才剛想到這裡，Graph又大叫了一聲，入口處被路障擋住了！

一座座並排在一起的水泥墩將道路整個封死，就連摩托車也無法通過，求生本能讓少年使出渾身解數試圖讓摩托車停下來，車輪與地面摩擦，發出了駭然的巨大聲響，他驚恐地睜大了雙眸。

快要撞上了！

『記住，如果車子控制不住，就拋開它，車子毀了也好過賠上一條命。』

Saifa曾說過的話突然在他的腦海中閃現，他因此⋯⋯。

磅！！！

「啊——」

就在生死一瞬間，Graph決定讓車身貼著地面滑出去，隨後也跟著鬆開握把，奮力地從那笨重的大鐵塊上彈開來，畢竟萬一被壓到了不死也殘。

少年在地上滑行，接著滾了幾圈，不一會就響起了巨大的撞擊聲。

「呼哧、呼哧、呼哧……。」

Graph躺在地上劇烈地快速喘息，感謝自己身上穿的厚皮衣以及安全帽，讓他可以不用去見閻王。可當他望向自己的愛車時，發現它的兩個輪子往路障衝了過去，其中一面車身隨即與地面磨擦，擦出了一些火花。儘管所幸最後沒有釀成爆炸，但他也只能眼睜睜地看著愛車底朝天，兩個輪子急速空轉。

咚！

「噢！」

「已經沒招了吧？Graph先生。」

還沒來得及躺平休息，少年又痛得放聲大叫，因為有個彪形大漢走過來朝他的肩頭踹了一腳，甚至還把那張禍害人間的臉探到他的頭上，一邊露出一抹令人反胃的笑容，一邊還以虛情假意的聲音關切他。

「王八蛋！」

啾。

「噢！」

「現在的小孩講話真沒禮貌吶。」

對方那副模樣氣得Graph大聲咆哮，可下一秒又叫出聲來，因為那人再次用腳去踩躪他的肩頭，Graph只好伸出另一隻手去抓住對方的腳踝，咬牙想將它拉開，不過剛才爆發過的腎上腺素卻讓他沒多久就用光了力氣。

「你到底想怎樣？為什麼要抓我！」既然無法用武力反抗，他就只能憤怒地大吼，對方聞言大笑。

「我說過，如果你乖乖地跟我們走，剛才的事情我就會告訴你，不過既然你耍了這種花招，那我也沒必要遵守承諾了……」

「去你媽的！帶了那麼多人來抓我一個，你還真敢講！」Graph咬緊牙槽，為了不示弱拚命忍住疼痛，急切地想找出一條活路。畢竟要是落在那傢伙手裡，絕對不會是什麼美好的光景。

「聽說你花招很多……搞到要Pakin親自出手制伏你，所以我也想試試看。」那傢伙一邊這麼說，一邊把腳抬離少年的肩頭，接著蹲了下來。

平躺在地的那個人這時緩緩起身，然後……。

「呸！」

！

「別拿你自己和Pakin哥相提並論，你這個鮑魚臉！」

Graph朝對方吐了一口唾沫，並帶著不屑的語氣吼了回去，那傢伙因此愣了一下，接著抬手擦去臉上的唾液，原本饒有興致的眼神忽地變得殘暴，差點把少年嚇了一跳。

「還真袒護他呢，小朋友。你不懂，那混蛋跟我們沒什麼不同！」對方大概是上了火氣，語氣也跟著放肆起來。他扯住Graph的衣領，要少年和他面對面。

「什麼都不懂還敢囂張。」

「你才什麼都不懂咧！Pakin哥跟你這種社會敗類才不一樣！」至少，他所認識的Pakin哥不會像這樣當一隻暗中咬人的瘋狗。

然而，刻意惹毛對方的做法似乎是奏效了，因為此刻那人的臉上完全沒了笑意，僅以想把人碎屍萬段的可怕眼神直瞪著他。

「那你說說看，你的Pakin好哥哥在這種情況之下會怎麼做？」

Graph聽到這個問題，腦子頓時急轉，眼角餘光就在這時瞄到了自己的寶貝愛車，他立刻回嘴。

「那來和我比一場賽車啊！」

「嗯？」

對方揚起眉，少年見狀又繼續開口補充。

「如果我贏了，你就得放我走。」

這一次對方來勁了，放聲大笑。

「好，但如果你輸了，就準備好當那些人的老婆吧。」

從一開始的追逐到現在，這句話最讓Graph感到害怕。

被用來當成臨時賽場的路段，是一條才剛增設但尚未正式啟用的道路，而且還是一條沒有任何彎道的直線，這意味著兩邊選手必須做的事情就是把速度飆到極限，看誰最先突破終點線。

誰比較快，誰贏，簡單的規則，卻比大家想像中的還要難。

「我準備好了，**Korn哥**。」

Graph這時抬起手壓住自己疼痛的肩膀，那群人則把他的超級摩托車搬起來架在起跑點上，車子的狀況看起來不太理想，因為不久前才剛重新上漆的車身被磨出了一大片痕跡，甚至還有凹陷，他也因此感到有些惴惴不安，擔心車子會不會出問題。

同一時間，一名中年男子正牽著一輛鮮紅色的日產超級摩托車進場，並將車子立在他的旁邊，接著就轉身和一名像是大哥的人談話。

Korn——他們嘴裡喊的名字主人，是個塊頭魁梧、一臉冷酷、眼神飄忽不定的傢伙，而且全身還散發著令人不想接近、讓

人信不過的氣場。少年見狀，不禁捫心自問到底想清楚了沒，確定要跟那群傢伙比賽？

如果他們要手段呢……但如果不比，不就等同於完全不掙扎，自願讓他們抓走？他不是這種人。

「知道規則吧？小朋友。」Korn轉過頭來詢問

「你確定不會耍詐？」

Graph不放心地瞇起了眼睛。雖然對方剛才因被他吐了一臉口水而氣到差點動手，可現在卻笑得很開懷。那人露出一副飢渴嗜血的表情，使少年不由得起了一身雞皮疙瘩，在那之後，又因少年不安的反應而加深了笑意。

「別含血噴人啊……如果你贏了就放你走。」

對方再三保證，聽到這話，少年才感覺好受了一些。

不過就只是條直路，而且我的車還更好。

少年安慰著自己，他偷瞄了那輛大車一眼，鮮紅的色澤就像是在向他下馬威，接著又低頭望向自己這輛擁有不輸給任何一輛摩托車的高性能、馬力帶勁的超級摩托車。

一定要贏，我絕對要贏！

Graph對自己信心喊話。往好處想，這或許是個千載難逢、能證明自己的大好機會。如果贏了，不僅能擺脫掉他們，Pakin哥或許也會對他改觀，然而若是躲不掉，那肯定又要被罵了。

話說回來，倘若被Pakin哥知道了這件事，那他可能會被罵笨、蠢到給自己惹上麻煩，還有最狠的一句就是——成為別人的負擔。

他不想再看到對方嫌惡的表情了。

一定要贏，一定要活下來，要讓Pakin哥看到，就算只能靠自己，我也可以存活下來！

帶著這樣的想法，少年深吸了一口氣，再次拿起安全帽戴在頭上。他望向旁邊身穿居家便褲、襯衫的人，儘管對方身型感覺就像個坐辦公室的內勤人員，可那腿一掃，跨坐在摩托車上的動作卻異常敏捷，而且看他在戴上安全帽之前的表情，好像十分有自信的樣子。

那俐落的模樣使得少年忍不住去想，這傢伙似乎也很強。

別再想這種愚蠢的事情了，白痴Graph，你只要狂催油門就行了。

清瘦的少年輕輕地拍了拍車身，像是想請它多幫幫忙似的，接著便把反光色安全帽前面的護目鏡壓了下來，並發動摩托車。

突──突──

兩輛車都發出了震耳的機械聲，猶如獅子在吼叫一般，那聲音令Graph心中有著說不出的擔憂。他瞥向了發出更大聲響的那輛車，排氣管儡人心魄的聲響不由得令他抓緊了握把。

『騎車的時候要非常專注，雖然它的馬力比普通的摩托車強，外型也比較漂亮，可相對的危險性也更高。能騎，和有辦法騎是兩碼事。你來學習，是因為想要變得很能騎對吧？那哥告訴你，首先你要先學會專注，如果放任意識渙散，這種漂亮的車子就會變得很危險。』

Saifa哥的聲音傳進了他的腦海中。Graph轉頭看向前方的道路，路的盡頭有一輛轎車擋在中央。

要先通過終點才能抵達那裡，所以得及時將車子煞住。

突──

強勁的馬力仍持續發出震耳的聲響，一名站在起點處的男子這時將手裡的旗子舉高，以此作為訊號，示意當它一甩下來，就代表了開跑的鐘聲響起。

「哥怎麼會過來？哥為什麼知道我在這裡！」還沒從驚嚇中緩和過來的少年語氣顫抖地問道，儘管他很想就這麼癱倒在地，讓自己放鬆下來。

安全了，活下來了！

「這件事情等之後再說，但為了Graph先生的安危，先請Graph先生上車比較好。」

對方聽後露出一抹淺淺的笑容，同時伸手比向一輛黑色的大車，可這任性的孩子卻依舊注視著另一個人，而那人正獨自走上前去面對十來個人。

「可是Pakin哥他……」

「Pakin先生不會有事的。」Panachai肯定地說道，接著就推著驚魂未定的少年的背部，讓他上了車。男子之後對著一同前來的下屬點了點頭，一邊示意對方去處理那輛狀況比今早送去時還要慘烈的超級摩托車，一邊回想著他和自家老闆為什麼會出現在這個地方。

他們原本正在開會，忽然間老闆的手機響起，接著Pakin先生就不管三七二十一，像颱風掃過那般快速走出了會議室，順帶迅速地交代了一下工作，接著就這麼及時趕到。至於為什麼找得到人……。

因為那輛超級摩托車被安裝了GPS，通報位置的功能讓Pakin有辦法避開少年，可令人難以置信的是，不過才一天的時間，卻讓它成了最佳的位置追蹤器。

Graph已經上了車，這時候的Pakin正手插口袋站在那裡，等著對方把安全帽拿下來，然後再走上前去找那個人。

「還以為是誰……原來是**Nop先生**的走狗。」

「你！！！」

一見到對方的面容，那位眼神冷漠的男人便率先開嗆，他嘴角勾起的淺笑，越發令人感到不寒而慄。

對方的手下一聽，怒氣沖沖地咆哮，然而Korn卻只把手一抬，眼中明顯流露出怨懟。

「你好，Pakin先生，真沒想到會在這裡以這種方式跟你見面。」

對方這麼說道，又壞又帥的男人聽了輕輕笑了幾聲，猶如聽了什麼笑話似的，然而眼裡卻沒半點笑意。

「我也很意外……。」男人沉默了半晌，同時停止了笑聲，「我也才剛得知Nop先生養了一群狗，而且還隨便放出來追著路人亂咬，噢，不對……。」

Pakin裝出一副自己說話不經大腦的歉疚表情，接著說道：「算不上是路人，應該說只是區區一個孩子，結果竟然放出了一大群狗……看來我得重新評價你們老闆了。」

啪。

Pakin瞥了一眼面前這人的雙手。對方握緊拳頭，骨頭差點沒被捏碎，顯示被人輕視有多麼令他感到憤怒。可他哪裡說錯了？

動用一大群手下就為了抓一名高中生……怎麼會爛到這種地步？

男人的眼神表現出了自己的想法，而這也使得那群混混憤恨難平地替自己的老大回嘴。

「要直接幹掉他嗎？他們那邊的人比我們少很多。」

「嘖、嘖、嘖、嘖，我覺得你應該教育一下那群沒用的小癟三比較好吧？不然連帶頭的都要跟著遭殃嘍……。」

「媽的！」

「住手！！！」

在那名混混衝向Pakin之前，Korn先一步大吼，所有人聽了皆是一愣，很訝異老大都被人輕蔑成這樣了，明明沒吃過任何人的虧，為什麼要喝止他們動手？而這也因此讓Korn咬緊了牙根。

「你也挺膽小的嘛，要不然怎麼會像這樣帶著武器呢？」

這話使所有人統統往Pakin的身後看去，接著才發現到Pakin的三名手下正握著扣在腰上的槍枝，隨時準備拔出，若是有人想對老闆輕舉妄動的話。

這時候，Pakin僅笑了笑。

「這就叫做有備而來，因為我早就想殺一、兩條狗了。」

話一講完，男人就把視線掃向對方的手下。那群傢伙見狀立刻噤聲，害怕得不自覺向後退了一步，因為這個男人的眼神說明了，他是認真的。

想試的人就放馬過來。

想當然耳，沒人敢。

「我認為你不應該來插手，我已經跟那孩子說好了要和他比賽。」

「怪了。」Pakin非但沒回答，反而提出了疑點，「你什麼時候淪落到要去挑戰一個十七歲的孩子了？」

！

「而且我也不認為這是一場比賽，沒有裁判，沒有明確的規則，沒有判決的人，只有一群蠢貨，傻站在一邊看自己愚蠢的老大去跟一個孩子比輸贏。」毫不留情，Pakin的一字一句接二連三地戳中了對方的痛處。對方明明有十幾個人，然而只要Pakin獨自一個人站在那裡，就沒有人敢越過他。

「我覺得那孩子不配跟你比，如果你想比，我替你辦一場，在賽場裡面，有觀眾，有尊嚴，還有能稱得上具挑戰性的對手，不是像這種能把一輛馬力強的車子搞成沒價值的廢鐵的傢伙……想試試來一場嗎？」話一說完，Pakin又稍稍勾起了嘴角，但眼神卻是認真的。

　　如果想玩，就跟他玩吧，而不是去找那個臭小子！

　　那些話語，那樣的眼神，在在使得對方的表情因惱怒而變得扭曲，卻又只能強壓下來，手也因此跟著顫抖，語氣沉重地回答：「我先收手也行，但這次行動至少讓我知道了一件事，就是那孩子對你來說很重要。」

　　那傢伙這麼說，是想看到Pakin變臉，可是……。

　　「別誤會了。」男人嗤笑了聲，接著才以冷漠到像是毫無情感的聲音繼續開口。

　　「那孩子只是對我還有些用處罷了。」

　　這句話讓聽的人稍微瞇起了眼睛，像是在尋找破綻。過了一會後，那人就想把手下的頭拍進土裡。說什麼那孩子對Pakin而言重要到必須親自接送，明明從他的眼神，以及他對那小子數落的言語來看，Pakin根本就不在乎那小鬼！

　　「回去了！」因此，他只好咬著牙對手下這麼說。

　　「等等。」但Pakin卻叫住了他們，甚至為了和對方說悄悄話，還向前走了一步。

　　「我要是你的老闆，就不會想再和那個孩子扯上關係。聽說你們老闆正在標高速公路的建案，如果不想因愚蠢的手下而讓一大筆錢飛了，我勸你最好還是別動那孩子。」

　　話音一落，男人就往後退了回去，目光注視著自他返回泰國之後就一直在和他作對的敵人。

Pakin一回到泰國，便立刻追隨父親跳進同一個圈子裡，而且就因為他不把任何人放在眼裡，所以才會擋了許多人的財路，就連建造賽場的地段，他也是和一名同樣看準那地段的有力人士爭來的，導致被人盯上。

　　他的目中無人，讓他成為那些人眼中的囂張傢伙。而這個囂張的傢伙，正把勢力拓展到整個泰國。

　　「噢，幫我轉告一下你們老闆……」Pakin向後退開，像是突然想到什麼事般的這麼說道，接著以鄙視的眼神瞥了過去，彷彿是在看一條流浪狗。

　　「假如我是你的老闆，首先第一件事情就是換掉手下。」

　　兩個男人靜靜地注視著對方的眼睛，結果反倒是聽的人率先轉身離去。

　　「走了！還傻愣著幹嘛！！！」接著Korn像是在發洩情緒般，對著自己的手下大吼。

　　在那之後，那群傢伙紛紛上了車，隨後帶著瘋狂的怒意揚長而去，獨留那名不過講了幾句話就拿下勝局的男人，他依舊手插著口袋站在原地，眼中閃著冷血的光芒。

　　如果那幫人想玩他，那他也會加倍奉還！

第十章

搬家

　　此刻，追捕Graph的那幫人都已撤退，只剩下一位名叫Pakin的男人站在那裡，維持雙手插在口袋裡的姿勢，靜靜地注視著前方，直到看不見那幫人的身影，確定沒有漏網之魚折返回來繼續和他鬥，高個子這才轉身往回走到車上，打算把這一連串事件的始作俑者帶回家談談。

　　「Pakin哥。」

　　此時始作俑者卻走下了車，一臉擔憂地注視著自己。眼中沒有平常那份桀驁不遜與囂張，只剩下了恐懼。

　　少年率先開口。「哥……我什麼事情都沒做，這一次是真的什麼事都沒做，我沒幹嘛，就只是去找我朋友，想載朋友去補習班，沒有去找他們的麻煩，而且也沒有走過去撞那些人的肩膀。是他們自己突然跑來堵人，說如果不跟他們走，他們就要對我朋友下手，所以我只好跟著他們走，我沒有先去惹他們，哥可以不要罵我！！！」Graph說話的語速飛快，他拚命解釋不是自己的錯，講了這麼多，其實就只是想傳達一件事——不准罵我。

　　「……」

　　這個時候的Pakin，面上表情沒有分毫改變，少年見狀因而越發忐忑。

　　Pakin從來都不相信他，不曾聽進他所說的話，這次也一樣，Pakin哥一定以為是他先去找人家麻煩，然後敵不過人家，最後才像這樣夾著尾巴逃跑。

他的想法全表露在臉上，說話的聲音十分急切。

「而且我也不是故意要去挑戰他們，我只是逃不掉，所以才會跟他們說，如果我贏了就要放我走，可是我沒想到那群畜生會說，如果我輸了，就要準備當那些人的老婆……我不是故意要讓哥為了我的事情被捲進這場混亂的……。」

Graph不知道該怎麼說才好，可事情演變成這樣，並不是他刻意而為，他並非故意要讓Pakin哥惹上麻煩，那麼一來，對方肯定會覺得他更煩人了。

「唉，你說完了沒？」

講了這麼多話，得到的卻是一陣嘆息聲，這就表示對方覺得無奈。

而這使得才剛經歷過恐懼的那個人低下了頭，內心痛得無以復加。

就算是這種時候，哥還是覺得我很煩人。

「說……說完了。」

對，是該完了，這種求而不得的感覺，是該放棄了。

啪。

「！！！」

結果少年不禁睜大了雙眼，因為剛才一臉煩躁的男人忽地伸出一條胳膊摟住他的頭，然後將他拉上前倚靠在自己的肩膀上。這個舉動差點讓少年的心臟停止跳動，他渾身僵硬，不敢相信自己眼睛所見。

Pakin哥……正抱著他。

「已經沒事了。」

「……」

不過短短的五個字，卻令他眼眶逐漸發燙。

Pakin哥正在……安慰他。

「已經沒事了，Graph。」

Graph不知道該怎麼描述此刻的心情，不知道該怎麼回應才好。當那曾經冷漠的語氣令人難以置信地軟化下來，甚至還在他的耳畔低語，道進他內心深處，告訴他已經安全了，沒有人會來傷害他了，一切的一切，都讓他……忍不住落淚。

少年也不確定自己奪眶而出的淚水，究竟是因為劫後餘生的釋然，或是來自於這份心痛？

心痛Pakin哥這麼做會讓他無法放手。

為什麼哥要對我這麼好？為什麼哥要好聲好氣地和我說話？為什麼……哥要在這個時候做這種事？

腦中的想法使得雙手顫抖的男孩，舉起手來揪住對方的衣服，抓得牢牢的，身體跟著抖得厲害，和被追捕時截然不同。

此時的他，比那個時候更害怕……害怕自己的情感。

「想哭就哭吧，你這個瘋孩子。」

明明挨了罵，明明被說是瘋孩子，可這一次，Graph卻一句話也無法反駁，只能緊緊抓著對方的衣服，把臉埋在那片寬厚的肩膀上，強忍住哽咽的衝動，以致於全身顫抖。

不想在這個人的面前哭泣，但他就是止不住淚水。

嗒。

最後，淚水從眼眶裡撲簌簌地流出。Graph感受到一隻大手搭在他的頭上，甚至還聽見了像是在撫慰般的低沉嗓音。

「想哭就統統哭出來。」

「我……才沒……哭……沒有哭。」

男孩終究是個倔強的孩子，他用力地抽泣，語氣顫抖地否認。

Pakin不禁無奈地搖了搖頭，伸出另一隻手輕輕拍了拍那顆渾圓的頭顱。

「好、好，沒哭，你沒哭。」

「哥你不要……諷刺……我……不要諷刺我……啊。」

這個問題兒童仍語帶哽咽地說道，還用頭在男子的肩上撞了好幾下以示抗議。

Pakin忍不住嘆了口氣。

安慰他，他不領情；順著他的意，又說是諷刺。

因此，對這種煩人事感到無奈的那個人，就只好靜靜地站著，輕拍這個問題兒童的頭，然後任憑他在自己的懷中顫抖，並以如釋重負的眼神注視著自己。

幸好及時趕到，也幸好他沒有大礙。

Pakin以為自己已經及時把Graph排除在這些事情之外了，卻沒料到那幫人會那麼快就對這孩子下手，所以當Chin大約在一個小時之前打電話給他的時候，他才會這麼憤怒，憤怒到連自己也意想不到的程度，毅然決然拋下工作，直接跑出來找這個孩子。

他最痛恨的事，就是把不相干的人牽扯進自己的私人恩怨裡。

特別是這個孩子，這個他千方百計想要推到最遠處的孩子，可是那群雜碎居然將他拉回到麻煩當中。

無論如何，他從Graph七歲時就一直看著他長大，絕不可能讓他在自己的眼皮底下遭遇危險。

如果說有哪件事情會讓他動怒，那應該就只有……。

「可以試著當個好孩子，安安靜靜地配合禁足嗎？」

由於這小子逃家，因此才會搞出這些事來，令他氣到很想往

這小子的頭拍去，而 Graph 也氣呼呼地帶著鼻音反駁。

「對，反正我又不是什麼好孩子，不管怎樣，我在哥的眼裡就只是一個任性的小孩。」

這個問題多多的孩子抬起頭，露出了紅通通的眼睛以及布滿淚水的臉蛋，讓他忍不住拍了一下這小子的額頭。

「對，任性，任性到讓人頭痛……」

「可是 Pakin 先生還不是為了這個任性的孩子衝出辦公室？」

咻。

聽到這話，男人立刻將視線投向突然插嘴的熟人身上。Panachai 知道那是什麼意思，他沒有對上那道目光，反倒轉頭對著那位一副因不敢相信自己的耳朵而睜大了眼睛的少年露出笑容。

「總之都先回去吧，我想 Pakin 先生也有事情需要告知Graph 先生。」

「事情？……什麼事？」剛才還抖得像隻雛鳥的人隨即疑惑地問道，而 Pakin 也跟著翻了翻白眼。

「你來跟他說，我還有些事情要處理。」男人說完便頂著一張怫然不悅的臉，轉身回到自己心愛的車上，丟下那個一頭霧水且因突然被拋下而感到滿腹委屈的少年。

可接著，少年又因身旁這個面帶笑意的高大男子所講的話而睜大了雙眼。

「Graph 先生要搬到我們老闆家住了。」

「老……老闆家！」過了好一會，少年才找回自己的聲音，他就只能睜大眼睛傻愣愣地注視著 Chai 哥，而說了那番話的人則點點頭再次確認。

「是的，從今天起，為了安全考量，Graph先生必須搬去和Pakin先生一起住。」

這些話讓Graph聽了不知道是該高興還是該難過，這麼一來，他就無法再克制住自己的感情了。

＊＊＊

突～～

當時鐘的短針經過十這個數字不久後，一輛漂亮的超級跑車隨後駛進了一棟氣派的豪宅，而手握方向盤的那個人則一臉風雨欲來的模樣，思考著自己才剛答應下來的事情。

今天一整天，在他和Graph分別之後，Pakin得忙著把所有事情都安安靜靜地處理掉，因為撞見好幾輛車在路上追逐的人並不少，而且有些人還把照片發布到社交平臺上，所以他只好下令堵住記者們的嘴，不准他們炒作這則新聞。

他並非擔心那群傢伙會因自己思慮不周的行為而惹上麻煩，他擔心的反而是自己這邊後續所衍生出來的問題。

如果被那孩子的爸爸知道了這件事，問題絕對會變得一發不可收拾。

這次的敵人是他招來的，不是Graph的爸爸，因此Pakin把這孩子牽扯進自己的個人恩怨中，很有可能會惹得那邊的人不高興，接著就會開始深入追究他為什麼會讓人家的獨生子遇上這麼危險的事情。這或許會影響到他和對方父親先前所建立起來的良好關係，有鑑於此，他只好盡可能不著痕跡地壓下所有的事情，只留下「今天有一群飆車族擾亂市民」的新聞，想方設法讓事件被民眾快速地淡忘。

至於他剛剛見了什麼人……當然是他最不想與之發生摩擦的人。

Kritithi的父親。

等到對方有空出來見他一面，耗費了不少時間，Pakin差點為此翻臉，幸好他及時控制住了自己。Pakin注視著這位在政界能呼風喚雨的大人物，沒想到這人非但不曉得自家兒子並沒有因禁足而乖乖地待在家中，當下還跑出去和跟兒子差不多年紀的女孩快活。

『我很抱歉讓Pakin找到這裡來，不巧我工作非常忙。』

中年男子走向等在飯店大廳裡的Pakin。雖然他看起來不像自己所言的那般「忙著工作」，不過Pakin又怎會不知道，對方或許藏了個身材曼妙的少女。然而他只是露出了一抹笑容，含糊地笑了幾聲。

『沒關係，我只是有點事情而已，我也一樣不想耽誤叔叔工作的時間。』

Pakin笑著點頭，以一種非常知情達理的語氣回應。對方聽了不由得放聲大笑，頷首示意他講出有什麼事，要不怎麼會這麼急著求見。

Pakin見狀，迅速地直奔主題。

『我來徵詢您的同意，我想把Graph帶回我家裡住一陣子……。』

他往前又走了一步，為了悄聲與對方說話。

『我最近聽到風聲，好像有人不滿叔叔您上次在議會上的發言。』

Pakin僅點到為止，然後向後退了開來，精明的臉上露出一抹淡淡的笑容，注視著明顯沉默下來的那個人。

『剛好Graph也拜託我繼續教他騎車，所以我打算把他帶回來特訓，直接在我家練習。』

接著他稍稍提高音量這麼說道，為了讓旁人認為他們檯面下沒有任何問題，而他當然也沒打算說出實情，就讓對方誤以為他是個大好人，不過是擔心那個自己從小看到大的孩子罷了，所以才會自告奮勇要照顧那孩子，好過當一個差點害死人家的罪魁禍首。

這番話使得對方臉色變得凝重，但是回答的內容卻一點也不出他所料。

『這樣啊？那叔叔就麻煩Pakin多擔待了，如果是Pakin，叔叔就放心了，無論如何都要請你多多照顧Graph，要是他太任性，你可以直接凶他，叔叔允許你那麼做。』

這一切就如他所猜想的那般，不費吹灰之力。只是不曉得對方是真心相信他所講的話，或者只是對兒子漠不關心就是了。

『有我在，您絕對可以放心。』

然而，即便所有的事都朝著自己所預期的那樣發展，但不知為何，Pakin卻莫名地感到不快，而那份不痛快還一直埋藏在心中，直到他開車轉進了一棟氣派的豪宅都未能消逝，這時他只好告訴自己——

我氣的是那老傢伙想也不想，就直接把問題丟給我。

只要能把麻煩甩得遠遠的，那個老男人看起來好像不在乎任何一切。

一想到這裡，男子不禁用力甩上了門，接著快步走進屋內，眼睛跟著左右掃視了一遍，直到有個人走上前來默默站在他的後方，而後禮貌地開口。

「Graph先生坐在客廳裡等您。」

「等我？為什麼要等？快點讓他洗洗睡了。」

男人聽了語氣不耐地說道，而 Panachai 卻只微微一笑。

「我已經勸過 Graph 先生了，可不管我怎麼說，Graph 仍然堅持要等您回來。」

男人的濃眉一攢，凌厲的眼神瞪視著自己的親信，像是在責備對方怎麼會順著那孩子的意，而不把那孩子趕去睡覺，早點了事，他自己也很希望能夠早點休息。

可是，即便他這麼想，兩條大長腿還是配合地走到了客廳，為了面對那個最令人頭疼的大麻煩。

根本就是個超級大麻煩。

男人一邊想著，一邊走進去站在自己心愛的沙發前，他平常喜歡坐在那上面休息，並找一部好電影來看，可現在卻被一個大麻煩霸占了，而且對方還⋯⋯睡著了。

那名身穿一套嶄新藍白色睡衣的清瘦少年，此刻正坐著抱住自己的膝蓋，蜷縮在沙發的角落，頭則靠在椅背上，淺色的頭髮因而遮蔽了整片臉頰。他的眼睛緊閉，一屏一息十分規律，這讓注視著他的人知道，這個執拗的孩子已經沒力繼續作亂了。

「為什麼不帶他去睡覺？」男人不由得語氣凌厲地問道。

「Graph 先生吩咐過，無論如何都要等到老闆回來。」

雖然 Panachai 以嚴肅的語氣向他報告，可是 Pakin 又怎會不知道他的好下屬正在袒護這孩子，這使得他忍不住反問。

「你到底是我的人，還是那小子的人？」

「我當然是在 Pakin 先生底下工作的下屬，可是我同樣也沒壞心到能拒絕一個高中生的請求。」

這一次，Pakin 以發亮的精銳目光注視著 Panachai，而那雙眼睛正清楚地告訴對方「你已經越線了」，使得袒護少年的那個

人，臣服地向男人低了頭。

「我很抱歉，Pakin先生，等一下我會帶Graph先生上樓休息。」當老闆以眼神說明了他已經無法再忍受聽這種沒意義的爭論時，Panachai隨即走上前，跪在疲累到睡著的清瘦少年身旁。

「這小鬼問了些什麼？」

站在Panachai身後的那個人竟脫口問了這麼一句，使得正準備將少年抱起來的那雙手頓了一下，他回過頭迎上了對方的眼睛，然後開口回答問題。

「如果是關於為什麼要住在這邊，Graph先生並沒有多問，他只說了想要和Pakin先生談談。」

「……」

年輕的男老闆靜靜地思考了一下子，而他的下屬則維持著跪在地上的姿勢，為了聽候老闆的指令，確認到底要不要把這固執的孩子抱回房裡，直到Pakin以平淡的語氣這麼說：「你走吧。」

短短的三個字，使得男人的得力下屬應了一聲，然後明白事理地退了開來。

這道命令就意味著老闆將親自照顧這位少年。

直到整棟屋子沒有其他人在，除了屋主的兒子與令人意想不到的訪客之外，Pakin這才癱坐在同一張沙發上，拉開脖子上的領帶，扔到桌上。他轉過頭來關注這個歪著脖子熟睡的問題兒童，然而就在那一瞬間，他才明白過來自己是為了什麼事情感到不快。

「明知道自己的孩子有困難，卻沒想過要來關心一下。」這才是他覺得不快的原因，不只是因為對方把問題丟給他。

Pakin很清楚知道自己不應該心軟，不該讓這個性格頑劣的

孩子走進來擾亂他的生活，可是他也很明白，今天所發生的事情，完完全全都是因他所起。今天一整天 Graph 遇上了超出一名高中生可以負荷的事件，不僅摩托車損壞，而且受了傷。他不禁慶幸，這孩子下午還能活著和他頂嘴。

Graph 碰上了非常嚴重的意外，這使得他「**心甘情願**」讓步。

真的只是這樣而已。畢竟所有一切都因他而起，因此也算是他的過錯，他必須為發生的事情負起責任，包括讓這孩子搬過來，和他住在同個屋簷下。

如果放著他不管，不曉得又要惹出什麼岔子，待在這裡對他來說比較安全。

「唉～倒了八輩子的楣！」

最後，不得不擔起臨時監護人角色的那個人不禁沉重地嘆了口氣，而後起身，準備將少年抱起來帶回臥房休息，今天的事情才能完整地告一段落，他自己也才能夠好好的休息。

可是……。

啪。

「咦？」

當他一碰到少年的身體，對方居然拍開了他的手，甚至還**翻**身轉向了另一面，把臉朝沙發更角落的地方靠了過去。都已經睡著了居然還不消停，男人見狀不由得搖了搖頭。

「真要命！」Pakin 忍住想把人往外扔的衝動，接著不是很高興地去抓住那隻不安分的手腕。

他都快累死了，可竟然還得處理這小子的事情。

但下一秒，Pakin 感覺到那隻手腕所傳來的溫度，不由得一愣。

「好燙。」不光說而已，他立刻把另一隻手放在了那個試圖把臉別開的孩子的額頭上，濃眉也跟著蹙起，過了一陣子之後搖了搖頭。

「Graph。」這一次，Pakin戳了戳對方的手臂出聲叫喚，把熟睡中的人吵得不停搖頭，不過這孩子的身子實在太燙了，他只好戳得更用力些。

「醒來！」

男人像命令般以低沉的嗓音說道，戳弄的力道也跟著加重，筋疲力竭的少年這才勉強睜開了通紅的雙眼，而後僅睡意惺忪地說了這麼一句話——

「Pakin哥……你回來啦……」

要是在平常，這小子大概會彈跳起來指著他的臉大罵「為什麼讓人等這麼久」，但此刻，這孩子只搖搖晃晃地坐起身，然後臉色蒼白地抬頭注視著他。少年的雙眼通紅，而他自己原本蠻橫到嚇人的低沉嗓音，也頓時變得有氣無力。

「你發燒了，吃過藥了沒？」

「呵，哪有發燒？」一聽到對方那麼說，Graph就把手抬起來放在自己的額頭上，接著搖了搖頭，敷衍地帶過。

「看樣子是還沒吃藥吧。」

那樣的回答，意思就很明顯了，Graph為此撇了撇嘴，扭頭逃避，可又抬起手，像是頭疼般的揉了揉自己的太陽穴，使得注視著他的男人似乎有些不快地嘆了口氣。

也是啦，經歷了那麼嚴重的事情，也難怪這小子會發燒。

「我去拿藥過來，吃過之後就趕緊睡覺。」

啪。

不料，坐起來搖搖晃晃的那個人卻先一步伸出手來抓住對

方的胳膊，讓Pakin頓時感受到那高到異常的體溫。病人啞著嗓子，輕聲說道：「不吃藥……可以嗎？」

男孩投射過來的眼神使得Pakin頓了一下。這小子正在向他撒嬌。

他經常在對方生病時看到這樣的眼神。

「不可以。」不過男人卻一點也沒心軟，萬一這小子死在自己家裡，那就太糟糕了。

「我不想要吃藥……用退熱貼就好了……」

「已經說了，不可以。」聽的人不由得撇嘴，怒目相視。

接著這名花招很多的孩子索性躺下來，把自己縮成一團，緊抱前胸，然後盡可能地以最狠的語氣說道：「我不要吃藥。」

「你想惹我生氣是不是？」

沒想到，屋主以冰冷的語氣吐出了這句話，把那任性的孩子嚇到渾身僵直，然後害怕地回過頭來注視著對方。

Graph還以為Pakin哥今天會比較和善一些，不過他似乎又刺激到這男人邪惡的神經了。

這人正以快要忍無可忍的眼神瞪著他，他只好勉強自己撐著坐起身來。

「如果我吃藥……哥就不會罵我了對不對？」

「我罵你什麼了？」Pakin語氣強硬答道。

聽的人因而心生畏懼，雖然很想反駁說，哥這不是已經在罵我了嗎？可是他的頭卻痛到讓人無力反駁，所以只回了這麼一句：「如果我吃藥，哥要保證不會罵我今天所發生的事情。」

少年從下午就一直很怕被人罵的模樣，一直持續到現在，看得Pakin不禁嘆了口氣。

他想談的事情就是這個嗎？

「嗯，現在可以好好吃藥了嗎？」雖然男人認為事情早就過去了，根本不需要舊事重提，但他還是答應了。

　　倔強的孩子這才不情願地點了點頭，願意乖乖地坐著等對方離開一陣子，回來後手裡多了一顆令他打從心裡厭惡的白色藥丸以及一杯白開水。

　　直到那顆藥丸被吞進喉嚨之後，Graph這才連忙接著說道：「關於我必須住在這裡的事情……」

　　啪。

　　「嚇！！！！」

　　然而，話都還沒說完，Graph就吃驚地叫出聲來，因為對方突然走上前將他抱起來扛在肩上，甚至還以不耐煩地口氣對他說：「這之後再談，現在你該去睡覺了，不然等下身體說不定會更糟。」

　　話一說完，已經等到不耐煩的男人就扛著那副清瘦的身軀迅速走上了樓梯。

　　Graph全身僵硬，視線只能直視著對方的背部，心中不知該作何感想，但能確定的是，他的心臟正在膨脹。

　　膨脹到令人疼痛的心臟，像被細細的繩子緊緊綑綁似的。如今的Graph，正為了這份令他高興到快要死掉的溫柔而感到心痛，同時他也明白，要是Pakin哥再次對自己使壞，他同樣也會痛到死去活來。

　　直到身軀被放在客房柔軟的床上，少年這才睜圓雙眼，靜靜注視著面前正在轉動肩膀的高個子，過了一會才以忐忑不安的聲音問道：「哥……不會把我趕出去對吧？」

　　由於被趕走過無數次，他才因此問出了自己最害怕的事情，這使得屋主抬起手往他的額頭拍了一掌。

「如果不想被趕出去，那就乖乖的，別讓我頭痛。」

「就算我乖乖的，哥也從來不覺得我好。」

病人反駁道，Pakin 聽了也立刻回嘴。

「那我今天就勉為其難地把你當個好孩子，如果你能閉嘴的話。快睡。」

沙沙。

不曉得究竟是因為那命令的語氣或其他原因，總之 Graph 緊緊閉上了眼睛，拉上棉被嚴實地蓋到喉嚨，有意告訴那位哥哥自己已經睡了，還有不許罵人。

這畫面使得看的人唇角微微上揚，忍不住輕輕拍了一下對方的額頭。

「噢，會痛吶。」

「就是要讓你痛……有事等病好了再談，休息吧，你今天已經累了一整天了。」

後續就是一些大家平常會對病人所說的話，但不曉得為什麼，Graph 卻感覺這些話深深刻進了他乾涸的心中，他拚命吸收這些從未感受過的善意，盡可能地保留下來，即使內心正訴說著厭惡……。

他厭惡這份善意，因為這讓他意識到，自己無論如何都無法割捨。

縱使 Pakin 哥無數次給過他希望，然後又將它斬斷，但他為何從不曾退卻？為何仍抱持著希望？

這一次，我可以期待嗎……期待能和你在一起，哪怕再短暫，也請哥回頭看看我。

這是 Graph 最後在心中思考的問題，那之後就在藥效的催化下，不知不覺地睡著了。

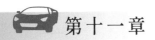# 第十一章

關於……洗手作羹湯的魅力

清晨明亮的陽光穿透厚重的窗簾，照進了裝潢得美輪美奐的寬敞臥室裡。為了讓入住休息的人感到方便與舒適，觸目所及的家具跟每一件裝飾品都被擺放得恰到好處，一眼望過去就知道是特意布置過的專用客房。

臥室的中央有一張大床，在那張床上，身材纖瘦、穿著水藍色條紋睡衣的少年正熟睡著。

咣噹——

就在此時，一整晚都緊閉的房門被緩緩推開，開門的那個人緊接著走了進來，毫不猶豫地走向床邊。

「嗯。」

闖進來的那個人將手放在少年的額頭上，以自己的體溫作為測量依據，而這輕微的碰觸，不禁讓靜靜躺著的那個人稍微動了一下，轉動脖子閃躲，在那之後兩隻眼皮細微地顫了顫，接著才緩緩睜開。

「Pakin……哥。」

尚未完全清醒的Graph輕聲呼喚，他甚至以為自己是在做夢。因為他看見自己朝思暮想的男人正站在床邊彎下身來，一隻大手還放在他的額頭上，而且眼神……像是在擔心他似的。

輕柔的碰觸，美好到令人難以置信。

「繼續睡吧，只是進來看一看你死了沒。」

但對方說話的語氣，卻和原先一樣平淡，使得先前一直半睡

半醒的人清醒過來面對現實。

　　啪！

　　Graph下意識地揮開對方的手，讓進來查看病情的那個人不高興地垮下臉，可男孩卻先一步拉起被子，蒙住自己的臉與整顆頭，然後在被子底下發出模糊不清的聲音。

　　「哥怎麼進來了？這是我的房間！」

　　「這是我家！」一聽到小鬼用這麼任性的語氣說話，Pakin便也語氣不善地嗆了回去。

　　原本只是想進來查看病情，結果卻被這個瘋孩子攪亂了一早的心情。

　　「馬上把被子給我拉下來，我要確認你不會死在我家。」

　　聽到這句話的人立刻緊緊抿住唇，彷彿昨晚感受到的善意，不過是自己一廂情願的美夢罷了。等到天一亮，Pakin哥還是老樣子，仍然那麼不客氣，跟自己說話時語氣依舊如此不耐煩。

　　儘管抓住棉被的手抖得更加厲害，但少年卻始終不肯將自己剛睡醒的臉露給對方看。

　　「Graph。」

　　「……」

　　「Graphic。」

　　「不用你管，不過是發燒，我不會死在這裡，變成Pakin哥的負擔！」

　　這孩子燒一退就又開始作怪，把男人氣得咬牙切齒。

　　Pakin原本大可以直接轉身走出房間，但是若沒有確認這個在他監護之下的孩子安然無恙，那麼就算去工作也不會安心。

　　有鑑於此，那個口口聲聲說絕對不去管這孩子的男人決定……。

啪……咻。

「啊！」

一隻大手抓住了被子邊緣，然後使勁一拉，手中柔軟的被子有一大半因而掉落在房間的地板上，床上的少年為此驚詫地大叫，他抬頭一看，隨即睜大了眼睛，抬起手遮住了自己的臉。

「哥你快點出去啦，這是我的房間！」Graph大叫，接著翻身背對著男人，試圖把臉埋進枕頭裡，因為……見不得人。

畢竟和那位準備好要外出工作的人相比，現在的自己真的讓人沒眼看。

今天Pakin哥一身西裝筆挺，使得身材高挑的他看上去更加優雅尊貴，原本自然垂落下來的頭髮，也往上梳成了一個壞壞的帥氣髮型，那模樣曾讓Janjao放聲尖叫，說他俊美得像是落入凡間的路西法。再加上對方近在咫尺，身上神祕又柔和的香水味夾雜著性感的男人味，揉合而成的迷人香氣就這麼飄散過來，緩緩鑽進了鼻腔。

Pakin整個人看起來是那樣的帥氣，相較之下，他就只是個頂著一頭亂髮，令人無法直視的邋遢小鬼。

Graph自從進入青春期之後就非常注重打扮，總是設法讓自己變得更好看。因為他很清楚Pakin哥喜歡漂漂亮亮的東西，所以才會在每次見面之前卯足全力準備，可他現在才剛醒來，連牙都還沒刷。

「那麼我明白地告訴你……這裡是我家。」Pakin注視著那個依舊死命把臉埋起來的任性孩子，沉聲開口。他再不動身就快遲到了，而且還先得確認這小子有沒有大礙。

啪。

「噢！不要啊，哥，放開我！」

「Graphic！別惹我生氣！！！」

男人抓住了少年的肩頭，然後把他拉回來躺平，但那孩子卻不肯罷休，他握起小小的拳頭，出拳打在Pakin的肩上，把怒氣勃發的那個人氣得大聲叱責。

「……」

這一吼，使得才剛退燒的男孩安靜了下來，小小的心臟一下子提到了嗓子眼，死命抵著對方的雙手也跟著放到了身旁，高個子這才成功地把Graph壓倒在床上。

「早這樣做不就好了？」Pakin搖了搖頭，輕柔地抬起手碰觸少年的額頭，另一隻手則搭在自己的額上。

「還有些低燒……今天吃過飯後要記得吃藥，如果我回來之後發現你沒吃，絕對有你好看……聽懂了沒，Graph？」

「……聽懂了。」

原本只顧著注意少年還有沒有發燒的Pakin忽地抿住唇，犀利的眼眸微微瞇起。

向來很會頂嘴的那個小子如今卻一直默不作聲，眼神也左閃右躲，不肯和自己對視。而且一收回放在對方額頭上的手，少年就立刻別過身。讓他忍不住伸手抓住了對方的手腕，把人拉回來。

！

一看到眼前這孩子的眼神，Pakin立刻沉默了下來。男孩平常明明那麼囂張，可此時卻滿眼驚慌。

「怎麼了？」他忍不住柔聲問道。

「哥你快點放開我，我要去上學了。」

「現在都八點半了，上學時間不是七點半嗎？現在去也來不及了，你就繼續休息吧。」

「那哥什麼時候才要去上班？快點去啊！」Graph出聲趕人。

明明每一次都會拚命纏著他留下來。Pakin不禁眉頭一皺，接著才注意到了某些端倪──躺在床上的那孩子，似乎試圖想擦掉嘴邊的口水漬以及眼角的眼屎，同時又忙著撥弄一頭亂髮，男人不由得微微勾起了唇角。

啪。

「噢～哥為什麼打我？」

「看早熟的孩子不順眼，就算你把頭都撥到禿了也不會馬上長大的。」

「我才不是早熟，而且我也不是孩子！」

Graph立刻大聲嚷嚷，甚至回過頭來對上他的眼睛，讓男人微微挑眉，接著咧嘴一笑。

「流鼻涕了。」

啪。

「呵。」不過一句話，就讓Graph立刻抬手搗住了鼻子。Pakin見狀輕笑出聲，少年的臉也因此瞬間發燙。

「哥要是有事就快點走吧！」

少年氣呼呼地發出了含糊的聲音，聽得Pakin哈哈大笑，他接著從床上站了起來，注視著頭髮凌亂的少年，覺得不管再怎麼看，對方在他眼裡就只是個孩子，不過在他轉身離開客房之前……。

「哥！」少年卻把他叫住了，他回過身來迎上對方的視線。

「今天哥什麼時候會回……算了，沒什麼事。」結果，話還沒說完，Graph就搖了搖頭，重新拉上棉被蓋住自己。

高個子愣了半晌，因為他竟然知道這小子打算說什麼。

「我大概晚上七點半的時候會回來，等我一起吃晚飯，順便談一談這個家裡的規矩。」

Pakin明白，這孩子之前也曾以這種寂寞的眼神央求他留下來作伴。

不管過了幾年，那眼神依舊沒變，是那種寂寞、哀傷、不曾有人陪在身邊的孤單眼神，縱使他試圖無視了許多年，可當再一次真真切切地目睹之後，還是忍不住嘆息，然後主動承諾會回到男孩的身邊。

噢，他這不是心軟，只是剛好有事要談罷了。Pakin如此告訴自己。

不過話說回來，原本有些鬱悶的心情，在想起那早熟孩子因害怕自己在他眼裡不夠帥而紅透臉的模樣後，居然開始陰轉晴了起來。

*　*　*

「左一句孩子，右一句孩子，對啦，我在Pakin哥的眼裡就只是個小丑！」

等到家中的大人走出房間後，房間暫時的主人便出拳暴打柔軟的枕頭以發洩情緒，他原本努力整理好的髮型於是又變得亂七八糟，但只要Pakin哥不在，他就不用再維持帥氣的形象了。

「哼，說什麼要回來一起吃晚餐，以為我會很開心嗎？」任性的孩子嘟噥道，然而他其實……很高興……高興得不得了。

有多久沒和Pakin哥一起共進晚餐了……好久嘍……久到都忘記了。

儘管Pakin哥經常為了工作到家裡來，但就算他纏著人家好

幾回，對方卻從來沒邀他一起吃過飯，只想著推開他，要他盡快回去。因此別說是吃飯了，光是看到他的臉，對方就會露出一副沒食慾的模樣。

啪。

「會回來一起吃飯。」

昨天還打算放棄這份心意的少年倏地躺倒在床上，把枕頭拉過來抱在懷中，接著原先慌亂的表情，就這樣逐漸變成了燦爛的笑容，少年不禁連忙將臉埋進了枕頭裡。

「我到底該怎麼做才好……對了，有Janjao啊。」一想到這裡，Graph才意識到自己竟把好友忘了，連忙找尋手機，然後發現它就放在床邊，只不過沒電了。

難怪啊，每次只要一沒撥電話過去，Janjao就會在晚上的時候自己發訊息過來。

因此，少年所做的事情就是先找插座，才能撥電話聯繫唯一一個能聽他宣洩心事的朋友。

要聊的事情不只有今晚該怎麼做，還包括昨天所發生的一切。

「Graph ！！！哈嘍、哈嘍、哈嘍、哈嘍，噢～這下放心多了，Graph你沒事吧……啊，等一下喔。」

「嗯？」突如其來的斷句讓電話這邊的人一頭霧水。只聽好友接起電話，壓低音量迅速說了一堆，接下來就有其他聲音傳進了手機裡。

「老師，我想去一下洗手間，我大姨媽來了！」

守在電話這一端的人聽了忍不住笑出聲，都忘了現在是上課時間，然而他的朋友比一般女性還要大膽，沒有走過去和老師輕聲說明，而是直接大聲報告，後續或許就這麼直接跑出教室。

真實情況還真如少年所想。

「Graph、Graph，你還在嗎？現在可以講話嘍，我把自己關在廁所裡面了。」

「哈哈哈，也太大費周章了。」

「吼，別再笑了啦，你知不知道我有多擔心？昨天也聯繫不上你，不知道你是生是死，我壓力大到幾乎沒睡，雖然我哥的朋友說你已經沒事了。」

「妳哥的朋友？」這句話使得Graph一愣，但由於對方的語氣仍十分擔憂，因此他選擇先解釋。

「現在已經安全了，Pakin哥及時趕來救我，我原本也以為自己死定了……」接著，所有事情的經過就如山洪爆發一樣噴湧而出，少年把全部的事情都交代了一遍，從Pakin跑來救他，抱著安慰他，以及他現在住在哪。關於這點，他朋友絕對意想不到。

「什麼？Graph現在人在Pakin哥家！！！」

單憑這句話，原本擔心到快瘋掉的那個人就差點對著話筒尖叫，光聽聲音就知道她有多興奮。

「哎呀～原本我還打算把那位哥哥列入黑名單了呢，畢竟他危險到把Graph也一起捲進去了。但是現在聽你這麼一說，我覺得他根本帥爆，簡直就是男主角啊！甚至還把Graph帶回家，只因為擔心你會遇到危險。這就對了，沒錯、沒錯、沒錯、沒錯，天吶～我聽得好過癮！」

女孩像機關槍一樣劈里啪啦講了一堆。而電話這一端的人儘管止不住臉上的笑意，但還是連忙否認。

「Pakin哥才沒說他擔心我的安危咧……不過聽他說今晚會回來和我一起吃飯，然後一起聊聊……。」

「還一起吃飯！」

「哎喲，妳小聲一點，耳膜快要被妳震破了。」一聽到朋友的尖叫聲，Graph隨即把手機從耳邊拿開，不過對方似乎一點也不以為意。

「Graph，這正是最完美的時機點呐，你知道嗎？男人對親手做的食物沒有抵抗力！」

電話這一端的人皺起臉來，直覺感應到麻煩事要來了，結果事情果真如他所料，因為女孩慎重地說道：「Graph聽過這句話嗎？要抓住男人的心，就得先抓住他的胃。」

「喂～我不要……。」

「Graph，Graph你聽好了，我時間不多了，你應該也知道老師有多凶……我要講的是關於我哥朋友的事，那位哥哥非常、非常、非常、非常、非～常會做飯，然後就因為他做的食物，才讓他的男朋友深深著迷，後來到哪裡都適應不了，聽說去國外工作回來之後，吵著要吃那位哥哥親手做的食物呢！所以呢，Graph今天乾脆親自下廚吧！」

「等一下……。」

「不用再等了，Graph，我現在沒空教你，反正你先上網找一些簡單的食譜，我要回去上課了，噢，別忘了這個計畫就叫做──關於洗手作羹湯的魅力！用手藝來牢牢綁住Pakin哥的心吧！」

「喂，Janjao ！！！」

Graph連忙大聲呼喚對方，但似乎趕不上真的很急的那個人，因為對方急匆匆地講完那些話之後就掛斷了電話，即便想回撥，可對方好像不方便接聽，因為過了一會，對方就傳訊息過來表示：老師盯著呢，不能玩手機。

短短的訊息，就把好友獨自扔在了海中央的小島上。

「做飯……是嗎？」少年對著手機重複了那句話，接著搖了搖頭。

「不可能，讓我做飯？」

讓自己這種人去做飯嗎……他連鍋子都還沒碰過呢。

『……然後就因為他做的食物，才讓他的男朋友深深著迷，後來到哪裡都適應不了……。』

然而，那句邪惡的話卻在他的腦中迴盪，不停地盤旋，少年因而咬緊了牙根。

「總有一天要把Janjao抓起來扭斷脖子！」

不過在扭斷朋友的脖子之前，請先扭斷自己的脖子吧，因為每次聽到那種話之後……他還是會照做。

既然朋友都講成那樣了，Graph也決定要奮戰到底。他卯起來在網路上尋找各式食譜，最後挑選出來的菜餚是──熱炒打拋肉。

嗯，這種家庭料理，每一餐都適合吃。

然而少年不禁露出了為難的神情，因為不管是哪一道料理，看起來都很難做。

「就只是試做看看，不行的話就倒掉而已。」Graph秉持決心這麼告訴自己，只因為某人簡單說了一句，會回來吃飯。

對Graph來說，他已經好久沒有和父母一起吃過飯了，況且就算一起吃飯，感覺也像是在不同的世界。父母說了什麼話，他都聽不懂，而且他所講的每一件事情，也都沒被父母放在心上，久而久之就麻痺了，後來也不奢望全家人能聚在一起吃飯。但此刻的Graph正期待……非常期待能和Pakin哥一起用餐。

光是想像就興奮到快要瘋掉了。

一思及此，少年便不由得開始幻想……幻想Pakin哥誇讚他做得好吃。

他在Pakin哥眼中要是能有一項值得讚許的地方，那也很不錯。

嘩！滋啦！

「啊！我操！」

然而，做菜並不如想像中那麼容易，對於這輩子一直有人伺候的人來說更是如此。

少年鬼鬼祟祟地探頭探腦，最後成功的向屋子裡的幫傭借到了廚房，依照網路介紹備妥了食材之後，接著開火、倒油。結果此時仍殘留在鍋子裡的水分卻頓時炸開，把少年嚇了一大跳，差點來不及向後退。

「火太大了。」幫傭見狀，立刻衝上前來關掉瓦斯，因為借用廚房的那個人此時怕到連鍋子都不敢靠近。

「油都燒焦嘍。」

少年立刻抿起嘴巴，因為就算沒人敢說他，但那些話也像是在責備他一樣。

「請讓我再試一次！」

Graph走上前把油舀起來倒掉，然後重新倒了新的油，這一次水沒再飛濺上來了，於是他便放入了豬肉，可是……。

滋啦！滋啦！

「啊！」豬肉本身的水分跟著飛濺到少年的身上，他於是忍不住大叫，連忙後退並甩著手，鍋鏟因而摔到地面上發出巨響。

「那個……Graph先生不是打算炒打拋肉嗎？要先把大蒜和辣椒放下去喔。」

「後面再放可以嗎？」

「如果想增加香氣就必須先放。」

幫傭趕緊出聲告知，聽得 Graph 露出了窘迫的神情，接著心中咒罵得越發激烈。當豬肉開始飄出焦味，廚房裡的幾個女傭都不由得心情沉重地面面相覷。

「他到底行不行啊？Kaew 嬤？」一名女傭偷偷地向正在挑菜的女管家悄聲問道。

從一開始就在旁看著這一切的老婦人露出了淺淺的微笑。

「不管行不行，他好歹是這裡的客人，妳敢叫他停下來嗎？」

話一講完，所有人立刻閉上了嘴巴，當她們上前打算幫忙時，少年卻態度明確地堅持道：「我要自己做，要是有人幫忙，就不能算是自己親手做的料理了，不過是炒個打拋肉罷了，我怎麼可能做不到！」

Graph 大聲嚷嚷，不服輸的性子又回來了。結果不僅險些把抹布燒了兩回，甚至把裝著打拋葉的籃子也掉到了地上，切豬肉時切到自己的四根手指頭。這還沒包含他不小心把魚露的瓶口切得太寬，以致於多倒了好幾勺的量。

這一切種種，使得屋子裡的幾名幫傭戒慎恐懼地看著廚師這等……毀滅級別的手藝。

「Kaew 嬤，已經到了做晚飯的時間點了，今天準備要做香草悶雞對不對？」好幾名手下向女管家悄聲道，畢竟整個下午已經浪費了不少時間護著這正汗流浹背的客人安危。

對方站在爐子前，由於從沒幹過粗活，白皙的皮膚因此漲得通紅。縱使他失敗了，把菜燒焦了，還倒掉了好幾盤，可當事人依舊努力不懈地堅持要完成。

如此固執的舉動把大家都惹毛了，可又不能老實告知，他讓廚房裡的人感到非常困擾。

　　「嗯？我是那麼說的嗎？」女管家反問，接著轉過身去確認食材。

　　「一整隻雞都切給Graph先生用來試作打拋肉了，剛好豬肉沒了。」

　　「那現在……。」

　　手下這時露出了驚慌的神色，女管家不禁笑出聲來。

　　「嗯，大概只能把Graph先生做的炒打拋肉端給Pakin先生了。」

　　這個答案令所有人露出了驚恐萬分的表情，畢竟大家很可能因此被掃地出門。而女管家的神色不同於其他人，她正注視著專心致志不斷嘗試的那個小背影，以及對方腫脹到令人不忍卒睹的雙手。

　　『Pakin哥、Pakin哥，Pakin哥一定要和我玩喔，來跟我玩嘛！！！』

　　此時的少年與過去那位小男孩的影像重疊，多年來一直看著這個小男孩追在家中少爺後面跑的老婦人，旋即露出了淺淺的笑容。

　　不管過了幾年，Graph這孩子一點都沒變，還是很黏少爺，而且……這樣的決心真的相當令人敬佩。

　　原來的那個小男孩，追著同一個男人追了十年。

　　「這到底是誰做的！！！」

　　「……」

　　Pakin一見到餐桌上這麼普通的菜色，包含顏色有點深的打

拋雞肉，模樣有些奇怪的炒綜合時蔬，還有淡得像是洗碗水的清湯，便蹙著眉頭皺起臉來。可他還是沒有多說什麼，因為他本來對食物就不是太講究。不過當他舀了一匙打拋肉送進嘴裡……瞬間差點飆出了髒話。

這是把鹽巴當糖灑嗎？鹹得要命！

正因如此，男人火氣瞬間上了頭，嚴厲質問，絲毫沒注意到那個一起吃飯的人把頭壓得低低的，只差沒把臉貼在盤子上。

Pakin立刻轉向幫傭，她們一個個都顯得侷促不安，可依然沒人敢回答這些有害腎臟的食物究竟是誰的傑作。Pakin為此皺起眉，轉回去瞪著那些食物，然後舀了一匙蔬菜送進嘴裡，而後眉頭又是一皺，緊接著轉向了那道清湯。

哐啷！

「這是在整我嗎？」

高䠷的男人語氣冷冽地問道，湯匙此時已經被扔在餐盤上了，他帶著憤怒的眼神掃過一個個把頭壓得很低，什麼話都不敢講的傭人們。

我工作累了一整天，只求吃一頓不至於太難下嚥的食物很難嗎？

平時Pakin雖然對身邊的下人很嚴格，可他對家裡的事情不太會去指手劃腳，因為家中有年長的女管家照看著，不過這次真的太過分了，像是把這個家的主人當成了笑話，因此他認為有必要教訓一下這幫人。

「Kaew嬸在哪裡？」

「我在這裡，Pakin先生。」

啪。

一被叫到名字，老婦人就帶著淺笑走上前來，男人這時語氣

凌厲地責問。

「這些菜到底是怎麼回事？誰做的？」雖然見到在這個家侍奉已久的老婦人讓男人的語氣緩和了些，可他精銳且凶惡的目光仍灼灼逼人，看起來相當可怕。

聽到這話，女管家隨即笑臉盈盈地反問道：「味道怎麼樣？」

「這是在跟我開玩笑嗎……這種菜色，就算丟給狗，狗也不會吃！鹹成這樣，誰吃得下去？還有這道清湯，看起來就像洗碗水。」

男人毫不留情地批評道，而這些話卻使得一旁的男孩沒了笑意。女管家瞥了一眼餐桌另一端那位低著頭的少年，Pakin也跟著轉過頭。

今天這個任性的小鬼異常安靜，自從我回來之後，幾乎都沒和我對過眼。

「Graph，等一下帶你去外面吃飯，快去準備一下。」他懶得在這小子在的時候趕走下人，因此語氣平淡地開口，打算先走出去發動車子等著，然而……。

「有糟到連狗都不吃嗎？哥。」

「你說什麼……？」

「我剛才問，這些菜有糟糕到讓哥吞不下去嗎！」

砰！

男人重複問了一遍，Graph忽地起身站直，椅子因向後倒去而發出砰的一聲，他抬起了頭，大聲咆哮，接著露出了那張泫然欲泣的臉蛋。

Graph強忍著淚水以致於鼻子通紅，Pakin見狀立刻皺起眉頭。

「你又在發什麼瘋……」

「對，我在發瘋，就是瘋了才會想著做這些糟糕的東西給Pakin哥吃，是我自己發瘋，才會肆意拿這些東西上桌，是我自己瘋了，才會把這些狗食拿給Pakin哥吃！！！」

就這樣，這個任性的孩子一邊朝對方大聲怒吼，一邊指向桌上的料理，使得男人瞇起了眼睛。

「這是你做的？」Pakin不敢相信地說道。

此話一出，Graph抬起手擦拭眼淚，打從對方說出狗也不吃的那一刻，少年的信心就遭到了打擊。

啪。

「我會拿去倒掉！」

Graph迅速端起那盤炒時蔬與清湯離開，男人這時才注意到了某些事情。

貼滿OK繃的兩隻手。

「這到底是怎麼一回事？是誰讓Graph進廚房的！」

Pakin扭頭壓低嗓音問著女管家，對方聽了之後馬上回答。

「Graph先生下午的時候要求進廚房，從那時就一直很努力的在做菜，廚房裡的食材也因此統統被用光了，所以我才沒辦法做其他的食物給Pakin先生吃。」

言下之意，表示允許把那些菜端上桌的人，就是這位年事已高的婦人，男人不禁翻了個白眼。

「大嬸，妳以為我不敢處置妳嗎？」他又怎會不知道廚房裡的食材被用光是不可能的事情，家裡有這麼多輛車子，只要開口吩咐一下，就會有源源不斷的新鮮食材送到家門口。

「不是的，Pakin先生如果要因這件事情要開除我也沒關係，可是我不想倒掉這些食物，太浪費了，更何況這些都是

Graph先生努力了好幾個鐘頭才做出來的。」

聽的人靜靜注視著對方的眼睛，接著才咧嘴一笑。

「妳知道我絕不可能會為了那種微不足道的小事就開除妳……想祖護那孩子是吧？」Pakin發出了低低的笑聲，不過眼中並沒有笑意，因為女管家看樣子是已經完全向著另一個人了，儘管那小子任性得要命，卻還是那樣容忍他的所作所為。

「Graph先生從來沒做過家事，現在卻弄得兩隻手都是傷，油還濺到了他的脖子上。他流了一身汗，待在連Pakin先生都不肯踏進的悶熱廚房裡，堅持了四、五個鐘頭……所以我這個老人家才不忍心把這些菜倒掉。」這一切都只是想告訴他，那小子真的很執著，而且還非常的努力。

她真以為這一切會讓Pakin因此心軟嗎？真是那麼想的嗎？

就在這一刻，紅著臉、紅著鼻子、紅著眼睛，像是剛哭過一回的那個人回來了，他直接走過去端起那盤打拋肉，打算稱了屋主的意，將它拿去倒掉。

滿心羞愧與悲哀的Graph此時根本不敢對上任何人的眼睛，然而……。

啪。

那個說自己不會心軟的人，忽地抓住了他的手腕。

「是打算每天都讓自己增加傷口，然後等你爸媽跑來把我撕爛嗎？」Pakin惡狠狠地說道，一把將對方紅腫的手拉起來查看，這全是因為拿沉重的鐵鍋還有被刀子劃傷所造成的。

當下Graph則奮力想把自己的手抽回來。

「這些跟哥沒關係！」委屈到哭出來的那個人，扯著嗓子朝對方大吼，可是Pakin仍不肯放手，並把那盤打拋肉放回餐桌上。

「不管有沒有關係，你現在已經是我的人了……快點坐下來吃飯！」高個子沉聲道。

「哥是想吃狗食嗎？」

不過這任性的孩子仍不肯消停，拿他剛才講的那些狠話來氣他，可講出這些話的人自己卻死命地忍住淚水，讓Pakin不禁翻了個白眼。

他沒想過Graph會那麼有耐性，居然甘願那樣子在廚房裡面待上好幾個鐘頭。

「那現在有給人吃的食物了嗎……你把廚房裡的食材都浪費掉了不是？快點坐下來一起吃飯！」Pakin拿另一個人講過的話這麼說道，順帶把少年推到椅子上坐定，然後自己也跟著坐了下來，接著開始吃他這輩子最難吃的一頓飯。

在所有人驚訝地注視之下。

Pakin先生居然肯吃！

「哥，可是我做得不好吃，它不能吃……」

「所以你到底想讓我吃，還是不想讓我吃？」

男人打岔道，語氣顯示他已經受夠了繼續爭執，Graph因而說不出話來，只能坐在位子上捏著自己的手，不敢相信地看著Pakin哥把食物送進嘴裡。

Pakin哥……真的肯吃。

少年見狀，馬上轉頭望向那位不顧眾人反對，願意把這些糟糕食物端上桌的女管家，對方見狀也以淺淡的笑容回應他。

「還笑，我還沒找大嬸算帳呢……如果不想被趕出去，就快點去幫我煎一顆蛋。」那個甚至連頭也沒回的男人語氣平淡地說道，老人家聽了立刻應聲，接著連忙下去準備，雖然她早就料想到事情會是這個樣子。

最後，原本說要去找朋友的男人，終於還是願意為了這個可愛到不行的超任性少年軟下心來。

昔日的畫面讓老人家露出了笑臉。

當年那個十分任性的小男孩，如今正在吃著打拋蓋飯……伴著淚水。

他不是因被責罵而感到難過，而是高興對方願意對他釋出善意，就算只有一點點，也令他感到欣喜。

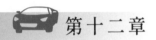

第十二章

關於……進入他的房間

　　Kritithi少爺親手做的晚餐，在家中所有人驚訝的視線中被解決了，對於老闆為什麼肯吃下那些東西，眾人各個疑惑到了極點，畢竟就連親眼目睹製作過程的她們都不敢輕易嘗試，大家因而產生了這麼一個疑問：這位客人究竟是誰？

　　其他人並非不曾看過Graph，見是見過，但每次見到，都是在老闆怒不可遏的狀態下。

　　磅。

　　「這是你的東西。」

　　與此同時，Pakin在喝完第二罐啤酒以蓋過嘴裡的味道之後，便起身走回客廳，並把一個包包扔到了Graph的腳邊，以平淡的語氣告知少年。聽到這句話的人尚未回過神，一時間沒會意過來。

　　其實回過頭來想想，Graph自己也沒想到Pakin哥會吃他親手做的料理，因為它們確實不太好吃。

　　「什麼東西？」

　　對方僅聳了聳肩，然後露出一副自己打開來看看的表情，少年於是伸手拉開了包包的拉鍊。

　　「這不是我的衣服嗎？」

　　「是啊，難道你打算穿著T恤和牛仔褲去學校上課嗎？」Pakin的語氣就像在說不過就這點事情，不會自己想？而後一屁股坐在沙發上，灌了一大口啤酒，看著朝他撇嘴的那個人正從包

包裡面拿出一套學生制服，以及各種上課使用的物品。

「是哥拿回來給我的嗎？」

「你以為我很閒？」

嗯……知道你沒空，但就不能回答「是」，讓我高興一下嗎？

少年暗自嘀咕了幾句，他也知道不應該去期待，可他見對方這兩天都對他滿好的，所以便有些得意忘形，然而對方卻不留情面地說了那樣的話，看樣子似乎對晚飯的事還耿耿於懷。

見到那模樣，少年就算再怎麼被刁難，也沒了脾氣。

如果Pakin哥因此吃壞了肚子……Janjao，妳是很想見到自己的朋友被趕出家門嗎？

由於不知道該怪誰，因此就把怒氣出在朋友頭上，這要是被Janjao知道了，大概就會嚷著說——枉費我好心幫忙一起出主意欸！

「Chai去幫你拿來的。」不過Pakin最後還是交代了那是出自哪個人的好意。

「那Chai哥去哪裡了？Chai哥不住在這裡嗎？」Graph很確定Panachai通常都會住在這邊，因為無論他什麼時候跑來，總是能見到他站在Pakin哥的身後，可今天一整天都沒見到他露臉，甚至連晚餐時段也沒出現，本來還想當面向他道謝呢。

「為什麼想知道？」Pakin聽了反問道。

Graph明明白白地回答：「我想感謝他，就算我在哥的眼中是個任性又愚蠢的小鬼，但我也明白要懂得感恩。」

「嗯？」然而這句話卻讓Pakin挑高了眉，他先是輕輕地發出了聲音，接著咧嘴一笑。

「在你感謝那傢伙之前，難道不應該先感謝我？」

「哥有什麼事情好讓我感謝的？」Graph這下傻了，他原本是打算感謝Chai哥替他把包包和衣服帶過來這裡，畢竟Pakin哥自己也說了，這不是他的事，與他無關，他沒有幫忙拿，那為什麼還要自討沒趣的去感謝人家？搞不好還會被要求收回感謝的話，然後滾得遠遠的。

聽的人翻了翻白眼，然後揮揮手，顯然覺得有些煩躁。

昨天當他一聽到這小子被人追趕，便立刻衝出會議室，還浪費了一整天的時間處置並驅趕那幫王八蛋，封鎖新聞，再跑去找那小子的父親，甚至把人帶回家裡住，可這臭小子卻連一句感謝的話也沒有……他對這小子還能有什麼期待呢？

「算了吧。」男人模樣煩躁地敷衍過去。

Graph一頭霧水地看著對方，不過他一直以來也都不懂Pakin哥就是了。

「你的燒退了沒？」

「退了，我已經好了。」一繞回這個話題，Graph便迅速地答道，深怕再次被迫吃藥。可一提到這件事，他隨即想起了自己發燒的原因。

「他們到底是誰？」

！

剛喝完第三罐啤酒且正打算打開第四罐的那個人，手停滯了一下，他回過頭對上了那雙充滿疑惑的雙眸，此時Graph則好奇地繼續追問。

「他們說哥是死Pakin，看起來好像非常討厭哥，噢不，應該更像是怨恨哥。哥對那些人做了什麼？還有，他們為什麼盯上我？」Graph不解地問道。當下他很確定自己的兩隻耳朵都聽到了Pakin哥的名字，而且那幫傢伙那種怨懟的模樣也很不尋常，

然而 Pakin 哥聽了卻沉默不語。

如果我對這孩子說自己礙了別人的手腳，擋了人家老闆的財路，甚至還跟 Korn 的女人睡過……那麼這小子會露出什麼樣的表情？

擋人財路這事是故意的，不過跟那隻瘋狗的女人上床，純粹是個意外，因為是女方主動倒貼上來的，他不過只是回應對方而已。事後才得知，Korn 那傢伙因被女方戴綠帽而氣瘋了，真相不過如此，可事情卻沒那麼簡單就了結，因為 Korn 一直不肯善罷干休。

就因為老子睡了你的女人，所以你他媽的才會來動我的人？

一意識到自己的想法，Pakin 不由得一頓。「我的人」，在這之前他可從沒想過自己會講出這種話。

之前被詢問或是被說 Graph 是他的人時，他從來都不承認，也沒想過要承認，但在內心深處，Pakin 也知道這個孩子是誰的人。這指的不是那方面的意思，而是指對方是他必須得時常照看的對象。

「最近發生了一些摩擦，而你卻恰巧在這時候冒出來。」

「我哪時候冒出來了！」

「就在我叫你離我遠一點的那段期間冒出來的啊。」Pakin 不客氣道，他一次又一次地趕走這孩子，可不管他做了什麼，對方都不曾放棄，總是過一陣子又出現在他的面前。之前只要被他捉弄，對方就會消失好幾個禮拜，只是這陣子發生了一些事，不得已得經常見面，所以那幫王八蛋才會注意到這孩子。

這時 Graph 緊緊抿著唇，把臉別向了另一邊。

不過 Pakin 卻沒打算去哄那個正在使性子的小鬼，他以嚴肅的語氣繼續說下去。

「所以，現在住在這裡，就別再到處惹事生非，偶爾當個好孩子讓我省心一點。」

「哥先對我好一點再說。」

果不其然又頂嘴了，男人不禁搖了搖頭。

期待Graph能當個好孩子，不如去期待水牛生黃牛。

「不管怎樣，你就先住在這裡。」

最後，男人的結論讓少年又立即回嘴。

「我必須在這邊住到什麼時候？」

「住到我說可以回去。」

得到這種敷衍的答案，令少年很想大聲質問，不過他最後還是閉上了嘴巴，坐下來雙手抱胸，緘默不語，像是在說自己正在努力當個好孩子。男人見狀，心中的不滿頓時消減了一些。但既然住在一起，就得先約法三章，特別是和這種極致任性的小鬼。

「住在這裡，就得聽我的話。」Pakin不打算等對方回答，他的語氣就說明了這是命令。

「從現在起，無論去哪，都要由這裡的人接送。」

「可是……。」

「還是你想回家住？」

「……」

Graph的眼神充滿了受制於人的怒火。不過他並沒有繼續爭論，就只是閉上嘴，然後聽那低沉的嗓音繼續說下去。

「這也包含去上學，我會請Chai幫你挑一個專屬司機，如果你看到的臉不是同一張，就別傻傻地上車，就算對方說他是我派去的人也一樣……然後要是你想去哪，都要先告知，不是跟我講就是跟Chai講，噢，或者是Kaew嬸也行……就是剛才那位女管家。」

Pakin一口氣把話說完，感覺被剝奪了人權的少年接著開口問了幾句。

「那我的車呢？」

「已經拿去拆成零件了，盡是會給我找麻煩。」

「什麼！」Graph聽了瞪大眼，不過Pakin看起來不像是在開玩笑，接著又繞回到原來的話題。

「至於最重要的一點——」

「還有完沒完啊！」

大個子沒理會對方的嘲諷，而是以十分嚴肅的眼神看著少年，甚至還強迫對方繼續聽下去。

「你不准——」

鈴～～

然而，Pakin的手機卻在這個時候響起，使得兩人皆是一頓。手機的主人這時將它拿起來查看，一看到是誰打來的電話，眉頭不禁微微一皺。

「有事？」

「來接我一下。」

「什麼！」當電話另一端只講了一句話，電話這一端的人不由得提高了音量，不過對方似乎也不打算聊太久。

「素萬那普機場，晚上九點半，就這樣……嘟——嘟——嘟——」

「去死吧！」還沒來得及問細節，電話另一端就掛斷了，使得Pakin忍不住咒罵，接著轉頭看向那個一臉好奇的任性屁孩。

「明天就回去上學，然後不用像昨天那樣等我了，我會很晚回來。」語畢，Pakin迅速轉身走出了客廳，不想再多做解釋，接著打電話給自己的親信。

「Chai⋯⋯Win回來了。」他一邊這麼說，一邊忍不住搖
頭。

這陣子怎麼老是遇到這種鳥事！

＊＊＊

「看到沒？看到沒？看到沒？看到沒？看到沒？我就說這招
有用！」

「有用妳個大頭啦！味道噁心得連狗都不想吃！」

「就算狗不吃，可是Graph的Pakin哥哥還不是吃了？科
科。」

待屋主像是颱風掃過那般快速走出了住家之後，這位尊貴的
客人不禁暗自猜想，對方究竟是趕著去追哪隻阿貓阿狗？因為那
個人從不曾安分過。而且自己在跟蹤了對方那麼多年之後，又怎
會不知道對方在晚上七點半回家，是一件多麼奇怪的事情。

大家都知道，比起白天外出活動，Pakin哥更喜歡夜生活。

說不定，搞不好是跑出去抱哪個女人或男人。

一想到這裡，少年就忍不住煩躁得撇嘴。為了不胡思亂想，
他回到樓上的房間，然後打電話給好友，而對方也好像正在等他
的電話，因為才剛撥電話過去，Janjao就立刻接起，甚至還急著
問他狀況怎麼樣。少年於是把晚上所發生的事情都描述了一遍，
唯獨沒說出自己在廚房裡面熬了多久。

講給對方聽後，自己也覺得丟臉，不過才一道打拋料理，卻
做了十幾遍，而且每次做出來的東西都相當令人倒胃口。

「好嘛、好嘛，我們也都是一路練習過來的，Graph就繼續
學做菜，總有一天會煮得很好吃的。」

「是哪一世的哪一天？」男孩因屋主殘酷的嘲諷，自信心被嚴重打擊，女孩則不由得發出了澄澈的笑聲，然而這笑聲令Graph忍不住覺得，比起爆笑，更像是在取笑。

「嘻嘻，不過Graph還是會去做對吧？」

「就妳厲害！」被友人看穿自己是那種容易被煽動的人，少年因而反唇相譏，不過電話另一端的那個人不僅沒有生氣，反而還大笑了起來。

「嘻嘻、科科，害羞啦？」

「別再鬧我了，不然我掛了喔。」

「啊～別掛、別掛，還沒聊到下一步計畫呢。」

「計畫？」Graph把眉毛挑得老高，因為朋友每次只要這麼說，通常都會讓他去做某件會被罵的事情，雖然有一半以上令人難以置信地奏效了，而且成果還很不錯，所以他才肯閉上嘴巴，然後聆聽那清澈的嗓音繼續說下去。

「沒錯～這個計畫就是用愛綁住凶狠黑道大哥的心嘍！」

「韓劇看太多了吧？」

「야（註）！別看不起韓劇吶，那裡面有一堆很好、很棒的東西，要是哪一部裡面有男男CP，噢～讚翻！但其實也不多啦……啊，離題了，我想講的是，Graph應該快點去睡覺了，然後明天早點起床，因為Graph明天必須去做某件事。」

「能把話一次說完嗎？」當Janjao忽然默不作聲，他就忍不住出聲催促，想像得出自己的好友現在肯定帶著笑意並露出了詭計多端的神情。

（註）這裡Janjao說了韓語的「야」（ya），意指「欸」或「喂」等生氣、感嘆的嘆詞。

「好啦，那我一次講完喔！明天Graph要早點起床，偷偷溜進那位哥哥的臥房，然後悄悄爬上他的床……就這樣。」

「蛤！」

「蛤什麼蛤啦，我講真的，你難得有機會可以住進Pakin哥的家，怎麼可以只待在自己的房間裡面什麼都不幹呢？這樣和各自住在不同屋簷下有什麼不同？都已經這樣了，Graph要主動進攻啊，知道嗎？」

「這太瘋狂了，要我去強姦Pakin哥？那我一定會被殺掉的。」

「嗬，誰讓你那麼做了？是Graph自己想太多吧，我什麼時候說過讓你去強姦他了？」

電話另一端的人大叫了一聲，連忙否認，使得電話這一端的人一邊想反駁，一邊思索著朋友剛才的話。

爬上他的床……呃，確實沒有叫我去強姦。

「嘖，下流。」

「……」被好友罵了之後，電話這一頭的人立刻噤了聲，淨白的臉頰跟著漸漸漲紅，直至整張臉都紅透了。對啦，朋友只是要他爬上床，可他卻自以為人家要他鑽棉被。

女孩似乎察覺到朋友正在害臊，於是語帶笑意地回應他。

「我說的爬上床，不是讓你去強姦人家，只是純粹要Graph爬上床而已，像是爬上去一起睡個覺這樣，可以想像那個畫面吧？那位哥哥正在睡覺，你就把那位哥哥的手拉過來抱住自己的腰，等到那位哥哥醒來之後，Graph就跟著睡眼惺忪地醒來，雙眼迷濛，濡溼欲滴，穿著寬領睡衣，嘴巴微張，啊嘶──性感！」

這個Janjao呐，已經浮想聯翩了，然而聽的人卻是一臉驚

恐。

　　我怎麼可能會做那種瘋狂的事情啦！什麼啊？雙眼迷濛，濡溼欲滴，是剛醒來還是剛吃過春藥啊？

　　「我才不要。」

　　Graph一口回絕，女孩聞言便使出渾身解數，無所不用其極。

　　「Graph，難得有機會可以住進那位哥哥家裡，你打算就這麼放過？這樣一來什麼時候才會有進展？等那位哥哥處理完那什麼敵人的事情之後，Graph就得搬回去住了，如果不做點什麼，一切又會回到原點，你又得為那哥哥的狠心而時常難過，不是嗎？」

　　「……」

　　電話這端的人講不出話來，可那麼一想，就跟著出現畫面，Graph因而咬緊了牙槽。

　　變回和以前一樣……變回那個Pakin哥看不上眼的煩人小鬼。

　　「我……該怎麼做？」

　　最後，少年只能這麼輕聲說道，聽著朋友心滿意足地感嘆自己就該這麼做。在那之後，女孩就開始把純理論、不曾實際操作的知識強塞進少年的腦中，其中包含了完整的臺詞、描述以及劇本，Graph唯一必須要做的事情就是——想辦法爬上Pakin哥的床。

＊＊＊

　　就算再怎麼不想讓翌日的早晨來臨，時間依舊來到了起床的

時刻。

　　清晨五點半，Graph為了即將要進行的事情幾乎徹夜未眠，所以他頂著一頭亂髮爬起來坐在床上，接著像是泰山壓頂般的雙手抱頭。

　　我辦得到嗎？要像凱蒂娃娃一樣迷人可愛地躺在床上，就怕Pakin哥只會把我視如腳下的糞土吧。

　　少年嘆了好長一口氣，又深深地吸了一口氣。老實說，都努力走到這一步了，已經沒有什麼能令他更傷心的了。Graph甩了甩棉被，起身洗臉、刷牙、梳頭髮，然後照著朋友指示的那樣稍微把頭髮抓得蓬鬆，像是已經睡過覺的模樣。

　　接著解開睡衣的第二顆鈕扣，他低頭看了看自己平坦的胸部，當下不由得想扶額。

　　「老子真的要照做嗎！」雖然嘴上那麼講，不過這個行為偏執到讓人煩躁的孩子卻發憤圖強，轉身走出了房間，接著往豪宅的另一個方向，也就是屋主的臥室走去。

　　這棟房子非常大，而且還沒到傭人上樓來打掃的時間，所以屋內還一片漆黑、四下無聲。可Graph卻一點也不怕，他怕的反而是在這扇珍珠色大門後面，那個人的反應。

　　「要是鎖著就沒轍了。」Graph希望門是鎖上的，但同時又希望它沒被鎖上。如果鎖上了，就只是先暫停今天的計畫罷了，然後想辦法從女傭那裡弄到備用鑰匙，再請Janjao幫忙複製一把。不過是拖延了一些時間，但最後還是得做。

　　喀啦。

　　胸腔裡的那塊肉差點就要跳出來了，當他一轉動門把，那扇材質昂貴的華麗大門就這麼滑了開來，而且還十分安靜，沒發出吱呀的嘈雜聲響。

「嘶──」

少年吸了一口氣，使之填滿整個肺部，鼻前隨即嗅到了香水的氣息，一顆小小的心臟因而跳得越發猛烈。逐漸適應了黑暗的雙眸，這時看見了一張大床位在房間深處，接著是工作室以及休息室。

他努力地邁動自己的腿往前走，可雙腳感覺卻是那樣的沉甸甸，直至少年停在大床旁邊，見到床上躺了一具熟睡的身軀，僅僅露出了側顏與肩膀。不過當他仔細又觀察了一會後，隨即發現了一件事，令Graph產生了難以言喻的喜悅。

他發現像Pakin哥這樣的男人，居然也會抱著抱枕睡覺。

在模模糊糊的影子底下，Graph所見到的畫面，是被子底下被完全蓋住的抱枕，剛好靠在男子其中一側肩膀上，他因此往那一邊移動過去，將手伸到了被子底下，想把那個抱枕拉出來，然後再依照朋友的指示，鑽進去取代那個空缺。

啪。

「呃？」

咻。

然而，他所碰觸到的東西，並非布料柔軟的觸感，而是帶著溫度的⋯⋯皮膚。

不僅如此，抓住之後拉扯的動作，使得柔軟棉被底下的東西發出了帶著睏意的呻吟聲，少年這時伸手過去把覆蓋住那具身軀的棉被掀了開來，眼前隨即出現了⋯⋯一個赤身裸體的人。

「！！！」

少年睜大了眼睛，像是見鬼似的，快速劇烈跳動的心臟彷彿有一瞬間驟停，修長的雙腿因受到極大驚嚇而往後退去。

砰！

啪嚓！！！

嚇！

由於Graph沒有注意就直接往後退，因此不小心撞到了床頭櫃，使得那一側的檯燈摔到地面，碎了一地。嘈雜的聲響使得床上之人迅速爬了起來，然後……。

啪。

咔。

「是誰！」Pakin轉身拉開床頭旁邊的抽屜，掏出一把槍，同時打開自己那一側的檯燈，在那之後迅速轉過頭來，並把槍口對準了這名膽敢打擾他休息時間的入侵者。

可他見到的卻是渾身僵硬的少年。對方臉色蒼白，表情活像是撞見了這輩子最恐怖的事情。

而那件事就是……。

「嗯，怎麼這麼吵……到底還讓不讓人睡啊！」

躺在男人身旁的纖瘦嬌軀隨後撐著身體坐了起來，讓人看到……未著寸縷的潔白胴體，就和Pakin一樣。

成年男人一絲不掛，露出了渾身的肌肉，再加上那一臉煩躁的表情、雜亂的頭髮，和像是要把入侵者撕碎的灼灼目光，使得暗藏危險氣息的男性魅力充斥了整個房間。

但若是與旁邊那位撐著身體坐起來的人相比的話，那危險對Graph而言也不足為懼了。

女人……不是，是一名頂著微捲及肩長髮的男子，所以少年第一眼才會誤以為對方是女性。有些凌亂的髮絲，讓他散發出一股慵懶、性感的魅力，再加上標致的漂亮臉孔，若非撞見了那具光潔白皙的身軀，任誰見了都會以為他是個女人。就連帶著睡意、似乎不太高興的表情，看上去都顯得賞心悅目。

沒錯，這名男子完全沒穿衣服。

光裸的身體讓纖細身段一覽無遺，肩頭雖寬卻圓潤，鎖骨很深，看起來十分誘人，接著是上頭由淡色乳珠所妝點的平坦胸部，以及整片看起來滑順漂亮的小腹……就算對方有著男人的體態，卻依舊比女人還漂亮。

然而，若不是這男子正歪著頭注視眉宇深鎖的屋主，Graph或許還沒什麼感覺。

「怎麼啦？Kinny？」

「別這麼叫我，還有，你為什麼會在這裡？」

Graph從沒聽過別人這麼喊Pakin哥，因為他很確定大概沒人有第二次機會那麼喊，可Pakin哥看起來卻沒任何慍色，只是反問。

對方因而翻了個白眼，像是想起了什麼不悅的事情。

「昨晚為什麼沒來接我？」

「哼？接你？叫我晚上九點半去接你，可是我確認班機之後，發現九點半的時候飛機才剛從韓國起飛，誰會瘋到跑去等六、七個鐘頭？」

「就因為你沒來接我，所以我才跟家裡的人討了鑰匙，原本打算進來跟你打個招呼，可是我一叫你，Kin就把我拉過去抱在懷裡，怎樣都不肯放人……然後說什麼早上再談。」那位性感的男子撇著嘴，用下巴倚著棉被底下的膝蓋，接著再轉過來注視那個把檯燈摔碎的人。

「這個孩子又是誰……Kin現在已經會把小朋友帶回家裡養了啊？」

這個問題使得受到驚嚇的那個人回了神。Graph甚至不知道該怎麼挪動手腳，感覺全身上下非常沉重，因為即便他無數次親

眼看過Pakin哥和不同的男男女女卿卿我我，但不表示他看過像這種……完事之後的場景。

真相就這樣直接給了他一記當頭棒喝。

當他還只是個永遠無法爬上床的煩人小鬼，這種人卻已經上過Pakin哥的床了。

這個想法使少年眼眶一熱，然後僅吼出了一句話——

「哥真的是個爛人！」

爛在把炮友帶回來睡，明明就把我帶回家裡住了。

嘎吱。

「去你媽的！」Graph甚至沒感覺到自己踩在檯燈的碎片上，他只知道自己轉過身，然後跺著腳走出了房間，防止自己氣到血液直衝腦門因而忍不住衝上去掐住那賤人的脖子，然後再將人丟到屋外。因為他如果真幹了那種事，那麼再也見不到那個爛人的人，將會是他。

砰！

門被用力甩上發出了巨響，而床上的那個人仍維持原狀，倚著下巴，歪著頭望向屋主。

「看樣子好像被誤會了，不追過去嗎？」

「沒必要。」

「哇嗚，Kin真冷漠。」

「一點也不好笑，王八Win。」Pakin語氣嚴厲道，使得那位扮演炮友的妖嬈美豔男子發出了輕笑聲，而後聳了聳肩，再伸了個懶腰。

「這不是我的錯，是哥主動把我拉過來睡覺的。」這位名叫Win或Pawit的男子一邊這麼說，一邊望著自己的兄長。

沒錯，他們是親戚。

「說走就走，說來就來，這次又跟叔叔吵什麼了？」Pakin從床上爬起身，展現出完美的男性身材——在一絲不掛的狀態下。

他走向房間一隅，抓起浴袍隨意穿上。

這個問題讓聽的人嘆了口氣，他轉身打開抽屜，隨後發現了自己正需要的東西——香菸。

Pawit點燃了香菸，接著把尼古丁吸進了肺部。

「真無趣……這次會回來，是因為被命令回家，不然就要停止我模特兒的工作。」這名國外搶著簽約的頂級名模語氣無奈地說道，Pakin因而轉過頭來看著他。

「不過我不是因為這道命令才回來的。」

「……」

Win沉默了一會，接著又提到了另一件事。

「因為剛好合約也到期了，而且我還沒打算要加入哪間公司，所以就先回泰國休息，這段時間會接這邊的工作，也趁著這個機會回來讓我媽看一看，省得又為了工作的事情跟我抱怨。」

「呵。」聽到這回答，Pakin立刻了然於心，只是沒繼續說下去罷了。

「哥呢？那孩子是誰？」才剛回泰國的那個人反過來問話，因為他很確定自己的表哥絕對不會把炮友或是小朋友帶回家裡養。噢不，這種等級的男人，不需要包養，就會有一堆小朋友排隊等著讓他品嚐。

「熟人的孩子，暫時住在這裡。」

「是嗎？怪了……叫什麼名字？」

「Graph。」

一聽到名字，Win立刻挑眉，而後微微一笑，他站起身來，

露出了棉被底下的……迷你四角褲。

他走向菸灰缸將香菸掐熄，接著又回過身來，把兩隻手撐在後方的桌面上，凝視著這位壞到骨子裡的Bad Boy哥哥，如今卻成了孩子的專屬保母。

「久仰大名，這下總算見到本尊了……現在大概已經哭得一把鼻涕一把眼淚了吧？」

「都到這把年紀了如果還哭，就要懂得替自己擦眼淚，我可不是他的衛生紙。」Pakin聳了聳肩，不是很關心地說道。

看的人仔細觀察了一會，接著露出了笑容。

「那就借我玩玩如何？」

講得好像在討玩具一樣，這位哥哥的目光隨即掃了過來。

篤、篤、篤。

這時突然有一陣敲門聲響起，屋外的人接著逕自開門走了進來。

「剛才我和Graph先生擦身而過，所以過來詢問一下Pakin先生，是不是發生了什麼事情？」

進來的人是Panachai，他只把視線望向自己的老闆，Pakin隨即指向了床的另一邊。

「那小子把檯燈摔碎了。」男人僅說了這麼一句話，接著就走過去把擱置在床頭櫃的槍收回原處。

此時Pawit的視線也跟著轉向了剛進來的人，盯著對方看了好一會，然後站直了身體。

「讓我在這裡待一下子吧，哥，我今天想睡到下午，麻煩請轉告哥的人，不准打擾我。」話一說完，只穿了一件短版四角褲的人就走了過去，和剛進來的那個人擦身而過，看也不看對方一眼。

「Win先生請等一下。」Panachai這時決定開口說道，他轉過去抓起掉在地上的黑色外袍。

「穿上這件吧，不然會感冒的。」

名字的主人斜著眼看了過來，而後說了這麼一句話——

「幫我穿。」

「……」

這道命令使得身材高大的男子手跟著一頓，他只能一動不動地杵在原地，看得Pawit不禁勾起了唇角。

「如果你不幫我穿，我就不穿。」Pawit話一講完便走向對面的房間，那是他每次來這棟房子時所住的地方。而他在邁步經過表哥親信的身邊後，原本充滿自信的笑容就倏地淡去。

「如果我說回來泰國是因為想見到……又在做白日夢了呢，Win。」

白日夢就是白日夢，夢是絕對不可能會成真的。

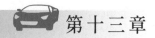

第十三章

從不哄人的男人

「不哭，我不會哭，不哭！」

Graph正在生氣，噢不，應該說是委屈，或者是在發怒吧。

就連Graph自己也無法分辨出來這到底是什麼樣的感覺，他只知道面前的畫面變得愈來愈模糊，身體覺得愈來愈沉重，痛到全身麻痺，甚至不知道自己踩到了玻璃碎片，血液隨著步伐印在走道上。等到走回房間，Graph所做的事情就是衝進浴室裡面，希望冰冷的水流能夠讓自己完全清醒過來。

不，其實不需要借用冷水，當他一看到Pakin哥和別人躺在同一張床上，就感覺像是被人當面潑了一盆冷水。

砰！

少年用力握住了拳頭，揮拳打在浴室的牆壁上，一邊不停地告訴自己：「快習慣啊，蠢Graph，快點習慣，要表現得像是對那些畫面已經麻痺了啊！」

他應該要習慣，當他知道Pakin哥和別人上床時，應該要沒有任何感覺才對。可當他親眼目睹時，胸腔裡的那塊肉卻痛得幾乎令人感覺不到它是否還在跳動，而且他真的沒想過Pakin哥會帶別人回家裡睡，還是在他也同住一個屋簷下的時候。

那比被羞辱的感覺還要糟，反而更像是被徹底無視。

嘩啦……嘩啦……。

冰冷的水沿著頭部往下流，整顆頭以及穿在身上的睡衣全都溼透了，可Graph卻一點也不以為意，他僅僅閉上了眼睛，把頭

無力地抵在冰冷的牆壁上，並且任憑淚水流淌。

沒有人知道我正在哭泣，哭出來吧，傻Graph，等走出這個房間之後，你一定不能哭。

Graph低語道。希望冰冷的水流能掩飾自己這個執拗小鬼的軟弱。他很清楚要是跑去向另一個人爭論，就只會讓人覺得厭煩，而且還是在對方帶了一個好像很重要的人一起住的情況下。倘若稍微刺激到對方，被丟出屋外的那個人將會是自己。

很想要放棄，可為什麼都看到這種事了，卻還是無法死了這條心……為什麼啊？蠢Graph。

少年就只能一再地問自己，並任由淚水流到痛快為止。

＊＊＊

「Graph先生的臉色很蒼白呢。」

「我沒事，只是懶得去上學。」

在一輛高級轎車裡面，Graph正托著下巴望向窗外。專屬司機見了，不由得擔憂地開口問道。

Panachai打從對方一坐上車，就注意到了那張十分蒼白的臉，以及發白的嘴唇。他原本打算將新的司機介紹給少年，後來又主動說要親自載對方去上學，除此之外還有另一個原因——為躲避一整個晚上把他耍得團團轉的某人。

昨天晚上他沒有工作，所以回到自己的公寓過夜，可老闆忽然打電話來說，另一名老闆就要回來了，他只好匆匆地趕到機場，然後才發現……自己被耍了。

Win先生把他騙到機場，坐著乾等了一個晚上，而當Pakin一發現自己被對方耍了，便直接跑了回去。

凌晨三點就該走出閘門的那個人，硬是到了凌晨四點才真的走了出來。

「唉。」最後大個子只能輕輕嘆了口氣，然後瞟向了後照鏡。

這裡大概又有一個人被 Win 先生耍著玩了。

「我晚上幾點來接你比較好呢？」由於 Graph 不肯講，Panachai 也就禮貌地不再多嘴追問，僅僅轉移了話題，而對方這時正準備要下車。

「哥到了就打給我吧，我現在除了學校，哪裡都不能去。」少年嘲諷地說道，說完就快速地走進了學校。

看著這一幕的人完全不介意對方不佳的口氣，但卻注意到對方異於平常的走路姿勢。

Graph 先生的走路方式像是腳在痛。

有了這個想法，Panachai 認為應該要向老闆報告此事。

「Graph，Graph 的腳怎麼了嗎？」

這裡又有一個人發現到異狀了。

其實 Janjao 從一見到對方像是沒睡覺的蒼白臉色時就想提了，但其實不用問，她也多少能猜得出結果，於是尷尬地笑了笑，就像原本以為行得通的計畫不如預期般順利。不過反倒是朋友奇怪的走路姿勢，讓她不得不開口詢問。

「腳？不知道。」少年語氣平淡地回答道，現在沒心情把發生的事情描述給朋友聽，同樣也沒心情去指責朋友的過錯。

Janjao 擬訂計畫，他則照著計畫去做，要是有錯，也是錯在他一開始就不該跟著起鬨。

不過也好，你才會知道 Pakin 哥一點也不在乎你。

一想到這裡，少年頓時別過了臉，好友這時候連忙要他坐下來。

「Graph，把鞋子脫掉。」

聽的人接著不情願地照做，結果⋯⋯。

「啊！Graph，你被什麼東西弄到的？為什麼襪子上都是血！」

Janjao忍不住大叫了起來，把班上其他同學嚇得瞬間轉向了這邊，然後一個個蜂擁過來張望，接著眾人就發現白色的襪子上有一大片血漬正不斷地擴散。見狀，女孩毫不遲疑地迅速把它脫了下來。

「你是被什麼東西割成這樣的啊？」

「不知道。」Graph自己也搖了搖頭，因為假如朋友沒提，他大概也不會知道自己受了傷。

「傷口很深欸，我們等下先去一趟保健室。」

為了檢查傷口，時而低頭、時而抬頭的Janjao替朋友決定道，隨後就請來其他男同學幫忙攙扶，但是受了傷的那個人卻像沒事一樣自行站了起來。

「走吧，去保健室。」

話一講完，少年便率先走出了教室，讓看到這情況的人更加察覺到異狀。

Graph怎麼了？不對，今天早上到底發生了什麼事？

這個時間點，保健老師正在上課，整間保健室因此只有兩名學生，女孩在那之後借來了清理傷口的工具。正當Janjao在處理傷口的時候，少年僅托著下巴倚靠在教師辦公桌上，心不在焉地望向窗外。

「Graph，會痛嗎？」

「不會。」

「嘖嘖，騙人的吧？都傷成這樣了，就算不痛也會感覺到刺刺的才對。」Janjao驚恐地開口。畢竟朋友的傷口並非什麼小傷，而且還流出了大量的血液，起初建議他應該去一趟醫院，可對方卻堅持說沒關係，不過就是被割傷而已。

「沒……沒覺得痛，也沒感覺到刺刺的。」Graph轉過來對上她的眼睛，微微笑了笑，接著又轉向了其他地方，他並非害怕看到自己的傷口或是血，而是不想在朋友面前表現出自己脆弱的一面罷了。

啪。

那模樣使得女孩出手抓住了少年的兩邊手腕，使勁一握，為了強迫Graph轉回來注視她的眼睛，接著再往那對眼眸深處望去，並以認真地語氣問道：「發生什麼事了？Graph。」

聽了這個問題，少年先是一語不發，而後低下了頭，注視著自己因好奇心而產生的傷口，接著不禁感到一陣悲哀。

「我不覺得傷口疼痛是因為……。」他非但沒有回答朋友的問題，反而還提了另一件事，並露出了一抹哀傷的笑容。

「我後來才知道，身體的疼痛比不上心裡的痛……我的心好痛啊，Janjao……我的心痛得要命。」

結果那個發誓不哭的人隨即低下了頭，把臉埋進手臂，強忍住再次湧上喉頭的哽咽聲。這一幕把看的人嚇了一大跳，很想開口詢問，卻又因害怕見到友人失望的表情，故而開不了口。

「沒事的，Graph，沒事的。」

最後，Janjao儘管不曉得好友發生了什麼，但是她知道一件事，就是一名十七歲的少年正抱著自己的手臂哭泣，很令人同情

……令人同情到很想質問那個男人到底做了什麼事？而且更重要的是，對方都不會同情一下她的朋友嗎？

Graph感覺很糟，在好友面前哭出來讓他覺得非常糟糕，因為他不想被看作是軟弱的人，不想讓別人說自己是個長不大的小孩，一遇到問題就只會用眼淚來解決，可心中的鬱悶感卻怎樣都無法平復下來，心情也沉重到難以向朋友傾訴。

那令人窒息的感覺很不好，可心裡卻又明白……自己不能吵鬧。

雖然少年很想大吼大叫一番，很想大鬧一場，很想問Pakin哥怎麼可以那麼做？可他也很清楚對方大概會回說，自己有權利愛幹什麼就幹什麼，而這只會讓他心痛。他該做的事情就是先閉上嘴，盡可能地保持冷靜，縱使內心裡面感覺糟透了。

只要像一直以來所做的那樣，只要像以前看到Pakin哥和別人在一起時所表現的那樣。

那有什麼難的？傻Graph，只要露個臉，表現得臭屁一點，就能再次做回Pakin哥眼中那個任性的小孩了。

一整天坐著發呆的少年在心中這麼想，直到Panachai於半個小時之前過來接他。

一整天上了什麼課Graph完全不知道，儘管他很努力想把這件事忘卻，可當他真的那麼做時，早上所發生的事情又會再度浮現在腦海中，使他忍不住想大聲問自己，那個人是誰？那傢伙到底是誰？為什麼有資格以其他人都不敢使用的稱呼來叫Pakin哥？但卻怎樣都得不到答案。

「Chai哥……那個人還會住很久嗎？」

「Graph先生指的是Win先生嗎？」

「嗯。」既然不能跑去問Pakin，那就來問這個透過後照鏡對著他露出笑容的親信吧。

「這要看他的心情，有時候只住幾天，也有可能會住到一個月。」

「他有這麼大的權利嗎？哥！」Graph驚訝地問道。就他所知，Pakin哥不曾把任何人帶回家住，這就表示那個人比其他人還要更特別，特別到隨時可以自由進出那個家。

「對，他的確有那麼大的權利。」高大的男子臉上仍掛著淺笑，轎車這時停在了建築物的入口，而後他回過頭望向那位正準備下車的少年。

「不過如果Graph先生想知道他是誰，為什麼不試著問問Pakin先生呢？」

「……」

然後被說多管閒事嗎？

Graph用眼神那麼問道，但是並不打算說出口，僅抓起自己的包包迅速下了車，因為他不想談論太多關於另一個男人的事情，只在心中祈求一件事——在他被Pakin哥扔出去之前，麻煩快點讓那傢伙離開。

最重要的是……能不見面最好，要不然肯定會出事。

這個較真的人一邊如此告訴自己，一邊走進建築物內，接著……。

「是Chai去接你的嗎？」

！

冷靜點啊，該死的Graph，冷靜，不准大吵大鬧，不准……。

「不關你的事。」

才剛走進屋內，他就馬上碰上了那個男人。那纖細高挑的男人，儘管只穿著一件露出性感肩頸與鎖骨的寬領素色上衣，以及一件舒適的七分褲，像是在自己家裡面一樣，不過對方所散發出來的氣質卻相當成熟，既神祕又令人好奇，特別是那彷彿能洞悉一切的表情與眼神。然而，這一切卻都使得Graph更加氣憤。

雖然少年告訴自己不能大吵大鬧，但並不表示要以禮相待，而Win非但沒有生氣，反倒還輕輕笑了起來，像是不以為意，可是說出來的話卻……。

「Kin都沒在教導自家小朋友什麼是禮貌嗎？」俊美的男模莞爾地問道，不過眼神卻明顯帶有責備的意味，使得Graph不由得語塞。

「我才不是Pakin哥的小朋友！」

聽的人嘴角勾起一抹笑意，接著說道——

「因為他不要你啊，雖然你很想當，想到身體都在顫抖了呢。」

「你！」

「劈頭就這麼沒禮貌，我看你還穿著學校制服，不管怎樣我……噢不對，應該說，哥好歹也大了你好幾歲，跟比較年長的人講話應該要稱呼哥啊。」

沒等對方講出更多難聽話之前，Pawit就語帶笑意地打了岔，但眼神卻盡是責備，因而使得那位從來不曾向人低頭，也從不需要屈服於任何人的少年，大聲地怒罵。

「為什麼老子要跟你好好講話！」

「叫哥！」

「去死吧！」

「……」

男子靜靜投射過來的眼神，讓少年感覺自己像是被逼進了死胡同，他氣得想要揍對方的臉，氣到連手都在顫抖，最可恨的是，他感覺到自己的潰敗，只因那人笑著說了幾句話。

　　與此同時，另一對原本帶著笑意的眼眸此時不由得沉了幾分，也淡漠了幾分，顯示出了男子的不快。

　　在那之後，男模轉向屋內擺設了許多相框的一隅，手輕輕地撫摸其中一張照片，緩緩開口——

　　「看來要請Kin把沒禮貌的小鬼扔出這棟屋子了。」

　　「你以為自己是誰？Pakin哥絕對不會聽你的話，Pakin哥從沒聽過任何人的話！」

　　「那你想不想看看Kin聽話的樣子呢？」

　　！

　　當那雙漂亮的眼眸一掃向自己，Graph立刻全身僵硬，胸腔裡的那塊肉幾乎就要跳出來了，甚至差點停止跳動。面前這人接著露出了居高臨下的笑容，他的眼神就像是一頭大大的獅子，正在注視著一隻小小的老鼠……宛如Pakin哥生氣時的那種眼神。

　　Graph並不懼怕面前這個人，他怕的反而是某種令人感到窒息的相同氣場，那會讓人覺得，他完全不可能贏得了對方。

　　這個人的地位，就他所見，比Pakin哥身邊的任何一個人都還要高。

　　啪。

　　因此，Graph緊緊握住拳頭，直到雙手顫抖，不過眼神依舊不甘示弱地迎上對方，彷彿有兩團火球在眼中燃燒。他怒不可遏，可是身體、大腦、直覺以及所有一切都在警告他，只要他敢動這人一根寒毛……Pakin哥就絕不會讓他留下。

　　心好痛，心真他媽的好痛啊！

嗖。

　　因此，一副想衝上去揍人的少年，就只能以不共戴天的眼神瞪著對方，接著趕在給自己惹來更多麻煩之前立刻轉身，而後快步上樓走回房間，縱使他的內心已經痛到完全感覺不到腳掌用力踏步時的疼痛了。

　　這時Pawit則帶著戲謔的眼神看向少年跑開的方向。

　　「Graph先生還只是個孩子呀。」

　　「而你的行為，就好像我是個欺負小孩的大人。」

　　當某個人悄悄地走上前來，Pawit原先戲謔的眼神便陰沉了下來，而那讓Panachai僅低下了頭。

　　「我是絕不敢指責Win先生的。」

　　「你剛剛不就已經在指責我了嗎？哼，你是在擔心那個孩子？」Pawit回過頭對上另一名男子的視線，可對方卻同時垂下了眼簾，成了一個不敢注視老闆眼睛的忠心部下。這使得一直把自己控制得很好的Pawit忍不住用力握住了相框，特別是當面前這人又講了這麼一句話——

　　「Graph先生是個很令人擔心的人。」

　　聽的人就更使勁地去握相框，直到手不住顫抖，可他過了一會便深吸了一口氣，然後把手中的東西推出去抵在對方的胸口上。

　　「如果那孩子能再更冷靜一點，或許就能察覺我和Kin其實是親戚……現在可能房間已經被淚水淹沒了吧。」Pawit的唇角勾出一抹笑意，緊接著鬆手讓相框墜落，他非常清楚另一個男人肯定會驚恐地連忙將它接住，最後他說了這麼一句話——

　　「如果擔心，那就去安慰他啊，噢，都忘了，像Panachai這種人，對下屬跟老闆這事分得很清楚。」

Pawit已經走出去了，只留下一片寂靜以及一位長相凶狠的男子正低頭注視著一個相框。那照片中有他的兩位老闆，Pakin先生在右手邊，Pawit先生在左手邊，而他則卑躬屈膝地站在兩人的身後。

那樣的位置說明了屬下就只能是屬下，永遠如此。

＊＊＊

今天Pakin有不少工作要忙，等他回到家，時鐘早就經過十這個數字了，家裡的人隨後向他報告，表示那名和自己很熟的親戚已經出去了，而且看樣子大概在天亮之前不會回來，所以他不用同時為兩個小鬼的事情頭痛了。

其中一個任性又愛吵鬧，另一個則任性卻又老是不吭聲。

「Graph先生都還沒吃飯呢。」

「對呀，晚上的時候也沒下樓，端上去給他又這樣，唉。」

這時，原先打算往上走的大長腿霎時一頓，兩名女傭的聲音從樓梯的一角傳來，使得男人不禁立刻皺起了眉頭。

「這是什麼意思？」

「啊～Pakin先生！」

男人不理會兩名女傭因他突然出現而受到驚嚇的神情，僅望向了女傭手裡的餐盤，接著就發現瓷碗裡的粥沒有半點被食用過的痕跡，凌厲的眼眸因而掃了過去，示意要對方回答。

「晚上的時候，我上樓問Graph先生要幾點吃飯，可是先生說他不吃，所以Kaew嬸就要我端一碗粥過去，可是這看起來好像也完全沒被動過。」

聽到這樣的答案，Pakin不禁眉頭一擰，因為他立刻就意識

到這件事肯定和今早的事情有關。

你可真行啊，固執的臭小子。

「唉，給我吧……噢，把客房的備用鑰匙也一併拿來。」他原先打算直接回房休息，好讓身體舒服一點，之後再去看看那孩子的狀況，但是從這情況來看，可能要改變計畫了。大手直接端走了托著一碗清淡米粥的餐盤，在那之後便轉向從傍晚那時就一直緊閉著的客房門。

『今天早上 Graph 先生看起來像是腳受了傷，我不確定他是不是不小心踩到了玻璃碎片。』

他的下屬報告得很清楚，令人忍不住直搖頭。

篤、篤、篤。

男人敲響了房門，然後耐著性子等待了一會。

「……」

果不其然，房間裡的人是絕不會上前來開門的，不過 Pakin 也不急躁，因為早就預料到了。他就這麼站了一會，剛才那名女傭這才拿著一大串所有客房的鑰匙氣喘吁吁地跑了過來，而等待的那個人只勾起了唇角，然後點了點頭。

吱呀。

正在等候差遣的女傭這時解開了門鎖，甚至還轉動門把，打開門讓老闆進房，而後識趣地關上了門。

咻。

即便房內一片漆黑，可男人的眼角又怎會沒注意到床上那個人才剛拿起棉被蓋住自己，彷彿早就在觀察情況了，而當他一拉開被子，少年便立刻往床裡鑽。

那幼稚的行為使得 Pakin 翻了翻白眼。

「為什麼不吃晚餐？」

「……」

男人搖了搖頭，對於這小子打算跟他玩神經戰而感到有些不快，他單手將托盤放到了桌上，接著走過去靠在大床旁邊，雙手抱在胸前注視著在那張床上把自己縮成一團的人球。

「這種行為並不會讓你變得更可愛。」

「喀。」

男人聽到了咬牙聲，也注意到了稍有動作的身體，彷彿這個人正在壓抑著爬起來揍他的怒氣。他其實只要把晚餐端過來，就能夠直接回房休息了，可對方今早的臉色卻始終揮之不去，而且……。

「先來解決一下今天早上罵我的事情。」

Pakin認為自己並沒有做錯任何事，縱使是面前這孩子誤會了，但也沒有權利這樣子當面臭罵他。

「……」

結果，這小子還在跟他玩神經戰，男人這時語氣冷冷地說道：「你以為我是來哄你的嗎？」

聽到這問題的那個人仍不肯開口。

這小子始終不肯回答問題，Pakin也不打算加入這場誰先回答誰就輸的弱智遊戲，他隨後轉身走向了房門，然後只說了這麼一句話──

「快吃吧，我不希望你死在這裡。」

「黑心！」

那位被包裹在棉被底下的人，最後總算發出了含糊的聲音，而那也使得正準備走出房間的聽者停下了腳步，轉回去注視那團終於不再和他玩遊戲的人球。

「哥真他媽的壞心、黑心、冷血……哥就是個沒有良心的

人！」

「看來你是知道的嘛。」

將臉埋在枕頭上的Graph，把枕頭抓得更用力，他緊咬著牙，強壓下如排山倒海湧入內心的大量情緒，特別是在他聽了Win哥講了那些令人傷心的話之後，對方先前還說什麼有辦法讓壞男人Pakin變得溫順。

有辦法做到嗎？那個人有權力做到那種程度嗎？

一想到這裡，少年就把下嘴唇咬得更用力，直至疼痛⋯⋯只為了不想在對方面前繼續表現出自己的脆弱。

「哥你別來煩我。」他最後還是說出了口，又一次在這個男人的面前表現得像個愛吵鬧的孩子。

砰！

房門已經被關上了，可床上之人卻依舊一動不動，因為他害怕只要稍微一動，那麼從進了房間就一直十分努力克制的情緒，大概一下子就會崩潰，然後接著便破口大罵，做出不好的行為，最後被Pakin哥趕出家門。

「別哭啊，Graph，你不能哭⋯⋯。」

啾。

「嗝！」

Graph反覆地這麼告訴自己，可不一會又因受到驚嚇而大叫出聲。

他腳邊的被子被人快速掀開，腳踝同時還被人用力拉扯。由於受到了驚嚇，Graph差點就把被子掀開來查看，若不是因為⋯⋯。

「你是打算每天都在這裡增加傷口嗎？」

！

那個應該已經走出去的人，又折返回來坐在床邊，然後把他的腳踝拉過去放在自己的膝蓋上。

「沒有讓傷口碰到水吧？」

「……」Graph不回答，不是因為他還在生氣，不是因為他高傲，而是腳踝上的溫暖觸碰令他覺得……疼痛。

「我等一下過來。」

那份疼痛依舊留在那裡，縱使Pakin已經真的走出了房間，而不是像剛才那樣關門騙他，可實際上仍待在原地。

高大的男人帶著醫藥箱再次走了回來，坐到了原來的地方，重新拉起少年的腳放回自己的膝蓋上，此時Graph的上半身仍持續隱藏在棉被底下。

「別大哭大鬧啊。」

揶揄的話語響起，可Graph還是不肯回答，不過他感受到了消毒水落下的觸感，藥水滴在傷口上的劇烈刺痛讓眼淚差點飆了出來，然而Pakin也絕非什麼憐香惜玉之人，少年清楚覺察到了每個清創過程所伴隨而來的疼痛感。

今早由於心更痛，因此一直沒能察覺到這份痛楚。

現在能清楚感受到疼，是因為心臟已經不像原先那麼痛了。

心臟不再疼痛與麻痺，只因某人折返回來幫他清理傷口。

當心臟不再疼痛，身體就重新有了知覺。

同一時間，Pakin也清楚看到了包裹在棉被底下的人在顫抖。那隻搭在他大腿上的腳顫抖不已，要是沒猜錯的話，這孩子肯定正在流淚，他因此無奈地嘆了口氣，把工具收回了醫藥箱，再把它推到床底下，像是知道自己一定會再過來幫這小子處理傷口似的，然後再把少年的腳放回原處。

不過在走出房間之前，那位算是完成任務的人稍微靜默了片

刻，並做了一個決定，接著……。

　　啪。

　　將手輕輕按在了躲在棉被底下的那顆頭顱上，從未哄過人的那個男人隨後這麼說——

　　「我就大發慈悲地告訴你吧……**Win是我弟弟。**」

　　「！！！」

　　砰。

　　「啊，Pakin哥！」已經來不及了，當Graph一回過神，掀開了棉被，那把誤會解開的人早已離去，獨留少年自己一個人傻愣在原處，然而令人難以置信的是，不過就是少少的幾個字，竟使得原本像是快要哭出來的少年露出了笑臉。

　　這少少的幾個字，來自不曾哄過人的男人，而且對方還堅稱……這不算哄人。

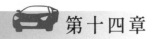

第十四章

名叫 Pawit 的男人

今早是 Graph 搬進這棟房子避難的第三天，而他平常並沒有習慣和別人一起吃早餐，特別是和本該還沒起床的 Pakin 一起用餐，因此今早的情況顯得奇怪。一早六點就下樓的少年，此刻全身僵硬地坐在那，因為臉頰……居然在發燙。

昨天發生的事情仍歷歷在目，那份觸感依舊停留在他的腳踝上，這使得伶牙俐齒的孩子突然間成了個啞巴，因此 Graph 所做的事情就是靜靜地坐著吃飯，並且時不時偷看僅穿了一件長睡褲走下樓的那個人。

「今天 Chai 會請司機過來接你。」

「嗯。」

Pakin 這時候回過頭來注視著那個始終一語不發而且還乖巧答話的人，不由得懷疑對方是否被廚師下了什麼藥。

「傷口怎麼樣了？」

「好多了。」

男人以監護人的角色不情願地問道，而聽的人也配合地回答，他因而立刻皺起了眉頭。

這小子今天真的異常安靜，不過也好。

「那就別再沒事找事讓自己受傷了，你到我家住了兩天，結果兩天都受傷，今天就別再受傷了吧。」男子無奈地說道，然後才想起了某件事。

「噢，說到這件事……是誰准你進我房間的！」

！

少年暗自震了一下，不過他盡可能掩飾自己的驚慌，就算知道另一個男人是對方的弟弟——他從廚房大嬸那問來的消息，據說是熟識的堂兄弟——也無法抹去他偷偷闖入面前這個人的臥房的事實，而這麼做的理由則是……。

是我朋友叫我這麼做的……這太白痴了，蠢Graph。

「呃……我……就是……。」囂張的少年這時竟說不出話來，僅低著頭一邊盯著只吃了一半的美味早餐，一邊在心中思考讓自己脫罪的藉口，眉頭差點打了個死結。

他當然還沒想到一個聽起來比較合理的藉口，除了闖入屋主房間惡作劇之外。

Pakin這時露出了冷笑，接著以同樣冰冷的語氣開口。

「不許再有第二次，而且我也不會再次警告你。」

「可是那傢伙卻可以進去。」被警告了之後，少年便忍不住反駁。

「你講的那傢伙是我的弟弟。」

「不過就只是親戚罷了。」

一有事情可以吵架，Graph就變回了原本的那個人，他任性地這般說道。即使知道他們的地位不同，但還是很令人心痛啊！一副好像男人提到的對象地位比較高，隨時都可以入出他的房間，而自己卻被警告禁止再次進入似的。

總之我就是討厭那傢伙的屎臉。

這樣的想法全表現在他的臉上，而Pakin也正打算說明某件事情，若不是因為……。

「我回來了。」

！

才剛被人嚼舌根的那個人忽然雙手抱胸出現在門邊，少年隨即回頭看了過去。起先一聽到對方進門時的聲音被嚇了一跳，下一秒在見到對方的臉之後，怒意便油然而生，他因此撇著嘴，低下頭繼續吃著自己的早餐，並祈禱Chai哥儘快把那位接手司機工作的人帶過來。

一見到那張臉就吃不下飯了。

不良少年這麼告訴自己，反之剛進門的那個人則微微揚起眉，接著走過來靠著Graph所坐的那張椅子。

啪。

「嗬！別碰我！」

Graph被嚇了一跳，下巴突然被往上推，視線被迫迎上那雙明亮的眼眸，由於男人畫上了精緻漂亮的眼線，眼神因此顯得更加嬌媚，這表示他才剛從昨晚的夜生活歸來。他的美和女人不同，卻也相當性感，相信不少男性絕對會被他的魅力所迷惑。

這男人的魅力，是Graph就算努力到死也無法達到的境界。

啪。

Pawit並沒有因手被人拍開而發怒，相反地⋯⋯。

「看來哭得很慘吶。」就算別人沒有發現，不過少年紅腫的眼袋Pawit可是看得很清楚，他自己是有辦法把它遮掩得不漏半點破綻，但這孩子不曉得方法，所以一看就知道昨天有多難過，他不由得嘆了一口長長的氣。

「抱歉，昨天我確實玩得過分了點。」男模說道，Graph則防備地瞇起了眼。

他是那種會耿耿於懷的人，可沒忘了昨天這傢伙對他講了什麼話。

「看來心情好多了吧？」Pakin簡單問了這麼一句，勾起嘴

角，當弟弟的那個人這時將及肩長髮隨意往上一撥，露出了看起來比昨天還要疲憊的臉蛋。

「嗯，抱歉，昨天心情不太好，所以把全部的事情搞得一團糟。」

Graph聽不懂這兩個人到底在講什麼，他看不出那傢伙哪裡心情不好了，只感覺對方很享受讓他自慚形穢的模樣。而Pawit似乎也心知肚明，因而轉頭看了一下時鐘，然後告訴他的哥哥——

「等一下就讓我送Graph去上學吧。」

「嗝！」名字的主人嚇得大叫了一聲，隨即死命地搖頭，就好像在說，讓這冤家接送，還不如讓他自己飆車去。

可他目前的監護人卻對上自家弟弟的目光並沉默了片刻，然後揮了揮手。

「想把這小子帶去哪裡都行……在泰國會開車吧？」

「昨晚出去還不是能回得來。」

這答案讓哥哥允諾了。Pawit這時毫不猶豫地往Graph的肩頭抓去，然後使勁拉了一把，讓少年很想大叫。

「就讓他去接送吧，在我變得更頭痛之前。」

聽到餐桌上那個男人的這番話，Graph沉默了下來，隨後忿忿地揹起了背包。果然就跟那位弟弟所講的一樣……他有辦法讓Pakin哥聽他的話。

嗯，聽漂亮弟弟講的話，對我卻毫不留情！

糟糕的情緒使得少年揮開了被抓住的手臂，不過他最後還是踮著腳走向停了一輛漂亮汽車的車庫前，Graph這時在心中發誓，倘若再聽到什麼逆耳的言論，他就會完全不給面子地罵回去。

他明顯表現出不快的模樣，使得跟在後方的人露出了笑容。

這孩子就可愛在能直率表現出情緒這點。

　　　　　　　　　　＊　＊　＊

　　高級轎車已在大馬路上行駛了十多分鐘，但一路上車廂裡卻只有GPS導航的聲音，讓原本怒氣滿盈的男孩逐漸感受到壓迫感。以前和Pakin哥在一起的時候，他也曾有過類似的感覺，但多半是因無能為力所帶來的抑鬱感，不過這個人……卻冷冰冰到令人覺得害怕。

　　戴著太陽眼鏡的男人正專心直視著前方道路，Graph因此有機會能好好觀察他的穿著。

　　知名品牌的上衣，昂貴的褲子，從手腕、手指到耳朵統統都被高級品牌的飾品裝點得恰到好處。這男人的穿搭技巧高明到簡直令人髮指的程度，而且他很清楚該怎麼打扮才能成為他人注目的焦點。

　　「這裡比韓國熱多了。」

　　脖子上圍了一條款式時尚的黑色絲巾的男人，一把將它扯掉，然後往後座一扔，Graph也因此看到，對方肩上布滿了愛慾的痕跡。

　　「這個嗎……昨天碰上老朋友了，所以玩得有些激烈。」Pawit這時自己也注意到了，隨即露出了笑容，因為旁邊那孩子避諱地轉向窗外，但淨白的臉頰卻明顯漲紅。這表示長相帥氣的少年儘管看上去像是玩過不少女孩，可實際上卻只是個單純的孩子。

　　我以前是否也曾是這樣的孩子呢？

這位年紀不過二十三歲卻已歷經過許多事情的男子笑著嘲諷自己。

「所以現在心情比昨天好。」

「可是這跟老⋯⋯跟我有什麼關係？」Graph咬牙禮貌地說道，即便自己還在氣頭上。聽到這話的人因而輕輕地笑了起來。

「就因為心情不好，所以你才成了我的出氣包啊。」

「出氣包？」

Graph露出了奇怪的表情，使得握著方向盤的那個男子半開玩笑地說下去。

「昨天太過壓抑沒有發洩出來，所以有點壞，看到有小朋友，就忍不住想要把他弄哭。」

「哥是小朋友嗎？」Graph抗議道，並未察覺自己改口換了稱謂，一點也不覺得難為情。

Pawit此時露出了淺淡的笑容，可是太陽眼鏡底下的眼眸卻沒半點笑意，他接著回答。

「對吧？有時我就像是住在大人軀殼裡面的小孩，一旦得不到自己想要的東西，就會像小孩子一樣使壞⋯⋯不過昨晚都發洩完了，現在覺得有些愧疚，所以才會來贖罪呀。」

Pawit扭頭對著少年笑，帶著像是好心哥哥那樣的笑容，掩飾某些不小心說出口的事情，和昨天的壞心人彷彿判若兩人，看到這一幕的少年一時跟不上對方的思路。

「前天晚上其實什麼事也沒有，只不過由於Kin睡覺時通常不穿衣服，因此他才不喜歡別人闖進他的房間。至於我呢，只是因為剛回來很累，所以一被人拉過去，索性就脫掉衣服一起睡⋯⋯呵，就算我再怎麼隨便，也不會跟自己的哥哥做。」

Graph忽然就對這個人氣不起來了，不曉得是因為對方真摯

的道歉，或是那些清楚明白的解釋。不過更重要的是，他不喜歡對方說自己隨便時的那種語氣。

那讓人跟著感覺到壓抑。

「哥為什麼要跟我講這些？」

可執拗的人卻不甘示弱地轉了回來，刻意裝出一副自己不在意另一個男人到底要跟誰睡，這使得Pawit不住莞爾問道——

「你不是喜歡他嗎？」

！

「要不要我幫你？」

光是第一個問題就讓聽的人身體僵硬得像石化一樣，不敢相信對方居然察覺到了自己的情感，明明認識的時間加總起來還不到一個鐘頭，不僅如此，隨之而來的那個問題，使他立刻對上了正在等紅燈的那個人的眼睛，而這一看，對方肩上明顯的曖昧痕跡也跟著映入眼簾。

「如何？為表達歉意，要讓哥教教你跟男人睡覺的方法嗎？」

比起Pakin哥，Graph現在真的更怕Win。因為⋯⋯他真的非常清楚該怎麼搞定像自己這樣的人。

* * *

「Graph，不可以啊Graph，絕對禁止，Graph喜歡的是Pakin哥，Graph就只能是Pakin哥的！」

「我也沒答應要跟那傢伙睡覺啊。」

「可是他約你上床耶！」

午休時間，綁著馬尾的女孩正悄聲對著好友嚴正抗議，因為

少年告訴她昨晚發生了什麼事情，誰接送他上學，以及對方講了些什麼。

Janjao聽完果然睜大了眼睛，而後猛搖頭，以嚴肅的眼神看著少年，並明確地告訴朋友——

「Graph愛著那位哥哥，那就只能有Pakin哥一個人！跟別人睡並沒有什麼幫助！」

女孩堅持道，使得一時之間有些猶豫的那個人，不知為何鬆了一口氣。

一開始聽到Pawit表示要幫忙的時候，他有些感興趣。

如果我有辦法跟男人上床，Pakin哥會不會更在意我一些呢？

有了這個想法，少年沒回答問題，他只是安靜地坐著，並且在一抵達學校之後就立刻下了車，因為他的心中出現了兩個聲音。

其中一個聲音要他就這麼答應，畢竟他清楚明白那個男人喜歡經驗豐富的人，如果他能改變自己，對方或許會回過頭來對自己感興趣。

可另一個聲音則是堅決地表示反對，因為他只對Pakin哥感興趣，只喜歡Pakin哥，並且只愛著那個男人，光是想像要跟其他人上床，他就受不了了。

心中的兩個聲音使得少年感到十分混亂，所以不知道該怎麼回答對方的問題。

他想引起哥的注意，可是又不想跟除了他以外的其他人睡。

「我完全沒說要答應啊。」

因此，當好友再次替他堅定這個想法時，Graph不由得如釋重負，轉頭對著Janjao露出一抹淺淺的笑容，然後回答問題，讓

聽的人鬆了好大一口氣，抬手用力揉了揉胸口。

「就該這樣嘛Graph……哼，我是不知道那個人是Pakin哥的什麼親戚啦，但是突然這樣開口說要跟Graph上床，我覺得非常糟糕呢。」女孩堅持自己的想法，因為她不贊同朋友藉由跟其他男人睡覺來練習技巧。

至少，Janjao仍是個正值清純年紀的女孩，對於尋覓第一次戀愛、初戀以及獻出第一次的對象抱有幻想，所以，她是絕不可能會讓朋友在心中有個真愛的情況下跑去跟其他人上床的。

啪。

「呵呵，Janjao妳是我媽嗎？」像是鬆了口氣的那個人，忍不住把手放在對方的頭上輕輕擺動，被晃動的那個人不由得微微嘟起嘴。

「就算不是也差不多了，你昨天的狀態讓我擔心得要命。」

女孩朝對方皺了皺鼻子，少年看了變本加厲地搖晃她的頭，然後開口說了這麼一句——

「真的很謝謝妳。」

這副景象使得其他同學真的忍不下去了。

「你們一天不恩愛是會死嗎？忌妒死了！！！」

「臭Janjao，妳不是說支持男人和男人在一起嗎？妳這個叛徒！」

對於班上這對戀人每天都甜甜蜜蜜的景象，各種調侃揶揄的聲音一如既往地響起，但殊不知，那看起來甜甜蜜蜜的舉動，其實完全是在諮詢心理問題呢。

而Janjao當然是堅決表示——她在還沒見過對方的情況下，就已經不喜歡Pakin哥的親戚了！

他怎麼來了？

「嘿Graph，哥來接你了。」

一走出學校，Graph便全身僵硬，因為當他一往前看，就發現了一名男子。

那男人無論是身材還是長相，都和他今早看到的一模一樣，只不過吸引他人目光的魅力又更上了一層樓。

此時，好幾名學生全都偷偷看向一名站在學校前面的高瘦男子。這名身材高䠱的男子雖然身穿名牌衣物，但那並非是所有人看向他的理由，這個男人的魅力所在，是自身所散發出來的某種氣質。那氣質不曉得是因為優雅的個人特質，或是因為他恍如不曾被人碰觸過的水嫩白皙肌膚，又或者是因為……太陽眼鏡底下的那張臉孔。

這人光是摘下太陽眼鏡，接著以鏡腳輕觸嘴唇的動作，再加上微微一笑，就足夠令人難以移開目光。

那人走上前來停在了學校的帥氣不良少年面前，接著……。

啪。

「Graph！ Graph、Graph、Graph、Graph、Graph！ 這個人是誰！！！」

「就我提到的那傢伙啊。」

就在這時，一同走出來準備在上補習班之前先找食物墊墊肚子的好友，隨即抬起手戳了戳少年的手臂，同時語氣興奮地發問。聽的人不禁微微揚眉，但仍配合地回答了對方的問題。

「Graph你快過來！」

「咦！」

Janjao猛地拉著朋友的手臂整整往後退了三步，像是深怕會被對方聽見一樣，在那之後就極度興奮地竊竊私語。

「Graph、Graph、Graph、Graph，我曾經在雜誌封面上看過那位哥哥，他不是模特兒嗎？」

「不曉得，或許是吧？」

難怪，所以才這麼會打扮。

Graph這麼告訴自己，但他不怎麼感興趣，比較令人在意的反而是朋友眼睛閃閃發亮，同時晃動他手臂的反應。

「Graph！Graph一定要答應讓那位哥哥教你！」

「嚇～妳瘋了嗎！」

就這樣，聽的人頓時大叫，使得靜靜站在一旁等候的Pawit微微歪著脖子，饒有興致地望向這一對少年少女。這時Janjao立即搖了搖頭。

「Graph，你先聽我說……」

「怎麼能聽妳的？剛才分明才叫我不准答應對方。」

「哎喲，我又不知道Graph指的是這個人……這個人很安全，可以不用擔心，相信我！」一見少年似乎有些不高興地大叫，說的人便立刻以安慰的語氣回應，在那之後就快速地低語。

「因為我本來以為他是想跟Graph上床嘛，但看樣子絕對不是那麼一回事，我有關注過這位哥哥，他絕對是受，肯定不會趁人之危，他一定不會插你的！我很確定他只會教你技巧，還有綁住Pakin哥的祕訣，所以Graph一定要聽那位哥哥的教導喔，理論跟實踐不一樣！」

有時候，Graph還真趕不上朋友的思路，當下只能張口結舌地注視著面不改色說出「插」這個字的女孩。

啪。

「沒錯，我不會插Graph。」

就在那一刻，原先靜靜站在一旁的那人，突然猝不及防地走

上前來，甚至還把手搭在Graph的肩上，一副十分要好的模樣。

但那不是最嚇人的，最嚇人的是他把那張漂亮得不像是男人的臉蛋靠了過來，接著說自己不會插人，把兩個孩子嚇得目瞪口呆。

在那之後，他又抬起手輕輕地搭在少年的下巴上，再把臉湊了上來，讓Graph能清楚看見他那對冷豔的雙眸。

「但如果Graph想試著攻攻看……又是另一回事了。」

「！！！」

Pawit話一講完便再次挑了一下眉毛，然而聽的人卻已渾身僵硬。

「呃！呃、呃、呃、呃、呃，啊～～我好想尖叫，好想尖叫！！！」就在這時Janjao也跟著渾身僵硬，不過是用手摀住嘴巴的那種僵硬。她迅速地晃動Graph的手臂，不斷發出呃呃的聲音，一副快要發癲的樣子，表情還陶醉得像是看到兩個男人在親熱似的。

啪。

「喂，我不覺得好笑。」少年像是冷靜了下來，他揮手甩開對方，以生氣的語氣這麼說道，戲弄他的人因而忍不住笑了出來。

「開玩笑的啦，我對小孩子不感興趣。」Pawit說道，隨後轉向一旁的女孩，「如果妳放心了，那我就先帶Graph回家嘍？」

咻咻咻咻咻。

聽的人迅速地點頭，她不但放開朋友的手臂，甚至還出手推他肩膀。

「好的、好的、好的、好的，Graph跟這位哥哥回家吧，還

有記得要聽哥哥的話喔，他絕對有辦法教你的！」

　　女孩臨別前依舊不忘叮囑幾句。男孩一聽便皺起眉，可也沒法多說什麼，畢竟他現在也開不了口，因為Pakin那位極度肆意妄為的親戚扣住了他的脖子，然後直接把他帶上了一輛已經停在一旁等待的時髦高級跑車。

　　「那孩子很可愛……你是雙性戀嗎？」

　　「嗝！不是！」

　　Graph聽了忍不住大叫、用力搖頭，Pawit於是對著他點了點頭，迷人漂亮的眼睛隨即變得閃閃發亮。

　　「很好……那就趕快回去準備吧，今晚帶你去個好地方。」

　　「蛤？要帶我去哪？不去！」

　　儘管少年一再拒絕，可對方似乎完全沒聽進去。

＊＊＊

　　「嗝，哥把我帶到哪裡了！」

　　「看不出來嗎？」

　　「看得出來啊！但是哥知道我幾歲吧？」

　　此時的Graph火冒三丈，因為才剛認識不久的人跑到學校接他，甚至強迫他換衣服，在那之後完全沒說要去哪，就這樣把他拖了出來，直到高級跑車轉進了一座大型停車場，然而這裡其實是——市中心知名的夜總會。

　　這是一間看起來相當高級的大型夜店，路邊那些酒館與之相比根本是兩個世界，這棟建築奢華、時尚，店內的服務生也是精挑細選出來的，再加上那些轉進來停放的高級轎車絡繹不絕，更加說明了這個地方和那些一般的店家層級不同。

燈光打向四周，看起來就像是吸引蟲子的篝火，使得被拖過來步入陷阱中的「那隻小蟲子」，迅速回頭望向把他帶過來的那個人。

Graph一開始也很疑惑，為什麼裝扮好之後會被從頭到腳、從腳到頭審視了一遍，甚至還被強迫穿上深色外套，而當他看到面前這個人的裝扮之後，頓時感到相當不安。

這時的Pawit穿了一件刷破長褲，在燈光的照映下露出了漂亮的美腿，另外穿了件深色上衣，寬大的領子開到了其中一邊的肩膀，因而能看到他白皙透亮的肌膚。他的雙手戴上了銀製飾品，此外還畫了精美的眼線，把那張對男人來說太過漂亮的臉蛋襯托得越發標致，也更具魅力。

Graph總感覺對方像是準備來好好發洩一番，但對象絕對不會是他。

縱使少年有不少夜生活的經驗，但多半只是飆飆車，追著某個男人搗亂，或是跟其他班的同學蹺課去小酒館喝喝酒，而不是像這般正式的出來找樂子。此外，他真的很不習慣成為眾人注目的焦點。

雖然明白那些看過來的目光是在關注身旁之人，可還是令他覺得不自在。

「當然知道，十七歲對吧？」

「嗯，他們不會讓我進去的！」

那個因年齡受到阻礙而在許多事情上不便的人語氣強硬道，使得聽的人輕輕笑了起來。

「跟著我，沒人敢攔你。」

年輕男模笑著看了過來，然後篤定地走向了入口大門，讓同行者立即皺起了眉頭，不過他沒有車鑰匙，想待在這裡等也沒辦

法，所以只好躊躇地跟了上去，並猶豫地發問。

「Pakin哥說過要去哪裡都得先向他報備。」

Pawit聽了這話之後瞥了過來，勾起唇角，然後說：「還以為你會更叛逆一些呢，其實只是個被Kin掌控在手裡的小雛鳥。」

「我不是Pakin哥手裡的小雛鳥！」一聽到那種話少年就忍不住發火，所以不禁語氣強硬地反駁，而拿話激人的那一方，就只微微地笑了笑。

「若是那樣，就證明給我看啊。」男模一邊說著，一邊走向守在門外的保鑣。

「未滿十八不得進入。」

果不其然，他們在大門口前就被攔了下來，因為就算Graph裝扮得再怎麼體面，但他那帶著孩子氣的清秀臉蛋，一看就知道尚未成年。

Pawit隨即抽出一張卡遞到他們面前，而後帶著冷冷的笑容問道：「這樣能進去了嗎？」

看到那張卡之後，保鑣們顯得很吃驚。

「可以、可以，請進，祝您玩得愉快。」

那模樣不禁令Graph感到疑惑，因為他從沒想過自己能夠進到這個地方。

這個地方，Pakin哥經常過來，不過他跟不進來。

「哥是怎麼做到的？」

這個問題使得對方露出一抹淺笑。

「如果有老闆當靠山……就簡單多了。」男模這麼說道，接著就把少年帶進了宛如另一個世界的夜店裡。

這裡的氣氛隱密但不晦暗，播放的曲聲能帶動情緒卻不嘈

雜，人潮眾多卻不擁擠，彷彿店內的一切都被設計得恰到好處，顧客們因此能完全放心地將全部壓力釋放出來。

「哥認識這裡的老闆嗎！」

Graph大聲問道，可帶著他經過大型吧檯以及一大堆人潮，一路前往二樓樓梯口的那個人，僅聳了聳肩，沒回答問題。直到走上二樓樓梯的途中，向守門的員工出示卡片，Pawit這才回頭對上他的目光，接著露出壞笑。

「這裡……是Pakin哥的好朋友開的……你連這件事也不知道？」

不……不知道。

Graph只能在心中這麼告訴自己，因為他完全不曉得這裡是Pakin哥的好朋友經營的，其實他甚至一次也不曾見過對方的朋友，他見過的人，就只有那些被稱之為「手下」的人。他不禁掃視了一下四周，緊接著快步跟上正要走上二樓前往貴賓室的那個人。

「那表示Pakin哥時常來這裡，是為了來找朋友嗎？」

「如果你想得那麼天真的話，或許是吧。」

對方這時越過他的肩膀指向樓下一群俊男美女，不同於只有桌子和飲料，像私人空間一樣被區分開來的二樓。Graph為此再度愣在當場。

「Kin來這裡就和我一樣……和這裡的所有人一樣……。」Pawit的嘴角勾起一抹笑，越發突顯出這個男人的邪惡。接著他說出了讓叛逆少年全身僵硬的一句話。

「來發洩的。」

他說完又笑了笑，接著走向一張可以看到樓下的桌子。這時候Graph只能看著四周，然後發現……自己和Pakin哥是兩個世

界的人。

雖然他頂著知名政治人物兒子的頭銜，可這種燈紅酒綠的夜世界，他卻是一點概念也沒有。

「**Scene**哥在嗎？」

這時，Pawit轉頭詢問恭恭敬敬鞠躬哈腰的服務生。

「今天沒來。」

「唉，白跑一趟。」聽的人嘆了好長一口氣，而後揮揮手表示沒關係，接著轉回來注視著仍愣在一旁的人。

「坐啊。」

雖然Graph有些不高興，但還是坐了下來，看向對著他笑的那個人。

Pawit語氣輕鬆地說道：「帶你來這裡感受一下氣氛，讓你明白自己要克服的是什麼，你的外表就算再怎麼叛逆，但在哥眼中終究只是個單純的小鬼。多認識一下這個世界，才能有辦法贏得了他……只求別像我一樣對世界了解得這麼透澈就好。」

說到最後，Pawit的語氣頓時轉冷。他替尚未成年的孩子點了一杯甜甜的飲料，隨後起身，彎身在對方耳邊低語。

「等一下再過來，我要先去玩一下。」

話一講完，Pawit就拋下了一同前來的人，讓他一個人坐在那，自己走下樓。

Graph見狀，稍微咬了一下自己的唇。他憤怒，但卻無法反駁。

對，他對這樣的世界一點也不了解。

他懂酒，懂香菸，懂馬力很強的車子，懂鬧事的方法，可當他置身於一堆尋歡作樂的人群中，竟覺得不自在，想回家，想離開這裡。但他再仔細一想，這個他想逃離的地方，是那個男人喜

歡的場所。

這樣的差距太懸殊了。

「就因為我還是個孩子嗎？」Graph咬緊了牙根，可是他真的沒法反駁。

我到底該怎麼做Pakin哥才會對我感興趣？還要再花幾年的時間才能像Win哥那樣？

這個問題讓少年往樓下望去，為了找尋帶他來的那個人，接著他睜大了眼睛，就在這時……。

啪嚓！

「啊──」

「嗚！！！」

Graph受到驚嚇地大叫，因為剛剛才離去的那個人，正拿起酒杯朝一名男子的臉砸了過去，酒杯因而砸中了吧檯，碎成一片一片，附近的女子也因受到驚嚇而放聲尖叫。

少年連忙起身，因為他看到了對方的表情，即便只是遠遠地一瞥……。

就像Pakin哥會露出的那種神情。

那雙眸子投射出駭人的眼神，Graph見狀立刻往樓下衝去，他不曉得自己為什麼要去阻止，可他心想，如果不阻止……絕對會變得很恐怖！

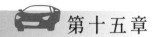

第十五章

無端的禁令

Pawit最討厭的就是搞不清楚狀況的傢伙，特別是他已經好聲好氣警告過的狀況下。

男模把一起跟來的人安置在安全的地方後，便自己走到樓下，擠過人群走向了大型吧檯，準備替自己點杯飲品，然後釋放從回到泰國後就鬱積在心中的某些情緒。

今天他不打算搭訕任何人，也不希望有人來搭訕。

Pawit很久以前就察覺到，最能夠和自己獨處的地方，就是在人群中。

雖說不是一個人，但卻像是一個人。

獨自一個人待著，一個人思考，沉浸在大量的思緒裡面，實在⋯⋯太寂寞了。

所以無論別人怎麼說，Pawit就是喜歡這種氣氛，在一片照亮暗夜的燈光當中，藉助會令人沉醉的飲料放鬆身心，忘卻所有不斷在心中重複的事。可他都還沒來得及照著內心的意思去做，還沒來得及說出任何一句話⋯⋯。

啪。

「好久不見了，Win。」

一名男子走上前來，竟直接抬起手摟住他的腰，親暱地把他往自己身上拉，Pawit只好斜著眼看了過去。

這混蛋是⋯⋯喔。

「昨天不是才見過面嗎？」

對，他隱約有印象，這個男人是他剛回泰國那時，曾一起滾過床單的人，至於昨天……好像有碰到面。

　　「對，不過你昨天跟Scene在一起……今天輪到我了。」

　　不光說說而已，對方甚至把那張英俊好看的臉往下探了過來，但眼裡閃著不懷好意的精光，男模只好歪著脖子閃避。

　　「不好意思，我想我應該不認識你，而且就算曾經認識……我也不想記住。」Pawit冷冷一笑，推開對方的胸口，刻意轉身面向櫃檯。

　　啪。

　　「不記得前夫了嗎？」

　　！

　　就在那一秒，男模起初愉悅的眼神瞬間變了樣，先是閃過一絲冷漠，接著開始盈滿怒意。可講那些話的人卻全然沒發現，因為他的臉正往下移，嗅著對方脖子上所散發的體香。這時Pawit站著不動，不過手卻伸向附近一位美女的飲料杯。

　　嘩。

　　「啊！」

　　顏色漂亮的飲料被澆在男人的頭上，澆人的那一位甚至還鬆開手中的玻璃杯，使之掉下來砸中對方的臉，接著再彈開來摔在吧檯上，那附近的人因受到驚嚇而放聲尖叫，遭殃的那人此刻勃然大怒地抬起頭。

　　「喂！你在幹什麼！」

　　「我還能做更過分的事，要試試看嗎？」

　　Pawit僅冷冷一笑。儘管他外型纖細，又長得好看，可這麼一眼掃過去，對方竟不自覺地往後退了幾步。

　　啪。

「知不知道我是誰？還有，要是惹我不高興，你曉得會有什麼後果吧……？」

男模已抓起另一個酒杯，對方因而睜大了雙眼，因為他才剛想起自己曾經品嚐過的這個男人，是某個人最親愛、最為保護的親戚。男子原本還衝上去揪住男模的領口，後來就只能往後退，注視著抬起手企圖再次把酒杯砸在他蒼白臉上的人。

啪。

「Win哥！！！」

某個人竟然及時衝上來抓住了男模的手腕，他因此暴跳如雷地迅速回過頭。

「哥是在發什麼瘋？」

雖然Graph在大聲吵嚷，可男模卻感受到了……關切。

少年眼中帶著毫不掩飾的關懷。那率真的眼神，竟意外地讓怒氣削減了幾分。

「哥千萬別在這裡鬧事啊！」

「我可不想讓成天只會惹事生非的人來教訓我。」Pawit平淡地說道。

理智逐漸回籠後，他慢慢地放下酒杯。而Pawit也不打算告訴少年，他是如何得知這種事情的。

他人雖不在泰國，不過對泰國這裡的動向倒是瞭若指掌。

除此之外，沒錯，他很清楚如果鬧出事端，某個人就會出現。

「Win先生、Graph先生，你們有沒有怎麼樣？」

「啊，Chai哥，你怎麼會來這裡！」少年不由得大叫了一聲，轉身望向不知從哪裡冒出來的大個子。

Panachai這時露出了淡淡的笑容，他把手伸進西裝口袋裡，

拿出一張名片放在吧檯上，然後對著員工笑了笑。

「把帳單寄過來，我們會賠償這裡的損失。」

話一講完，Panachai便把視線掃向那名身上被酒淋溼的男子，他上前走了兩步，在對方耳邊悄聲說了幾句話。

Graph不清楚Chai哥究竟悄聲講了些什麼，只不過⋯⋯。

咻。

該名男子隨即睜大了眼，然後迅速轉身，馬上鑽了出去。對著人家竊竊私語的那人隨即回過身來露出一抹笑容，依舊是那副面惡心善的模樣。

「要一起回去了嗎？Win先生沒事先告知Pakin先生說要帶著Graph先生外出，Pakin先生很擔心呢。」

「擔心!?」Graph果然不解地重複了那句話。他一臉不可置信，像是在看怪人般的注視著Chai哥。

可Pakin哥的左右手僅對他笑了笑，伸手比向了另一個方向，全程不去看另一名老闆的眼睛，直到Pawit轉身，然後朝著出口走去。

「欸，Win哥⋯⋯這都發生了什麼瘋狂的事啊！」Graph大聲呼叫，然後連忙跟了出去。

而前來找人的那個人則穩穩地跟在後方，不急不躁，彷彿跟在兩位老闆身後十分輕鬆自在，但倘若有人低下頭去注意Panachai的手，那麼就會發現他雙拳握得有多用力，以致於差點就要瘀青。

* * *

「回來了嗎？」

是誰說Pakin哥會擔心的？

Graph不由得撇嘴。他一走進氣派的豪宅，隨即發現屋子的主人正坐著看手機，大腿上還擺了一臺漂亮的MacBook。男人只是隨口問了那麼一句，彷彿一點也不關心自己的親戚還有寄人籬下的那一位究竟去了哪裡，少年因此忍不住回頭看向Panachai。

不是說他擔心嗎？哥瞎掰的吧？

少年用眼神那麼問道，因為就連他站在對方面前，對方也完全沒抬頭看他一眼，最重要的是，那男人甚至沒看他做了什麼樣的打扮。

「我回不回來，哥哪裡關心了。」少年因此忍不住語氣憤懣地說道。

Pakin聽了便抬起頭來對上他的眼睛。

「你違反了我的規定。」男人像是責備般語氣凌厲地說道。

聽的人這時聳了聳肩，「是Win哥自己帶我去的。」

這個答案讓Pakin沉默了半晌，他再次靠向沙發椅背，隨後搖了搖頭。

「那就當作你已經報備過了吧。」屋主那麼說道，因為他曾經講過，Graph去哪都要告訴他、他的親信或者是管家。然而，當Graph和他熟識的親戚一同前往，他們三個當中的其中一個就能藉此知道Graph去了哪裡，既然這樣，就沒有必要再和這個任性的小子起口角。

「我去找Scene哥了。」

「你說什麼！！！」

後續跟上來的人此時語氣平淡地開口，使得握有權力的大帥哥從原先輕鬆的狀態倏然一凜，凌厲的目光掃向了自己的表弟。

那眼神令 Graph 忍不住覺得⋯⋯恐怖。

可 Pawit 絲毫無畏那份恐怖，甚至還說了——

「我剛才帶 Graph 去找 Scene 哥。」

砰！

嚇！！！

話一說完，Pakin 腿上那臺精美的 MacBook 就這麼摔落地面，可它的主人卻一點也不以為意。比其他人更具權威的那個男人直接站了起身，原本就已經十分凶悍的眼神變得更加暴戾，彷彿眼中掀起了一陣巨浪，話音冷到原本敢直接面對他的 Graph 也不禁寒毛直豎。

「你說什麼？ Pawit ！」

直接喊真名就表示，Pakin 現在相當憤怒。

「我說，我剛才帶 Graph 去找 Scene 哥了。」

就在 Graph 不自覺向後退的時候，另一個男人卻上前面對 Pakin，帶著淺淡的笑容這麼告訴自己的哥哥，甚至還挑眉，像是在說「有什麼問題嗎？」。

「Pawit ！！！」

「我記得自己的名字，Pakin 哥。」

這一回，是少年第一次聽見男模完整地叫出自己哥哥的名字。Pakin 凌厲的雙眸灼灼發亮，而後一把抓住了男模的肩頭，用力捏緊。

男人原本隱藏著憤怒情緒的臉，就在此時，勾出一抹笑容。

那抹笑容可怕至極，使得敢和 Pakin 面對面的這個人，臉上的笑容逐漸消失。

「知道的，對吧？哥現在就能把你送回韓國。」

！

用來稱呼自己的代名詞改變了，表示他正以哥哥的身分在施壓，不打算任由弟弟隨心所欲想幹嘛就幹嘛。Pawit差點就要瞥向另一名站在房間角落的面惡男子，不過他及時克制住了自己，並試圖甩開肩膀，接著語氣平淡地說：「可是Scene哥不在。」

「……」

Pakin微瞇起眼睛注視對方，過了一陣子之後才肯鬆手。

「也好。」

那之後，Pakin回頭望向摸不著頭緒的Graph。少年不明白這位叫做Scene的男子到底重要在哪，怎麼會把對方氣得如此暴跳如雷。

難道是Pakin哥的……炮友嗎？

擅自浮想聯翩的少年倏地咬住嘴唇，直至發疼。

「從今以後，不准你再去那間夜店。」

大個子強硬的語氣以及投射過來的銳利眼神，讓Graph明白這是命令，少年不由得把嘴唇咬得更加用力。

他無法理解這道命令，也不想去理解，只知道自己一聽到對方制止，心中便竄起一股怒氣，再加上那顆愛胡思亂想的腦袋，以為對方又認為他在製造麻煩了，那麼拿酒杯砸人的弟弟呢？

自己不過才剛跨進對方的世界，結果卻猝不及防地被踢了出來。

每次都這樣，無論他多麼努力想要接近Pakin哥，可對方就是會把他推開。

「如果我硬要去，哥能拿我怎樣？」

怒氣使得任性的孩子開始耍小性子。他毫不畏懼地凝視著男人的眼睛，縱使那眼神都快要可以殺人了……不，它們不像燃燒的火堆那般剽悍，而是冷冽得令人揪心，讓人下意識不敢跟他作

對。

這問句讓男人步步逼近。

「別惹我生氣比較好，Graphic。」

冷漠的語氣令心臟冷得顫抖，少年只能凝視著那對流露出暴戾之氣的眼眸，沒有半分退讓，不像他被追捕那天前來搭救的那個人，沒了曾經抱著安慰他時的那點心軟，那些……統統都不見了，對方就只把他看作是敢違背命令的手下罷了。

這種眼神使得胸口裡面的那塊肉令人難以置信地疼痛了起來。

啪。

「對，不管我做什麼，哥都不會看在眼裡，哥本來就不曾關心過我，不過是多做了一件讓哥生氣的事情，應該死不了吧！」

少年朝男人的胸口推了一把，並對著他咆哮。一旁的Pawit見狀隨即走了過來。

「沒錯，既然哥不關心Graph，那哥為什麼要在意我帶Graph去找了誰？」

！

Pakin原本打算上前拉住少年的手臂，再把違背命令的小鬼扔進房間鎖住，讓他好好反省。可Pawit卻先一步以歡快的語氣打了個岔，還一副老神在在的模樣，讓Pakin立刻就賞了自家弟弟一記冰冷的眼刀。

「聽說哥輕易地把Graph給了別人……不過就是給了Scene哥，哥沒必要在意吧？」

「Pawit ！」

Pakin又一次大聲吼出弟弟的名字，不過男模也不甘示弱，特別是當他瞄向正努力抬起頭和老哥對抗的那孩子時。

一看到少年鼻尖開始泛紅，眼中也逐漸流露出難過神色的模樣，他就覺得自己必須得幫忙。

「我只是帶Graph去見見世面。」

「Scene那傢伙就是不行！」

「為什麼不行？那我呢，哥還不是有帶著我去認識？」

「……」

Pakin沉默了一會，注視著這個曾經比現在還要沉默、還要老實、還要可愛的弟弟，但一切全都變了，只因為自己毫不考慮後果的行為——就是帶著他去找自己的好友，而他明明知道那個人跟自己的性格有多像。

「所以才讓你變成這個樣子嗎？ Win ？」

說完，Pakin笑了。可這普普通通的一句話，卻令人難以置信地傷害了聽者的心。

Pawit今天之所以會變得那麼開放，都是拜Scene哥……那個教他所有第一次經驗的人所賜。

「可是哥不也喜歡那種人嗎？」和哥哥壞得不相上下的人開口反駁。他不給那個大權在握的人有開口訓話的機會，溫柔得令人沉醉、卻也冷得令人著迷的嗓音接著響起。

「如果Graph變成這樣的人，哥應該會喜歡吧？漂亮、可愛、迷人……而且床上功夫了得。」

「……」

一見自己的哥哥沉默，弟弟便悄聲繼續說下去。

「Scene哥有辦法把Graph教成那種人喔，哥哥。」

「呵。」

！

胸有成竹地以為哥哥肯定會做出什麼反應的Pawit，後來卻

成了沉默的那一方，因為他看到原本怒氣沖沖的那個人正在發笑。

笑聲隱隱約約地從喉嚨裡傳了出來，接著變得愈來愈大聲，彷彿像是聽見了什麼極度爆笑的事情，在那之後，Pakin露出了一抹笑容。

「就憑這小子？呵，就算有幾百個Scene也沒辦法把他教得讓我感興趣的。」

！

短短的一句話，卻傷透了少年的心，甚至讓他激動到哭了出來。

Graph的雙手顫抖，眼眶泛紅，心臟像是被面前的這個男人親手踐躪過，一股感到悲哀的情緒同時湧上了心頭。

他知道，不管再怎麼努力，Pakin哥也絕不會把他看在眼裡。

「……」

「……」

同一時間，這對兄弟靜靜地四目相望，各自互不相讓，就在這一刻……。

咚。

「噢！」

突然一支手錶不偏不倚地砸中了Pakin的背部，男人憤怒地立即回過頭，接著便看到正壓抑住哽咽，肩膀不住抖動的少年。

將嘴唇咬到發白，身體因憤怒而不住顫抖的男孩，在偌大的客廳裡高聲怒吼。

「我想幹什麼是我的事情，哥沒有資格來阻止我！給我記住了，你這個倒楣哥哥！！！」

吼完這句話，才剛把閃閃發亮的昂貴手錶往Pakin背部砸去的那個人隨即轉身，迅速地跑了出去，可是客廳裡的幾個男人又怎會沒看到少年用手背在臉上擦來擦去的動作。

　　見到這種情況，只有Pawit勾起一抹笑容。

　　「對呀，Graph想幹嘛是他的事情。」

　　「不准帶那個孩子去找王八Scene！」一拉回到原來的話題，Pakin便以惡狠狠的語氣命令自己的弟弟，聽得男模微微歪著脖子。

　　「為什麼？Kin……你打算永遠把那孩子跟Scene哥區隔開來嗎……？」

　　「別越線！」

　　男模得不到那個問題的答案，Pakin只以危險低沉的嗓音與瞪向這邊的駭人眼神回應他，這使得一見到哥哥發怒便意會過來的那個人微微笑了笑。

　　「既然哥不在乎他，那就沒必要去在意Graph想……跟誰上床。」

　　話一說完，Pawit再次朝對方笑了笑，接著轉身，擦過Panachai的肩膀走出了客廳，像個勝券在握的人一樣。

　　獨留下站在原地不動的Pakin，不過他並非挫敗地傻愣在那，而是一臉兇狠地默默站著，看得Panachai只能低頭注視著地板。

　　此時的老闆，已經被那兩個聯手作亂的孩子氣得怒不可遏。

＊＊＊

　　就算Graph再怎麼不希望早晨的到來，卻也無論如何都無法

避免。

今天一早，少年完全不想面對那個男人，也不想和他見面、說話、聽他講任何事，並不是因為對方毫不顧及他的心意，也不是因為他讓自己傷心難過，而是他不希望讓對方看到自己脆弱的一面。

那份脆弱，深深地刻在了像是整夜沒睡、而且還哭過的紅腫雙眼上。

他十分厭惡為了Pakin哥而流淚的自己，也討厭始終無法放棄Pakin哥的自己。

拿著一杯咖啡坐在飯廳裡等待的男人正注視著少年，眼中沒有半分溫暖，只有因昨晚那件事而殘留的不滿。

注意到男人的存在，Graph正要走進飯廳裡的雙腿不由得一頓，隨後又轉過身去。

「要去哪？」

「哼，我是學生，還能去哪？」一聽到對方強硬的語氣，Graph便停下了腳步，接著忍不住握緊雙拳。

Pakin繼續開口。「好好地坐下來吃早餐。」

臨時監護人的命令，讓聽的人很想轉身把碗裡的稀飯潑到他臉上，可Graph只能轉過身，然後大步走向餐桌，一把拿起幫傭一看到他就立刻倒入牛奶的杯子，緊接著咕嚕、咕嚕地一口氣喝光它。

咚。

「我吃完了，可以走了嗎？」

「……」

這時，兩雙眼睛靜默地對視，整個飯廳籠罩在沒人敢輕舉妄動的抑鬱氛圍之下，家中的大人後來才緩緩地點了點頭，但還沒

等 Graph 移動步伐……。

「可以……但記住，你不准再去那間夜店。」

又來了，老子只是想走進這個男人的世界，有這麼罪大惡極嗎？為什麼啊？為什麼要這樣子推開我！

一提到昨晚讓自己感到委屈的緣由，聽的人就只能咬牙、握拳，然後勉強把憋屈的感覺吞回喉嚨，注視著那對凌厲眼眸，它正表明了這是在命令，不是在請求，不是敘事句，是這個男人規定別人得遵守的事情，而所有人也必須遵守。

但不會是……才剛被傷透了心的人。

Graph 這時笑了，那笑容讓看的人不禁瞇起了眼。少年接著毫不保留地大聲地說道——

「我爸都沒辦法命令我了，哥以為自己是誰？」

咻。

「Graphic！」

話一講完，少年立刻大步走出了飯廳，這時身後傳來危險男人的咆哮聲，不過他不以為意，就算 Pakin 哥扭斷他的脖子棄屍，他還是會再去那間夜店。他偏要去見世面，要親眼看看那位叫做 Scene 的倒楣傢伙到底是誰，怎麼有辦法把對方氣成這樣。

沒關係，Pakin 哥不給，我就自己去找 Win 哥討！

這位昨天還很厭惡男模那張屎臉的人，今天卻對人家卸下了心防，因為對方昨晚的袒護讓他明白——

Win 哥或許很可怕，可是比 Pakin 哥善良了不曉得有幾倍。

帶著這個想法的人迅速跑上了已經等候在一旁的車子，而正準備把固定司機介紹給少年的 Panachai 也沒表示什麼，僅對著手下點了點頭。

Graph 先生今天的神色，看起來一點也不適合談論事情。

少年那痛苦的神色，全是因為他的老闆。

他老闆雖然對外人心狠手辣，可這麼多年來卻盡可能地一直替這孩子擋掉所有的危險。

＊＊＊

『我今天要蹺課喔，Janjao。』

『怎麼了嗎？Graph？』

『我現在什麼話都不想說。』

這是兩名少男少女在上完早課之後的對話，Graph轉頭告知自己那位看起來相當憂心的好友，她雖然很想問，但最後還是點了點頭，然後表明會幫忙拿講義。這個今天看起來眼神相當空洞的人隨後大步走了出去，躲避時不時出來巡邏的老師，直接前往學校後方那個經常和別班同學們一起鬼混的據點。

今天這裡沒人，也好，Graph也不想和任何人交談。

砰！

帶著這個想法的人將書包往下丟到石椅上，在那之後躺了下來，把腳放在另一張石椅上，再把頭移到書包上，抬起雙手遮住自己的臉，然後閉上眼睛。

一閉上眼，昨晚的畫面便再次鑽進了他的腦中。

那畫面是一個眼神冷漠的人，說著……自己就算努力到死，也入不了他的眼。

「操他媽的眼淚！」

Graph緊咬著牙，可努力忍住的淚水最後仍再度滑落，令他心生厭惡。他一直都討厭脆弱的自己，但無論再怎麼抑制，那令人煩躁的透明水珠仍奪眶而出，所以他只好用兩隻手緊緊蓋住自

己的臉。

「別再哭了混帳 Graph ！」

「對呀，眼淚沒辦法解決任何事情。」

忽然在頭上響起的聲音，讓原以為自己是一個人的少年頓時被嚇得渾身一震。他把手放了下來，讓人看到他布滿淚水的臉蛋以及因驚嚇而睜大的雙眼。眼前是一名和自己一樣身穿制服的男學生。

高䠷少年儘管剪了一頭像是軍校生的短髮，卻一點也沒減少他好看的程度，相反地，這樣的短髮很適合他銳利的雙眼、高挺的鼻梁以及稍微勾起淺笑的唇瓣。

緊接著，對方遞來了一條深色手帕。

「要先擦一下臉嗎？ Graph 弟弟。」

「你到底是誰？」

果不其然，Graph 一回過神之後就立刻起身，用手背在臉上擦了一把，一臉防備地緊盯這個看起來和他年紀差不多的人，而後語氣不善地問出口。

對方見狀沉默了片刻，接著抬手稍微撓了撓自己的頭。

「真的不認識我嗎？」

「不認識。」

Graph 當然不可能輕易地接過那條手帕，對方見狀不禁微微嘆了口氣，然後把手放了下來。他的不認識，似乎讓對方的自信心受到了嚴重打擊。

「我叫做 **Night**，就讀高三，是學生會成員，而且現在正打算把蹺課的孩子抓回去教育——」

啪。

對方的話都還沒講完，Graph 就抓起了書包，作勢要從這個

地方衝出去，趕在被那什麼爛校規處置之前。可對方的動作卻還是快了一些——Night抓住了Graph的肩膀，甚至還把人按回石椅上，自己則站在他的身後。

「開玩笑的啦！如果抓了你，我也會跟著遭殃。」學長一派輕鬆地說道。

可是Graph卻一點也不覺得輕鬆，他甩開了對方的手，不是很高興地注視著對方。

這他媽的都什麼鳥事啊？我想一個人待著，卻冒出了這個狗屁學長，而且不知道他到底在胡扯什麼。

「我也蹺課了，昨晚跑去玩啦，回到家都已經凌晨三點了，今天睏到上課都聽不進去，本來打算去保健室找些樂子躺著休息，結果卻先碰上了高二的名人……不過我們其實昨天晚上就見過面了。」

「！」

正打算伺機逃離奇怪學長的少年立刻停了下來，他回頭對上了面帶笑意的那個人。

「Graph跟那位男模是什麼關係啊？」

這傢伙昨晚也在夜店裡！

一想到這裡，抓著書包背帶的手頓時鬆開來，使之墜回原處。Graph審視面前這位學長的眼神變得更加小心翼翼。這位學長的長相英俊，性格似乎不錯，看起來人畜無害，因此難以讓人相信他有辦法進入那種地方，所以Graph想進一步確認。

「學長未成年。」

「可是我跟夜店的老闆很熟。」

「你跟那個王八Scene哥很熟！」聽到這話Graph睜大了雙眼，大聲反問道。

對方見狀愣了一會，接著才又爆笑出聲。

「從來沒有人會用王八來稱呼Scene哥呢……難道你跟那位哥哥很熟嗎？還是說……。」Night沉默了一下子，接著又微微搖了搖頭。

Graph見了也不敢妄自推測。不過從昨晚就氣到現在的他，很想任性地報復那個壞心的男人，因而立即回答——

「我想要見Scene哥。」

「……」

面前的學長沉默了下來，接著才一屁股坐到了他的旁邊。

「你對Scene哥有興趣？」

學長小心謹慎地問出這個問題，Graph隨後斬釘截鐵地回答。

「對。」

這個答案讓對方稍微嘆了口氣，接著眼睛像是燃起希望般的閃閃發亮。

「如果Graph對Scene哥這種男人感興趣，那我……也有希望嘍？」

這番話讓聽的人摸不著頭緒，只能注視著那張正朝自己露出燦笑的黝黑俊臉。

「今晚學長帶你去。」

這才是Graph想聽到的答案，他也想看看那個叫做Scene的男人到底有哪裡好，才會讓Pakin哥這種人氣得暴跳如雷。然而確定的是，那樣的憤怒，比其他任何人都還要傷他的心。

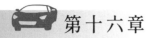

第十六章

違反禁令

咹嘟！

砰！！！

「Yes! Strike^{（註）}!!!」

「學長把我帶到什麼地方了？」

「啊，就保齡球館呀，你沒玩過嗎？」

當下Graph很想把眼前這個高三學長直接宰了塞進馬桶裡。宣布高中生已經可以離校的下課鈴聲響起後，學長就把他帶往校園後方，取回被停放在隱密處的車子。一開始少年還有些猶豫，可當他一想起今早那冷漠的眼神，便直接跳上車，直到抵達了這裡——市中心的一家百貨公司。

起初Graph只是想說那個王八Scene或許是來這裡辦事，所以對方才會帶他過來，可沒想到那個該死的Night學長居然把他帶到了頂樓，付了保齡球遊戲的費用，還租好了鞋子，接著就如眼前所見……對方竟然為每一次的全倒而狂喜，使得隨意扔扔想快點結束遊戲的人皺起了眉頭。

那個王八Scene哥絕對不在這裡！

目光掃過整個保齡球館的人在心中這麼想。由於正值下課時間，因此這裡到處都是成群結隊來打保齡球的國高中生，再年長一些的有大學生，但是像Pakin哥這樣的人……噢不，應該說是

（註）指保齡球遊戲中的全倒。

和Pakin哥同樣級別的人，是絕對不會出現在這裡的。

他想像不出那個男人出現在這裡的畫面，包含他的朋友也是。

如果是Pakin哥學生時期的朋友或許有可能，可現在，賽車場大概還比較適合他。

「我知道這裡是保齡球館，所以那個Scene哥到底在哪裡！」

面對這個問題，Night僅回過頭露出一抹帥氣的笑容，接著遞了一顆保齡球到他面前。

「輪到Graph學弟嘍。」

Night說完就朝著顯示Graphic的記分板點了點頭，然而0／0的成績說明了男孩不想玩、沒興趣玩，只想得到他為什麼得在這裡浪費時間的答案。沒錯，Graph是逃出來的，他沒告知司機，沒有打電話報備，沒想過要告訴任何人。

「我不想玩！」

Graph推開了另一個人的手，使得十磅重的保齡球稍微偏了一下，不過Night及時向上揮動手臂，像是在抓籃球一樣單手抓住了它，在那之後，頂著軍校髮型的可惡少年對他露出了笑容，接著提議道——

「如果贏不了我，我就不帶你去。」

「你！」

「要叫Night學長，我現在是高三生，聽過先來後到吧？」

Graph只能惡狠狠地瞪著對方，可學長卻無所畏懼，除了保持原樣站在那兒對著他笑，他只好站起身來。

「拿來！」最後，那個沒興致玩、沒想過要玩，也無意贏過對方的人，隨即抓起對他來說有些沉重的保齡球，轉回保齡球道

後緊咬著牙。

「不會玩？」

「不是！」哪有人會直接承認自己完全不會玩？

Night搖了搖頭，雙手一攤，像是在說「你說會就會吧」，在那之後往後退了開來，雙手環抱胸前站到了一旁，注視著連保齡球都不會拿的人，因此……。

砰！

被拋出去的保齡球撞到了地板，發出砰然巨響，而拋出去的速度和力道卻一點也發揮不了作用，因為它前進的方向是……球溝。

「呵呵，哈哈哈哈哈！」

「你笑屁啊！」

「沒笑～」忍不住笑出聲的學長連忙否認，他又雙手一攤，望著被氣到齜牙咧嘴但就是不肯服輸的學弟。

男孩趾高氣揚地走過去抓起一顆新的保齡球，並丟出了第二輪，然而結果還是一樣。

「我操！」

怎麼又洗溝了？

這一回Night無法自拔地放聲大笑，吸引了隔壁球道幾個女孩的目光，她們因此往這邊瞥了一眼。如大家所知，這裡有兩名不同類型的帥氣少年，就算吃不到，若不多看幾眼，豈不可惜了？

此時，那位面相叛逆的帥氣少年忿忿地瞪了過來。

「學長難道就很厲害嗎？」

這個問題讓Night勾起了嘴角，令女孩們偷偷地小聲尖叫，他接著走去抓起一顆保齡球，擺好了姿勢，旋動手臂的同時跟著

小跑，迷人的眼睛也閃閃發亮，隱約帶著較真的意味，因此當保齡球被拋出去時……。

砰！！！

隨後發出一聲巨響，保齡球瓶也跟著散亂地倒下，順利拿下今天第二次全倒。

「也不差吧。」他轉頭對著已經傻在當場的學弟露出笑容。

「要教你嗎？」學長把眉一挑。

Graph緊咬著牙，很想嗆對方別管，但是如果贏不了就見不到那個人，而且要是見不到那個人，這一趟就等於白跑了，少年因此低下了頭，從齒縫間擠出幾個字來。

「教我一下。」

僅僅如此就讓Night大笑，忍不住走近對方，然後把手放在他的頭上，用力地揉弄。

「喂，放手啦！」

這舉動令Graph慌亂地試圖甩開，可卻讓壓制的人進一步鎖喉，接著疼愛有加地一邊用力揉弄，一邊開口這麼說：「原本還以為是個叛逆的孩子，沒想到這麼可愛。」

啪！

「我才不可愛！」Graph終於成功掙脫，經過一番拉扯後，面部瞬間變得潮紅。

叛逆孩子的嚷嚷聲似乎讓看的人笑得更加開懷，精銳的雙眸流露出憐愛之意，不過僅一瞬間就嚴肅了起來，接著搖了搖頭。

「這麼可愛去見Scene哥，會招架不住的。」

「嗯？」

Night脫口說出了Graph想聽見的人名，這使聽的人睜大了雙眼，立即轉頭看向對方的眼睛，可還沒等對方走去抓起保齡球

準備繼續玩，他就急著起身抓住對方手腕。

「你這話是什麼意思？」

這問題讓聽的人微微搖了搖頭，把手指塞進保齡球中。

「還不快站好，學長才能教你啊。」

啪。

「Night學長，你剛才是什麼意思！」Graph不肯輕易放過，他抓住了對方的肩膀，語氣嚴厲地發問。

暗示了一些訊息的人隨即嘆了口氣。

Night注視著這名學弟，一直以來自己以為他和另一名女孩是情侶關係，但看樣子似乎完全不是那麼一回事，因此只好反問道：「那Graph學弟知道Scene哥是個怎樣的人嗎？」

「就因為不知道所以才要你帶我去啊！」

Graph語氣嗆辣地回嘴，而那樣的舉動令聽的人露出了笑容。

「你知道嗎？那間夜店啊，Scene哥純粹是為了好玩，用來打發時間而開設的。」

「然後呢？」Graph這時更加困惑了。

見狀，看起來像是什麼都知道的Night笑了起來。

「我想說的是，他是個家財萬貫的有錢人，畢業之後什麼都不用做也行，每天玩樂也可以，而他的玩樂，就是那間夜店，隨便開店，隨便管理，隨便打發時間，還……隨便找人來玩玩。」

Night撓了撓自己的下巴，像在努力思考自己還漏了什麼沒講，可Graph還是不明白這件事跟他有什麼關係，直到學長轉過來對上他的眼睛，然後語氣凝重地告訴他。

「他是那種喜歡跟所有人玩玩的類型，特別是……性愛方面。」

「……」

聽的人傻愣地注視著對方。

Night這時轉向了保齡球道，一邊拉著學弟的手臂要他站在中央，隨後發號施令。

「啊，快點丟啊，沒贏過我就不帶你去喔。」

被對方那樣說了之後，Graph只好回過頭來專心在自己不曾接觸過的運動上。他起初只想著要贏得勝利以獲取一些資訊，就為了想見到那名喜歡尋歡作樂的男子，可不管他怎麼努力都無法贏過學長，因此怒氣沖沖地追著以爆笑聲來戲弄他的對方猛踢。

雖然起初Graph完全不想來這裡，可是能和開朗的學長談話，能發洩體力，能大笑，而且在他成功打出全倒時能開心地大叫，漸漸地使他忘了家裡的事，忘了令他掉淚的事，在這幾個鐘頭裡忘卻了心痛。最重要的是，他完全忘了自己沒向任何人報備要來這裡。

Graph是真的完全忘記了那個男人的憤怒……那個男人正撥著電話，而被調成靜音的手機不停地在學生制服的口袋裡震動……那個人正在家裡等著對他發作。

「到最後，學長還是在耍我。」

「但是很好玩對吧？」

「哼！」

在一輛漂亮的車子內，Graph正臭臉皺眉的坐著，以不高興的語氣說話，因為他今天浪費了一整天的時間，完全沒有任何收穫。別說是見到那什麼Scene哥了，就連對方的髮尾都沒看到，而且那個像是知情的聾障什麼也不肯透漏，更重要的是，他輸得一塌糊塗。

不曉得到底玩了幾局，手臂痛到不能再痛，可最後還是輸了。

然而，當他有些不悅地開口說話，對方卻帶著笑容頂了回來，這時他就爭論不下去了。

確實也挺好玩的啦。

那位自己明明是個孩子，卻幾乎沒什麼適齡娛樂的人這麼告訴自己，因為每天光追著Pakin哥跑就耗盡了時間，他沒什麼時間玩保齡球、唱KTV、跟朋友出去玩，就只有在Janjao拖著他去的時候，或者是被強迫的時候，才會出去玩。如果是他自己心甘情願出去玩，通常會是跟其他班的同學出去喝酒、去飆車，或是偷溜進Pakin哥的會場。

他的人生一直反覆做著這幾件事。所以學長的出遊邀約，讓他也從中找到了不少樂趣。

啪。

「好玩就說好玩……壓力也跟著釋放了對吧？」

「別碰我。」

這一次，就算Night轉頭對著他笑，甚至還輕輕搖晃他的頭，Graph都沒有揮開對方的手，僅僅回頭朝對方齜牙咧嘴，用裝作嚴厲的語氣說話，明明心中其實已經開始對這個話很多的學長有些好感了。

「真可愛呐，這麼多年來，我怎麼就把你看成是那些叛逆的小混混呢？」

言下之意表示Night已經認識Graph很久了，就只有對任何人都不感興趣的Graph不曉得自己何時成了別人關注的目標，他因此稍微聳了聳肩，沒想那麼多，或者根本完全沒去思考這段話。

直到⋯⋯。

「學長把車停在這裡吧，我等一下自己走進去。」

一輛高級轎車停在了一扇大門前，少年這時扭頭對著有些沉默的學長說著。

叭——

Night竟然用力按下喇叭，讓守在前門的管理員跑出來查看，而當對方發現是一輛陌生的轎車，便打電話到豪宅內確認今天是否有客人來訪，可是⋯⋯。

啾。

「我開車送Graph回來！」

車主竟然降下了Graph那一邊的玻璃窗，然後將自己的頭伸出去，並且把正一頭霧水的Graph推向前，讓對方看到是大老闆帶回來的孩子，使得對方連忙恭敬地行禮。

「好的，請。」

誰敢動老闆帶來的孩子！而且據說還是位高權重的政治人物的孩子。

「喂，學長，你怎麼可以這樣啊，我不是說送到這裡就夠了嗎！」Graph語氣不善地大聲嚷嚷，就算他知道Pakin哥對他不感興趣，就算他消失了一整個晚上也絕不可能會注意到他，但是突然讓不認識的朋友送到家裡，還是忍不住有些令人擔憂。

我到底在介意什麼啊？昨天不是他自己講說絕不會對我感興趣的嗎？

結果，反而是這個想法讓Graph安靜了下來。

駕駛這時轉頭過來對著他挑眉，在那之後就一點也不客氣、不畏懼地把車子駛進去停在屋子的入口，彷彿對於這一大棟豪宅並不特別感興趣，就好像很習慣這種大房子。此外⋯⋯。

咔。

「請。」心情頗好的學長跑下去替對方開車門，使得正轉身去抓取放在後座書包的Graph愣住了。

「呃，學長不用這樣，我是男人，不用替我開車門。」Graph隨即這麼說道。

他感覺很微妙，但還是配合地走下車，注視著對他露出笑臉的人，對方甚至還一副好心地對他說：「學長是不知道你發生了什麼事，但是要冷靜，好好想清楚……跑去見Scene哥對你來講也沒什麼幫助吧。」

Night學長的眼神看起來很認真，卻令聽到這句話的人感到困惑。

「什──」

「誰讓你這個時間回來的？Kritithi少爺。」

！

可還沒來得及問，低沉的聲音就劃破了空氣，從大門前傳來，Graph因而猛然轉頭望去，接著就看到眼神比北極中央河流還要冰冷的男子。

每當Pakin哥不高興的時候，眼睛就會像燃起火焰般的明亮，可當他很憤怒的時候，眼神就會變成這樣。

那眼神使得天不怕地不怕的Graph一時間有些畏縮。正當Graph準備開口反駁這是他的事情時，結果……。

「你好，我是Graph的學長，我開車送他回來。」

原本應該害怕這種眼神的接送司機竟雙手合十行了個禮，還對著Pakin露出了和先前一樣的笑容，屋主因而斜著眼瞥了過去，冷冷地笑了笑，頓時明白這個敢違背他命令的小鬼大概都跑去哪裡了。

傍晚的時候，Pakin 就已經聽到 Graph 沒有在學校的消息，當時他很氣對方違背自己的命令，可後來火氣竟愈來愈大，因為那時候無論他再怎麼打電話找人，對方就是不肯接聽，所以他只好決定打電話去詢問好友，確認那個討債的小子是不是真的違反禁令跑去見對方了。

　　『小孩子？哪個小孩子？我今天都還沒碰見任何人呢。』

　　一聽到這裡，Pakin 便立刻切斷了通話，因為他的朋友王八 Scene，是個鼻子靈敏的傢伙，對於不希望他靈敏的方面卻特別靈敏，萬一自己透漏更多訊息，情況會從原本的杜微慎防，變成那傢伙主動跑來糾纏這個煩人的小鬼。

　　因此，一得知這小子是和朋友待在一起，Pakin 便冷靜了下來。

　　「謝謝你送他回來，但是以後別再這樣帶他跑出去了，他一失蹤，就會造成這邊的麻煩。」Pakin 露出笑容。那笑容看起來就像個好好監護人，可是語氣卻帶著責備。

　　對方聽了隨即點頭答應，「好的，可是如果 Graph 不跟著我走，可能會造成更大的麻煩呢。」

　　！

　　這句話讓 Pakin 靜了下來，然後銳利的雙眸睜大了一些，當他再仔細瞧這名高中生，模糊的記憶忽地鑽進腦海中，雙手因而緊握成拳。

　　Graph 這臭小子真的很會找麻煩！

　　「看樣子是想起我是誰了吧？哥，我是 Night。」

　　沒錯，為什麼他就忘了呢？

　　「Scene 那傢伙的⋯⋯弟弟。」

　　「！！！」

Graph聽了睜大雙眼，瞬間轉頭望向一整天都和自己待在一起的學長，他提到那個王八Scene哥不知道幾回了，可誰會相信那傢伙竟然離自己這麼近，這位該死的學長居然是他一直在找的人的弟弟！

Night聽了露出燦笑。

「很高興哥還記得我，其實兩年前我們曾經在爸爸的生日宴會上見過。」

這時的Pakin很想搧某人的嘴，或許是Graph那小鬼，又或許是在這裡表現出志得意滿的朋友的弟弟。這麼多年來，他一直防著Graph去接觸問題人物，甚至還驅趕那小子使其遠離自己，可那小子偏偏就是不聽話，等他發現的時候，問題早就被引到身邊了，這使得他不禁感到不悅。

不讓這小子去見對方，結果他卻主動去結識這個麻煩人物。

然而Pakin卻將所有情緒隱藏起來，扯出一抹淺笑。

「當然記得，三太太的兒子，我甚至還記得你是如何住進那棟大房子的。」

　　！

聽的人立刻沉默了下來，因為「三太太的兒子」並非指第三次續弦所迎娶的正妻，而是大老闆刻意包養的第三名妻妾，並且另外還一起生了子嗣。他和媽媽能住進那棟大房子，正是因為這個原因——他是大老闆的兒子。

對方不快的模樣讓Night明白自己捋錯了虎鬚，因為他的目的就只是……。

「我只是來告訴哥，這件事情我不會告訴Scene哥的……因為我也很疼愛Graph。」

關於這件事，也就是有一名學弟想要見他的事情，若是被哥

哥知道了，Graph就絕對逃不出哥哥的手掌心，更何況是這麼可愛的一個孩子。

Night和哥哥之間其實沒什麼嫌隙，即便自己是妾室所生，不過他哥哥本來就對爸爸的事情不怎麼感興趣，相反地，Scene哥還很疼愛他這個老么與二弟。他哥哥是個好人，可是對待別人就⋯⋯不確定會不會也疼愛有加就是了。

不過，受到比自己小了將近十歲的孩子的幫助，而且對方還很疼愛另一個任性的孩子，這使得聽的人露出了冷笑。

「謝謝你，但我不認為自己需要一個孩子來幫忙。」

「⋯⋯」

Night聞言只好閉上了嘴巴，低頭閃避對方的視線，因為哥哥朋友的眼神⋯⋯令人毛骨悚然。

「還有，我今天不方便接待客人，不管怎樣⋯⋯幫我跟你爸爸問聲好。」

這話無疑是在下逐客令，Night只好雙手合十行個禮，接著便轉身回到車上，同時瞥了一眼一旁的學弟。

前幾個禮拜他曾看到Pakin哥親自來接送Graph，結果當他得知學弟打算去見自己的哥哥，他就決定要把對方送回來，並且過來提醒哥哥的朋友，Graph有意讓自己和危險人物牽扯在一塊。可看樣子，反倒是他把麻煩攬到自己頭上了。

「那我們學校見嘍，Graph。」Night笑了笑，隨後回到車上，接著就開車離去。

直到僅剩下兩個人。

「我可以走了嗎？」少年語氣不遜地說道，接著不由得愣在了當場。

啪。

「啊！放開我！」

Pakin不回答問題，他僅揪住Graph的後方衣領，然後把人拖著走，Graph不得已只好連忙跟上，要不然會被勒死。可男人怎樣就是不肯回話，一味地使力拖著人走，這使得少年一邊大聲吵嚷，一邊請求對方鬆手。

可此時此刻，Pakin什麼話也不聽。

「哥你放開我啊！吼～鬆手，弄痛我了！我叫你鬆手，你這個爛人！」

「……」

Graph一路上大聲抗議，試圖拉開抓住他衣領的那隻手，可力氣著實抵不過人家，雖然好幾次都差點向前摔在樓梯上，可是拖人的那一方卻完全沒減輕力道的意思。就算再怎麼去抓手臂、推肩膀，對方也完全無動於衷，Graph吵鬧的聲音，使得整個屋子裡的人全跑出來查看。

「Kin對Graph做了什麼？」

正在談公事的Pawit這時也跟著跑出房間，將手機放了下來，當他一發現自己的哥哥正拖著身穿學生制服的少年上樓，不由得出聲詢問。他原本想走上前去幫忙，若不是因為……。

「哥的事你別多管。」

走過面前的那個人僅朝他胸口推了一把，語氣平淡地這麼告訴他，可是用字遣詞、眼神以及說話的語氣都冷漠且嚴肅，再加上對方的自稱，使得Pawit無法跟過去，只能不明所以地眼睜睜看著那孩子被沿路拖著走。

為什麼他哥會這麼生氣？

這個問題大概只有Pakin自己能回答了。

Pakin把煩人的小鬼扔進自己房間。

砰！

他隨後用腳踢門使之闔上，正疼得抓著喉嚨並飆出眼淚的那個人頓時害怕了起來。少年睜圓雙眼注視著步步逼近的惡魔，正想開口解釋自己並沒有做錯什麼事情，甚至連那間夜店都沒去，他就只是跟學長出去而已，然而⋯⋯。

啪。

「好痛！」

Pakin卻抓住了他的下巴，然後使勁一捏，把少年的臉往上抬，讓他注視著自己的眼睛，那雙可怕到一瞬間令人心驚膽顫的眼睛。

Pakin以往就算再怎麼煩躁也從不曾用這種眼神看過他。

「你很想見到Scene那傢伙是吧？」

這問題使得奮起反抗的那個人回應道：「對！我一定要見到他。」

我一定要見到讓我這麼難過的傢伙！

若一直見不到Scene，Graph會繼續感到無能為力，覺得自己不顧一切傻傻愛著眼前的男人，可這男人卻對他一點興趣也沒有。他想知道像Scene那樣子的人，能否把他變成一個讓Pakin哥感興趣的人。

Graph沒來得及思考這種想法所帶來的「改變」，或許會讓他失去自己一直以來為這個男人所守護的某樣東西。

而Pakin也知道如果讓少年去見自己的朋友，將會發生什麼事情。

啪。

「呃，好痛！」

一想到這裡，Pakin不禁加重了捏住下巴的力道，Graph因而大叫，痛得飆出眼淚，伸手對著男人的手臂又抓又推，可對方卻一點也不為所動。

「然後呢？打算跟他上床嗎？」

「反正哥不是對我一點興趣也沒有嗎？我跟誰上床也是我的事！」

就因為怒意不在對方之下，Graph才會這樣子頂了回去，然而他的心其實在吶喊著：不，我絕對不會跟其他男人上床的。

而這個回答使得Pakin眼中燃起火光。

然後，他臉上浮出一抹笑容，那抹笑容沒有一絲笑意、好意、快意，那是一抹撂著城府的壞笑，他明白該怎麼做才能讓這孩子了解自己的處境。

「那要來試試看嗎？」

這時的Pakin已經懶得再和這孩子過招了，既然趕不走，那就由他來教教Graph在這世上還未曾經歷過的殘酷吧。

「哥想做什……呃！！！」

Graph頓時睜大了眼睛，因為……對方溫熱的嘴唇忽地貼了上來。

這個熱吻既不溫柔也不甜美，不若故事裡所描寫的像在做夢一樣，而是讓嘴唇發疼的粗暴輾磨。他很想表達自己的疼痛，可Pakin不給他這個機會，一味地輾壓上來，並用牙齒用力地啃咬，使得他猛力一震，接著舌尖就這麼鑽了進來，讓Graph一時間不知該如何是好。

「唔！唔！呃！！！」Graph拚命掙扎。這個吻既疼又痛，和想像中的完全不一樣，他的兩隻手奮力猛抓對方的背部，直到Pakin抱住他的腰部一把拉向自己。

接著，男人欺身上前在他嘴裡肆虐，追趕著慌忙閃躲的小舌頭，直到彼此交纏在一起。火辣辣的吻聲響遍整個房間，喘息與呻吟的聲音和那劇烈的聲響交錯，少年掙扎的力道也隨之逐漸減弱……減弱……減弱……。

「唔……嗯……。」

此時頑強的少年已經沒力了，他被熱唇狠狠掠奪一番，被探進來的舌頭給予了不知節制的炙熱接觸，雖然不帶半分溫柔與甜蜜，可卻使得乾淨純潔的身體發燙，心臟伴隨著一點怯懦快速跳動，接著透明的液體滑落，沾溼了嘴邊，像是Graph不知道將它吞下去的方法。

「嗯……呃……嗯……。」

Graph真的只能發出含糊的呻吟聲，他緊閉著雙眼，幾乎要換不過氣，胸口發顫，身體覺得輕飄飄，就算嘴唇疼痛，可他卻無法克制心甘情願的感覺。

嘩。

因此，當Pakin一鬆開抱在懷中的身軀，少年就這麼直接跌坐在地。

這事說明了Graph有多天真無邪，令人想要玷汙。

「哈啊～哈啊……哈啊。」Graph這時候就只能用力呼吸，他抬起手摀住自己的嘴巴，不敢相信剛才所發生的事情，可居高臨下的那個人卻只說了──

「經驗生澀到可憐。」

！

Graph緩緩地抬起了頭，在盈滿了淚水的眼眶中，他看到的只有嘲諷的笑容。

「連親個嘴都不會，別說是Scene那傢伙了……連我都不想

要。」

　　然後……。

　　砰！

　　講出那句話的人就這麼離去，並且用力甩上了門，僅留下那個哭不出來，但內心卻淌著淚水的人。

　　不管我再怎麼努力……都無法讓你看在眼裡了是嗎？

國家圖書館出版品預行編目(CIP)資料

Try Me：執拗迷愛/MAME著；胡矇譯. --
初版. -- 臺北市：臺灣東販股份有限公司,
2024.12-
1冊；14.7x21公分
譯自：Try Me : Stubborn Wild (Pakin-
Graph)
ISBN 978-626-379-642-3(第1冊：平裝)

868.257   113015348

Published originally under the title of《Try Me Stubborn Wild (Pakin-Graph)》
Author © MAME
Traditional Chinese (Complex Chinese) Edition rights under license granted by Me
Mind Y Co., Ltd.
Traditional Chinese (Complex Chinese) Edition copyright © 2024 Taiwan Tohan
Co., Ltd.
Arranged through JS Agency Co., Ltd, Taiwan.
All rights reserved.

Try Me 執拗迷愛 1

2024年12月1日初版第一刷發行

作　　者　MAME
譯　　者　胡矇
插　　畫　HT
編　　輯　魏紫庭
美術編輯　許麗文
特約編輯　何文君
發 行 人　若森稔雄
發 行 所　台灣東販股份有限公司
　　　　　＜地址＞台北市南京東路 4 段 130 號 2F-1
　　　　　＜電話＞(02)2577-8878
　　　　　＜傳真＞(02)2577-8896
　　　　　＜網址＞https://www.tohan.com.tw
郵撥帳號　1405049-4
法律顧問　蕭雄淋律師
總 經 銷　聯合發行股份有限公司
　　　　　＜電話＞(02)2917-8022

著作權所有，禁止翻印轉載，侵害必究。
購買本書者，如遇缺頁或裝訂錯誤，
請寄回更換（海外地區除外）。
Printed in Taiwan